가능한

꿈의

공간들

듀나 에세이

가능한
꿈의
공간들

씨네21북스

CONTENTS

008   중요하진 않지만 중요한 이야기들

예술가는
가혹하다

018   쇼에 대한 예의

021   배우의 연기는 진짜인가?

023   관상용 육체의 시대

028   우리 민족이라는 허상

031   완벽한 외국어에 대한 판타지

035   어린이 배우가 만들어내는 마법의 순간

044   어느 실패한 코미디의 우주

047   그녀의 규칙

053   만들어진 추억의 잔혹극

058   온전한 피해자의 초상

061   비극을 가정하는 습관

064   장르 밖에서 영화 보기

069   예술가는 가혹하다

생존
게임에서
벗어나기

074 영혼 없는 책장들

078 무엇을 먹고 있습니까?

082 차 안에는 사람이 있다

084 다들 그렇지 않나요?

087 이해는 인정만큼 절실하지 않다

091 네 이웃의 취미를 방해하지 말라

094 그녀는 그에게 존대를 합니다

100 보편적인 성으로서의 수컷

102 생존 게임에서 벗어나기

107 복수극을 완성하는 여섯 개의 규칙

117 풀치넬라의 시대

보다
예민한
시선으로

124   가상의 대중을 가정하는 것에 대하여

127   낡은, 낡아질 스타일

130   예술가에게 젊음은 의무다

131   비평받을 권리

134   영화에 대한 공통된 기억

136   과연 내가 그 영화를 보았을까?

139   영화를 소유한다는 것

141   사라져가는 그들의 추억

148   그리고 민망한 농담들

156   보다 예민한 시선으로

160   자, 그럼 영화관에 대해 이야기해보자

168   당신은 완성된 영화를 보고 있습니까?

야만의
한가운데서

190 꿈은 인간이 처음으로 본 영화다

193 괴상한 동물들의 낙원

197 아무것도 사랑하지 않는 것보다 낫다

201 우리가 공룡을 잊는다면

205 나는 괴물들의 세계를 꿈꾼다

209 스타워즈의 세계에 과학이 있을까?

217 매트릭스 제대로 읽기

226 가능한 꿈의 공간들

233 영구동력 발명가의 드라마

237 야만의 한가운데서

253 어긋난 믿음을 처리하는 지혜

256 어쩌다가 나는 SF작가가 되었나

262 마지막으로 한마디만 더!

중요하진 않지만
중요한 이야기들

1

내가 이 글을 쓰는 9월 9일은 2PM의 박재범이 4년 전에 남긴 마이스페이스 낙서와 관련된 소동으로 시끄럽다. 인터넷에선 엄청난 악플이 쏟아졌고 그는 결국 그룹을 떠나 미국으로 건너갔다. 청소년 드라마의 한 장면 같다. 내가 아는 청소년 음악 영화들 중 상당수가 이런 식의 도입부로 시작한다. 나는 그에 대해 아는 바가 별로 없고 〈떴다 그녀 3〉을 꽤 자주 봤음에도 불구하고 아직 얼굴 구별도 제대로 못 하지만, 그의 미래가 그런 영화들과 같길 바란다. 어떻게 봐도 이 일은 너무 심했다. (그리고 국가 이미지에 어떤 도움도 안 된다.)

박재범 소동으로 할 수 있는 이야기는 많다. 여러분은 이를 통해 파시즘에 대해, 민족주의와 국가주의에 대해, 인터넷을 통한 집단 폭력에 대해 이야기할 수 있다. 나는 어떠냐고? 대충 두 가지 방향으로 생각이 흘러간다.

우선 우리가 지금 당장 적용할 수 있는 교훈 하나를 얻을 수 있다. 인터넷에 결코 꼬투리 잡힐 만한 개인정보를 올리지 말라는 것이다. 얼마 전에 오바마도 비슷한 소리를 했는데, 우연도 이런 우연이 없다. 특히 연예인 지망생들이여, 당장 당신들의 미니홈피를 청소하라.

다른 하나는 보다 추상적인 것으로, 우리에게 다른 사람을 무작정

비난할 수 있는 권리가 있는지에 대한 것이다. 내 생각에 답은 이렇다. 사람들은 절대로 자신이 그 자리에 설 가능성이 없는 이슈에 대해 잔인해진다. 악플러들 대부분은 연예인이 될 가능성이 없고 그렇기 때문에 이런 소동에 빠질 가능성도 없다고 믿는 사람들이다. 박재범이 쉽게 공격 대상이 된 것도 그 때문이다. 만약 박재범의 잘못이 보다 일상적인 악덕과 관련되어 있었다면 그들은 조용했을 것이다. 아니, 은근슬쩍 옹호했을지도 모른다.

이런 생각은 철학적 사유로 이어질 수 있으리라. 하지만 원래부터 그리 고상하다 할 수 없는 나의 머리는 지금 그런 방향으로 돌아가지 않는다. 대신 나는 비슷한 조건이 주어진다면 내가 아무런 죄의식 없이 학대할 수 있는 부류가 누구일지 생각한다. 답이 나온다. 흡연자와 술꾼이다.

어렸을 때 내가 즐겨 읽었던 영국 작가 A. A. 밀른은 음주와 술꾼에게 유달리 관대한 영국 사회에 대해 통렬한 비판을 남긴 적이 있다. 그는 음주의 위험과 불쾌함을 열거했고, 음주를 금지함으로써 얻을 수 있는 이익에 대해서도 이야기했다. 천성적으로 술을 마시지 못하는 그는 음주에 대해서는 한없이 냉혹할 수 있었다. 하지만 슬프게도 그의 비난은 반쪽으로 남았다. 엄청난 골초였던 그는 불 꺼진 영국을 상상만 해도 소름 끼쳐 했다.

그런 면에서 나는 밀른보다 유리하다. 나는 술 없이도 살고 담배 없이도 산다. 지금까지 이게 특별히 불편하다는 생각도 안 해봤다. 사회

생활을 하지 않아도 되는 직업을 택했고, 내 주변 사람들은 대부분 담배를 피우지 않으며 남에게 억지로 술을 권하지도 않는다. 그저 잘못하면 간첩으로 몰려 끌려갈 가능성이 조금 있을 뿐이다. 아직도 담뱃값을 모르는 사람은 간첩이라고 믿어 의심치 않는 멍청이들이 있는 모양이니.

혹시나 몰라 말을 하겠는데, 담배에 대한 내 입장이 순수한 혐오로만 이루어져 있지는 않다. 담배 연기가 나에게 흘러들지만 않는다면, 나는 담배의 고전적인 이미지를 좋아한다. 나는 멋들어지게 담배를 피우는 새라 워터스 소설의 주인공들을 사랑한다. 황홀한 담배 연기에 둘러싸인 마를레네 디트리히와 진 티어니의 아름다운 얼굴도 마찬가지다. 조금 다른 이유로 난 여성 흡연에 대한 한국 남성의 폭력적이고 이중적이고 무식한 태도에도 거부감을 느낀다. 하지만 그럼에도 불구하고 나는 여전히 내 영역권에 들어온 사람은 담배를 피우지 않길 바란다.

아까 밀른 얘기를 꺼내면서 술 이야기를 첨가했지만, 오늘의 주제는 거의 전적으로 담배다. 아직 우리나라에서 술을 규제할 수 있는 길은 없다. 다시 말해 대한민국의 납세자들은 음주를 핑계로 발생하는 살인, 폭력, 성범죄, 음주 운전, 노상 방뇨 등에 대한 비용을 앞으로도 계속 지불해야 한다는 것이다. 하지만 담배를 규제하는 것은 가능하다. 그리고 그 과정은 예상 외로 신속하게 진행되고 있다. 너무 빨라서 나 자신도 놀랄 정도이다.

SF를 쓰는 사람으로서 나는 아주 오래 전부터 담배가 합법적으로 금지되는 세상을 상상해왔다. 놀랍게도 그 세계는 점점 가까워지고 있다. 이제 흡연은 아무런 거리낌 없이 금지할 수 있는 악덕이고 그에 대한 저항도 점점 줄어들고 있다. 텔레비전에서 담배를 블러 처리하는 시대가 이토록 가까운 시기에 닥칠 거라고 누가 상상이나 했겠는가. 솔직히 통쾌하다. 대한민국 땅에서 태어나 늘 소수자이기만 했던 내가 이제 가해자와 탄압자의 위치에 서서 떵떵거릴 수 있는 기회를 잡은 것이다. 하하하.

내가 학교를 다녔을 때만 해도 흡연에 대해 불평을 늘어놓는 것은 유난 떠는 것으로 간주되었다. 나는 지금도 유난이라는 단어를 싫어하고 그 단어를 남용하는 자들을 경멸한다. 그들은 다수의 등 뒤에 숨어 분명히 존재하는 타자의 괴로움을 무시하는 자들이다. 현대사회를 오염시킨 수많은 악행들은 바로 다른 사람을 '유난 떠는 종자들'이라고 무시한 둔한 인간들에 의해 저질러졌다.

나는 흡연에 대한 역습이 바로 '유난 떠는 종자들'의 승리라고 생각한다. 그리고 이 과정이 제대로 진행된다면 이는 다른 '유난 떠는 종자들'의 승리로 이어질 것이라고 본다. 이건 멋진 일이다. 대부분의 인권운동가들이나 환경론자들이 바로 그 '유난 떠는 종자들'이기 때문이다. 이 과정을 즐길 수 있다는 건 유쾌한 일이다. 그리고 이것은 어렸을 때 생각 없이 같긴 몇 마디를 꼬투리 잡아 만난 적도 없는 사람에게 집단폭력을 휘두르는 것보다 훨씬 생산적인 일이다……

011

2

…… 위의 글은 2009년에 썼나보다. 거의 5년 전 일이고 나는 그때 박재범에게 무슨 일이 일어났는지 제대로 기억하지 못한다. (《떴다 그녀 3》은 도대체 뭐 하는 프로그램이었던 거지?) 편집자는 지나간 이슈이니 박재범 이야기를 빼고 그 다음에 나오는 술, 담배 이야기는 뒤로 돌리는 게 낫지 않느냐고 제안했다. 맞는 말이긴 한데, 그걸 빼버리면 글이 너무 정상이 된다. 여러분이 지금 읽고 있는 책은 옛날에 쓴 글과 새로 쓴 글을 새 맥락에 맞추어 프랑켄슈타인의 괴물처럼 조립하고 개조한 결과물이지만, 그래도 원래 모양은 최대한 남겨두려고 한다.

박재범은 잊자. 술과 담배도 잊자. 나는 여전히 박재범이 어떤 사람인지 모른다. 그건 팬을 포함한 대부분 사람들도 마찬가지다. 나는 흡연과 과음에 부정적이지만 그것의 금지에 대해서 그렇게 쉽게 생각하지 않는다.

저런 것들을 다 빼면 남는 소재는 '유난 떠는 종자들' 뿐이다. 그리고 나는 여기에 대해서는 여전히 꽤 진지하다.

나는 내 이름으로 검색 같은 건 하지 않지만 (연예인도 아니고. 오글오글하다.) 그래도 가끔 트위터에서 다른 걸 검색하다보면 나에 대한 뒷담화와 마주친다. 그들 중 한 무리를 묶어 적당히 재편집하면 이런 게 나온다. "듀나 글이 왜 이상한지 알겠어. 중요하지 않은 것들을 물고 늘어지잖아. 우리가 그게 이상하다는 걸 몰라서 말 안 하나? 어이없지만 그냥 넘기는 거지."

나는 이 반박이 당연하다고 생각하지 않는다.

물론 세상엔 더 중요한 것이 있고 덜 중요한 것이 있다. **하지만 그중 어느 것도 상대적으로 덜 중요한 것을 묵살하거나 억압할 정도로 중요하지는 않다.** 책이 심하게 못생겨지지 않는다면 이 문장은 고딕체로 진하게 박았으면 좋겠다. 가능하려나?

어쩌다가 80년대 운동권 '선배'들과 충돌하며 지낸 적이 있다. 여기에 대해 길게 이야기하고 싶은 생각은 없다. 일단 내 이야기를 하기 싫고, 그들도 자기 과거가 (각각 다른 이유로) 민망할 것이다. 하지만 그 시절을 지나는 동안 내가 깨우친 몇 가지 중요한 사실은 이야기해야겠다. 유토피아의 대의를 위해 싸운다며 다른 가치의 희생을 요구하는 자들은 끝까지 그 대의 근처에도 가지 못한다. 그리고 나이가 들면 그들 중 고만고만한 부류들은 홍상수 영화 주인공 워너비가 되고 그것도 못된 나머지는 180도로 휙 돌아 새누리당 뒤를 졸졸 따라다니며 구차하게 산다. 그렇다면 그 과정 중 우리가 얻는 것은 무엇인가? 뭐가 있긴. 아무것도 없지. 대한민국 좌파들의 진보성을 너무 높이 평가하지 말라는 교훈밖엔.

이건 우선순위의 문제와는 조금 다르다. 우선순위의 문제는 나 역시 중요하다고 생각하는 주제이고 이 책이 완성되면 이와 관련된 글들이 꽤 들어갈 것이다. 대한민국 서사 예술이 가진 문제점 중 상당수는, 기형적인 우선순위를 고집하기 때문에 생겨난다고 생각하니까. (아니, 그게 예술만의 문제일까.) 하지만 아무리 정상적인 우선순위에 따라 행동한다고 해도 그 상위의 가치를 위한 전적인 희생을 요구하는 인간은 기형적인 우선순위에 따라 행동하는 인간과는 다른 의미로 끔찍하다.

대부분 이런 것들은 자원 분배에 대한 착각에 바탕을 둔다. 우리가 쓸 수 있는 노력과 자원엔 한계가 있다. 이를 적절하게 배분해서 유용하게 쓰면 좋겠지. 하지만 그런 부류의 사람들은 남들이 자기가 생각하기에 중요하지 않은 일에 시간과 에너지를 투자하면 중요한 대의가 무너질 거라고 믿어 의심치 않는다. 그중 우리가 가장 자주 접하는 논리 중 하나가 "북한이나 에티오피아에서는 아이들이 굶어 죽고 있는데, 유기견 보호가 무슨 짓이냐?" 같은 것이다. 하지만 유기견을 보호하지 않으면 그 여분의 자원들이 북한이나 에티오피아로 가나? 어차피 그런 말을 하는 사람들도 북한이나 에티오피아를 위해 어떤 일도 하지 않는다. 그냥 다른 사람들이 자기가 중요하다고 생각하지 않는 일을 하는 것 자체가 싫은 거다. 내가 종종 접했던 80년대 운동권 남성들의 여성 혐오와 호모포비아도 이런 논리에서 크게 벗어나지 않았다. 그로 인해 벌어지는 건 증오와 그에 따른 오지랖의 향연들이고 그 결과는 보시는 대로다.

다른 사람들이 그렇게 중요하다고 생각하지 않는 수많은 이야기들이 이 책에 들어 있다. 그중엔 극장 문제처럼 우선순위로 따져도 정말 중요하지만 사람들이 이상하리만치 가볍게 생각하는 이슈도 있고, 내가 생각해도 정말 하찮은 잡담들도 있다. 하지만 그들 중 어떤 것도 이야기하지 말아야 할 정도로 하찮지는 않다. 그런 식으로 엄격하게 우선순위를 따지기 시작한다면 이런 책을 내는 것 자체가 낭비일 것이다. 하지만 여러분이 이 책을 들고 있는 걸 보니 그런 주장을 내세우기엔 이미 늦었다. 그러니 이제 슬슬 이야기를 시작해도 될까?

예술가는
가혹하다

쇼에 대한 예의

미성년자 배우에게 연기란 놀이일 수도 있지만 정신과 육체에 심각한 영향을 끼치는 중노동이거나 학대일 수도 있다. 미성년자와 함께 일하는 사람들은 그들이 받을 영향을 고려해야 한다.

우니 르콩트가 감독한 〈여행자〉를 보신 적 있는지 모르겠다. (안 보셨다면 보시라. 어린이를 다룬 가장 아름다운 한국영화 중 하나이다.) 이 영화에는 주인공 소녀가 손으로 무덤을 파고 그 안에 자신을 묻는 장면이 나온다. 르콩트는 이 상징적인 장면을 촬영할 때 심리치료사를 부른다. 그러니까 르콩트에게는 여기부터가 아이를 심리적으로 보호하기 위해 전문가의 도움을 받아야 할 단계였다. '선진국' 운운하며 이야기를 풀긴 싫지만, 이로써 우리는 프랑스인인 르콩트의 아이들에 대한 배려가 우리나라 평균보다 높다는 것을 알 수 있다. 우리나라의 일상적인 드라마 촬영 환경에서 이 정도 장면은 배려의 대상이 아니었을 테니까.

황동혁 감독의 〈도가니〉에는 더 끔찍한 장면들이 나온다. 세 명의 아이들이 청각장애학교의 교장과 교사들에 의해 성폭행을 당한다. 황동혁 역시 이 장면을 성인 배우들과 일할 때처럼 그냥 찍을 수 없다는 걸 안다. 배우의 부모가 늘 현장에 있었고, 몇몇 위험한 장면에는 편집과 대역이 동원된다. 나는 실제 영화 촬영 환경이 화면에 보이는 것만큼 위태롭지는 않았을 것이라고 생각한다. 그러나 그걸 고려한다고 해도 몇몇 장면들은 여전히 '이게 올바른 것인가'라는 생각을 하게 한다.

영화적 효과가 좋고 촬영장에 충분한 보호 장치가 있었다고 해도, 관객들이 영화의 캐릭터가 아닌 출연한 미성년자 배우들을 걱정하는 단계까지 갔다면 영화는 그 부분에서 실패했다고 봐야 한다.

〈도가니〉보다 더 걱정스러운 촬영 현장이 있었다. 2011년 9월 26일, 한나라당 서울시장 예비후보인 나경원 의원이 중증장애인 시설 '가브리엘의 집'을 방문했을 때의 일이다. 명목상 봉사활동이지만, 선거에 출마한 정치가들이 그런 시설을 방문할 때 그것은 이미지를 위한 하나의 쇼 이상은 아니다. 시설의 장애인, 정치가, 운영자, 기자 들이 배우, 감독, 촬영감독 역할을 하며 이 쇼에 참여한다.

당사자들에겐 그저 귀찮고 불편하기만 했던 이 행사는, 나경원 의원이 중증장애 남학생을 목욕시키는 장면이 공개된 순간 인권문제로 전환된다.

이 장면을 〈도가니〉 촬영과 비교하는 것은 부당하다. 결과가 어떻게 보이건, 〈도가니〉 촬영은 출연자의 상태를 끊임없이 걱정하는 가족과 전문가가 있는 통제된 환경에서 이루어졌으며 그 상황은 허구였다. 하지만 나경원 의원이 벌인 쇼에서 현실은 허구와 가장 끔찍한 비율로 만난다. 조명장치까지 갖춘 완벽한 스튜디오 안에 들어온 그 남학생은 허구의 인물을 연기하려고 카메라 앞에 선 게 아니다.

이 소동에 참여한 사람들을 무조건 악당으로 몰아갈 생각은 없다. 차라리 그렇다면 쉬운 일일 것이다. '가브리엘의 집'의 인권침해는 악의가 아닌 기계적인 무심함 속에서 벌어졌다. 카메라 앞에 선 사람들이

나 뒤에 선 사람들 중 어느 누구도 남학생에게 이 소동이 현실일 수도 있다는 생각은 하지 못했다. 그는 나경원이라는 배우의 연기를 위한 소도구이자 엑스트라일 뿐이었다.

여기서 나는 이들의 프로페셔널리즘의 결여를 지적하고 싶다. 정치가들의 시설 방문이 이미지 구축을 위한 쇼라는 것은 모두가 안다. 그렇다면 왜 처음부터 이런 쇼를 만들 때 영화나 텔레비전 드라마를 찍듯 프로페셔널하게 접근하지 않는가. 이게 진짜 드라마였다면 사람들은 당연히 출연자의 정신적 육체적 건강을 배려했을 것이고, 촬영 현장을 보다 꼼꼼하게 통제했을 것이다. 물론 당사자의 동의도 얻었겠지. 하지만 이 쇼가 현실이라는 착각에 빠진 사람들은 그런 당연한 과정을 거치는 걸 깜빡 잊어버린다.

많은 사람들이 훌륭한 연기는 자신과 캐릭터를 구별할 수 없는 몰아의 상태에서 만들어진다고 착각하곤 한다. 대부분의 경우 그건 사실이 아니다. 적어도 훌륭한 전문 배우들은 아무리 캐릭터와 상황에 몰입해 있다고 해도, 연기하는 내내 자기가 무엇을 하고 있는지 어느 단계까지는 알고 있다. 배우가 그 사실을 인식하지 못하는 순간까지 간다면 그건 배우가 자신의 연기를 더 이상 통제하지 못한다는 것이며, 카메라 앞에서 벌어지는 건 연기가 아닌 뭔가 괴상한 것이라는 뜻이 된다.

순수예술의 경우 이 괴상한 것도 재료가 될 수는 있다. 하지만 정치가들의 시설 방문은 순수예술이 아니다. 그것은 예비군 교육 영화처럼 실용예술이다. 그리고 실용예술에는 실용예술에 맞는 프로페셔널한 접근법이 있다. 다들 짜고 치는 고스톱인 걸 알고 있는 상황에서 어쭙잖은 몰입을 하며 현실과 허구를 착각하는 사람들에게 도대체 무슨 일을 맡길 수 있겠는가.

배우의 연기는 진짜인가?

마니 닉슨이라는 성악가를 아시는지? 〈왕과 나〉나 〈웨스트사이드 스토리〉와 같은 영화에서 수많은 할리우드 스타를 대신해 노래를 더빙해준 것으로 유명한 소프라노이다. 한 달쯤 전에 이 사람에 관련된 기사가 《뉴욕 타임스》에 실렸는데, 거기서 닉슨은 〈신사는 금발을 좋아한다〉에서 마릴린 먼로가 부른 유명한 노래 〈Diamonds are a Girl's Best Friend〉 중 'These rocks don't lose their shape' 파트를 자기가 더빙했다고 밝혔다. 궁금해져서 유튜브를 뒤져 그 노래가 나오는 클립을 확인해봤다. 마니 닉슨이 부른 파트가 구별이 되었을까? 물론 그랬을 리가 없다. 그 노래는 거의 처음부터 끝까지 마릴린 먼로의 노래처럼 들렸고 사실 그게 당연했다. 그 연결 부위가 귀에 들렸다면 지금까지 안 알려졌을 리가 없을 테니.

　마니 닉슨의 이 고백이 조금 섬뜩하게 들리는 건, 이 이야기가 스타의 개성과 밀접하게 연결되어 있기 때문이다. 닉슨이 〈웨스트 사이드스토리〉에서 나탈리 우드의 노래를 부르는 건 상관없다. 웬만큼 숙련된 관객이라면 닉슨의 목소리를 알고 있고 나탈리 우드가 앞에서 그냥 입만 뻐끔거리고 있다는 걸 안다. 그 영화에서 배우인 나탈리 우드와 성악가 마니 닉슨은 별개의 예술가로서 공존한다. 하지만 위에서 예를 든 〈신사는 금발을 좋아한다〉에서 그 개성은 완전히 사라져버린다. 닉슨은 마치 고장 난 부품을 대체하기라도 하는 것처럼 마릴린 먼로의 몸속으로 들어가버린 것이다.

영화라는 장르가 그래서 재미있다. 우리는 할리우드의 스타들을 신처럼 숭상하고 떠받들지만, 그들은 이미지와 사운드의 재료에 불과하다. 그것도 온전한 재료는 아니다. 사람들은 아놀드 슈워제네거의 액션 연기를 보고 흥분했지만, 전성기 때 그는 할리우드에서 스턴트 더블을 가장 많이 쓰는 배우였다. 심지어 가냘픈 케이트 베킨세일도 슈워제네거보다 훨씬 많은 액션 신을 직접 찍었다. 그렇다면 당시 사람들이 열광한 슈워제네거는 도대체 뭔가?

컴퓨터 그래픽의 시대가 되자 이런 것들은 단순한 스턴트의 영역을 넘어섰다. 캐서린 제타 존스는 〈트래픽〉으로 아카데미 여우조연상 후보에 올랐는데, 그 배우가 보여준 가장 인상적인 연기 중 하나는 컴퓨터로 조작된 것이었다. 눈이 너무 메말랐다고 판단한 감독이 제타 존스의 눈에 컴퓨터 그래픽으로 눈물을 덧붙인 것이다. 영화에서 보여준 연기 중 어디까지가 배우의 것인가? 아마 세월이 더 지나면 패리스 힐튼이 주디 덴치처럼 보이게 컴퓨터로 연기를 조작하는 기술도 나올 것이다.

그래서? 사실 달라지는 건 없다. 아무리 매스컴에서 할리우드의 스타들을 숭상해도 영화 속에서 우리를 유혹하는 것은 그들이 아니라 그들의 이미지이다. 이미지는 만들어지는 즉시 원본인 배우들을 지배하고 배우들이 죽고 사라진 뒤에도 살아남아 우리를 유혹한다. 배우들이 그 이미지를 팔기 위해 존재하는 마케팅 재료가 되는 것도 시간 문제이다.[1]

관상용 육체의 시대

1

몇 주 전 어떤 트위터 사용자가 90년대 한국영화를 묘사하며 '여관방 같은 못생김이 지배하고 있는 못생긴 화면'과 '하나같이 다 소름 끼치게 못생긴 남자배우들'을 지적했다.

　여기서 가장 먼저 눈에 들어오는 것은 '여관방 같은 못생김'이라는 표현이다. 너무 적절해서 앞으로도 관용어로 계속 사용했으면 좋겠다. 하지만 '하나같이 다 소름 끼치게 못생긴 남자배우들'에 대한 불만도 무시하기 힘들다. 이 트위터 사용자는, 당시 인기 최고였고 지금도 존경받는 두 남자배우를 지적했는데, 나는 그들이 대단한 미남은 아니어도 소름 끼치게 못생겼다고는 생각하지 않는다. 외모만 따진다면 그들은 그냥 평범한 편이다.

023

1＿＿＿시간문제라니. 너무 여유 있게 생각했다. 오드리 헵번을 컴퓨터 그래픽으로 되살려 만든 갤럭시 초콜릿 광고를 보라.

나는 그보다 조금 전, 그러니까 80년대 영화들에 대해 생각했다. 당시는 한국영화의 '여관방 같은 못생김'이 절정에 달했던 때였다. 물론 그때도 걸작들은 아름다웠고 예쁜 사람들은 예뻤다. 하지만 평균을 내면 80년대만큼 한국영화가 못생겼던 때는 없다. 스타들은 텔레비전으로 떠났고 컬러 화면은 구질구질했다(무신경한 팬앤스캔pan&scan으로 좌우가 잘려나간 텔레시네telecine 화면을 거치면 더 흉물스러워진다). 하지만 무엇보다 피사체가 끔찍했다. 차라리 못생긴 여관방이라면 낫다. 카메라가 번지르르한 중산층 가정의 내부를 잡으면 그 저열한 취미에 눈이 멀어버릴 지경이다. 〈망령의 웨딩드레스〉 같은 영화를 보고 있으면 정말로 무서운 게 선우은숙이 분한 여자귀신인지 복수 대상인 남자의 인테리어와 패션 악취미인지 헷갈릴 지경이다.

나는 '여관방 같은 못생김'이란 표현을 발명한 사람이 그런 영화들을 봤더라면 그 영화 속 남자주인공들에 어떻게 반응했을지 궁금하다. 짐작은 간다. 요즘 아이돌에 익숙한 관객들이 〈망령의 웨딩드레스〉나 그 동시대 영화에 등장하는 남자들을 보고 어떻게 반응하는지 자주 봤기 때문이다. 심지어 90년대 스타 배우들도 '소름 끼치게 못생겼다'고 생각할 정도면 알 만하다.

당시 영화 속 남자배우들이 끔찍해 보이는 이유는 여러 가지가 있다. 위에서도 말했지만 일단 스타가 부족했다. 다들 텔레비전으로 갔으니까. 그리고 당시 사람들은 남자배우에게 요새 관객들이 당연시하는 기준의 미모를 기대하지 않았다. 물론 잘생기면 좋았다. 하지만 그들은 요즘 남자 연예인처럼 외모를 꾸미는 건 상상도 하지 못했다. 지금은 남자 연예인들이 헬스클럽에 간다면 근육을 다듬어 몸을 예쁘게 만드는 게 1차 목표이다. 하지만 20년 전까지만 해도 평균적인 한국남자에게 '예쁜 근육'이란 쉽게 이해되지 않는 이상한 개념이었다. 당시의 '남성미'와 지금의 '남성미' 사이에는 엄청난 격차가 있다.

그런데도 불구하고 80년대는 에로영화의 전성기였다! 물론 당시 관객들은 기대가 크지 않았다. 여자배우들은 일단 가슴이 커야 했다. 그리고 남자배우들은…… 그들은 거기에 대해 아무런 생각이 없었다. 그 때문에 관객들은 지금도 당시 영화들을 볼 때 지뢰처럼 튀어나오는 시각 테러를 경험한다. 난 아직도 〈깊은 밤 갑자기〉에서 샤워 장면을 찍었다는 이유 하나만으로 윤일봉을 용서하기 힘들다. 물론 윤일봉은 당시 그런 짓을 저지른 수많은 똥배 나온 아저씨 배우들 중 한 명일 뿐이다. 요새 회장님이나 아버지 역을 하는 중견 배우들 중 상당수가 80년대엔 그런 장면을 찍었다. 그리고 당시엔 그런 것들이 '에로'였다. (시트콤 〈똑바로 살아라〉에는 노주현으로 대표되는 그 세대 남자배우들이 당시 '에로' 장면을 어떻게 생각했는지를 보여주는 에피소드가 있다. 그 역시 막판에 '에로'를 위해 옷을 벗는다. 아악.)

그들은 그게 그렇게 거북한 구경거리가 될 거라고는 상상도 하지 못했다. 그들에겐 핑계가 있었다. 그들은 '남자'였다.

당시 남자들의 기준에 따르면 지금 남자들은 모두 '기집애' 같다. 아이돌 미소년들만 그런 게 아니다. '성난 등 근육'을 뽐내는 근육질 배우들도 마찬가지다. 여전히 한국사회는 불쾌한 마초 문화가 지배하고 있는 곳이지만 연예인들 외모만 본다면 그 흔적을 찾기 힘들다. 적어도 젊은 한국 남자 연예인들의 육체는 대부분 관상용으로 전환된 지 오래다. 아무리 초콜릿 복근과 팔 근육을 뽐내도 그들은 기껏해야 '관상용 마초'다. 다른 사람들의 시선에 맞추기 위해 외모를 관리하는 것. 80년대까지만 해도 그건 기집애 같은 짓이었다.

똥배 나온 아저씨가 샤워하면서 '에로'를 뽐내는 것보다야 몸 관리 잘한 배우의 몸을 보는 게 낫다. 나는 그 자체에 불만인 적은 없다. 반대로 고맙게 생각한다. 어차피 외모 지상주의는 연예계에서 피할 수 없는 것이다. 일상생활에서 남의 외모에 신경 쓰고 참견하는 건 오지랖이지만 영화나 텔레비전에 나오는 사람이라면 다르지.

하지만 지금이 과연 정상인지는 모르겠다.

2

원신연의 〈용의자〉는 완성도만 따지면 그냥 평범할 뿐이지만, 나에겐 두 가지 이유로 "그만하면 됐어!"를 외치게 한 영화이기도 하다. 일단 나는 이 영화를 시사회에서 보면서 마스킹 안 한 비스타 상영관에서 뿌연 스코프 화면을 노려보는 것이 못할 짓이라는 걸 확신하게 됐다.[2] 나는 아직도 감독이 시사회에서 그 말도 안 되는 화면을 어떻게 참고 인내했는지 이해하지 못한다.

"그만하면 됐어!"를 외치게 한 또 다른 이유는 공유의 몸이었다. 나

2 _____ 여기에 대해서는 179p를 참고하라.

로서는 상상도 못할 수준의 다이어트와 운동으로 만들어낸 조각 같은 몸. 팬들은 만족했을 것이다. 하지만 나는 정말 견디기 어려웠다.

우선 공유가 만들어낸 몸은 위에서 언급한 '관상용 육체'의 전형이다. 현대 관객들 기준에 맞추어 정교하게 조각해내긴 했는데, 실전엔 정말 쓸모가 없다. 그런 몸을 유지하고 있는 사람들은 쉽게 다치고 근력도, 에너지도 떨어진다. 언제나 피곤하고 신경질적이라 머리가 잘 돌아가지도 않는다. 액션영화의 세계에 떨어진다면 30분도 지나기 전에 죽는 게 정상이다. 실전을 뛰는 사람들의 몸은 저렇게 생기지 않았다.

다른 하나는 이게 설정에 전혀 맞지 않는다는 것이다. 그 영화에서 공유가 연기하는 인물은 왕년의 북한 최정예 특수요원이지만 지금은 대리운전을 하며 겨우겨우 살아가고 있다. 당연히 운동할 시간도 없고 식사도 엉망이고 수면 부족이다. 다시 말해 그가 영화 속 몸매를 유지할 가능성은 제로에 가깝다.

안다. 영화는 무엇보다 판타지다. 늘 사실에 충실할 필요는 없다. 적당히 과장하고 미화할 줄도 알아야 한다. 하지만 현대사회에서 몸의 의미는 '그냥 영화적 판타지'라고 넘길 수 있는 영역을 벗어난 지 오래다.

영화의 맥락을 무시하고 오로지 공유의 몸만 보자. 이런 몸은 우리에게 무엇을 의미하는가?

바로 시간과 돈이다.

공유의 관상용 몸은 저 두 가지가 넉넉한 사람들만이 가질 수 있는 사치품이다. 다시 말해 공유가 저런 내용의 영화에서 저런 몸으로 뛰어다닌다는 것은 대리운전으로 먹고사는 주인공이 아르마니를 걸치고 외제차를 몰아 질주하는 것과 같다. 내용 자체를 파괴하는 것이다.

몇십 년 전까지만 해도 잘생긴 육체는 계급을 떠나 모두에게 공평한 재산이었다. 아니, 육체노동자가 많은 무산계급에 더 많을 수도 있었다. 하지만 지금은 그렇지 않다. 주어진 유전자만큼 중요한 것이 시간과 돈이고 결국 관상용 육체는 계급을 의미한다. 그리고 우린 이를 더 이상 무시할 수 없는 시대에 도달했다. '영화니까, 드라마니까'가 평계가 될 수 없는 때가 된 것이다.

공유에 대해 다시 이야기하라고 한다면 나는 저렇게 만든 몸이 영화의 완성도에 티끌만큼의 도움도 주지 않았다고 생각한다. 기왕 몸을 만들려 했다면 관상용보다 실전에 맞추는 게 나았을 것이다. 그랬다면 실소를 불러일으키는 과시적 노출도 줄었을 거고 액션도 더 좋아졌을 것이며 무엇보다 배우가 편했을 것이다. 남자 몸에 대해서는 나보다 몇백 배 더 잘 알고 있을 원신연 감독의 영화를 두고 이런 이야기를 하고 있으니 번데기 앞에서 주름 잡는 것 같지만 그래도 할 말은 해야지.

우리 민족이라는 허상

동영상을 하나 다운 받으러 남의 아이디로 모 커뮤니티에 들른 적이 있다. 파일만 받고 잽싸게 나왔어야 했는데, 그만 게시판의 토론 하나가 눈에 들어왔다. 점점 시골로 유입되는 동남아 혈통에 대해 심각한 고민을 하는 글이었는데, 댓글 중에 이런 내용이 섞여 있었다. 황진이나 성춘향을 베트남 여자가 하는 걸 상상해보란 말이야. 이게 말이 돼?

직업의식이 발동한 나는 예를 찾기 시작한다. 가장 영국적인 배우로 알려진 헬레나 본햄 카터는 사실 프랑스계 혼혈이다. 미국 원주민 피를 물려받은 조니 뎁도 〈파인딩 네버랜드〉나 〈프롬 헬〉과 같은 영화에서 영국인을 연기했다. 가까운 일본은 어떨까? 얼마 전에 〈시노비〉라는 사극을 봤는데, 어머니로부터 북아프리카계 피를 물려받은 사와지리 에리카가 주인공들 중 한 명이었다. 프랑스 피는 한 방울도 섞이지 않은 가장 프랑스적인 배우 이자벨 아자니도 언급해야 할까?

생각해보니, 이런 식으로 이야기를 끌어갈 필요도 없다. 지금 KBS에서 황진이를 연기하고 있는 하지원은 과연 전통적인 조선시대 여인상인가? 〈대장금〉의 이영애는 어떤가? 아마 당시 사람들이 보면 외국인 취급을 할지도 모르겠다. 최근 몇 년 동안 시대극에 출연해 인기를 얻은 여자배우들 중 당시에도 먹혔거나 당연시되었을 얼굴을 한 사람은 거의 없다. 그렇다고 조선시대의 미적 기준에 맞춘 얼굴을 뽑자니 위험 부담이 너무 크다. 대단한 혈통의 변화는 없었지만 이미 황진이가 살던 시절의 조선인과 지금의 한국인 사이엔 엄청난 단절이 존재하는 것이다. 여러 면에서 우리나라 텔레비전에 나오는 사람들은 당시 조선인들이 자신의 혈통으로 받아들일 만한 외모가 아니다.

외모의 차이는 앞으로도 심해질 것이다. 지금 성형수술은 수술받은 당사자의 문제이다. 하지만 곧 미용을 목적으로 한 유전자 조작 시술이 나올 것이다. 그러면 인공적으로 변형된 형질은 대를 이어 지속된다. 세월이 흐르면 후손들의 외모는 우리가 물려받은 모습에서 벗어나 추상적인 미적 기준에 더 가까워질 것이다. 과연 우린 그들을 우리의 후손으로 인정할 수 있을까? 아마 그럴 것이다. 더 잘생긴 후손은 우리의 허영심을 만족시킨다. 그들이 황진이나 성춘향을 연기할까? 그러지 말라는 법은 어디 있는가? 그들 중에 이민족이나 외국 출신 배우들도 있을까? 그 정도면 그런 사람들이 섞여 있지 않은 게 이상하다. 아마 유전자가 조작된 다른 후손들과 구별하기도 어려울 것이다.

수많은 사람들이 민족의 불변성을 당연하게 생각한다. 하지만 그런 것은 존재한 적 없고 물론 한민족의 경우도 마찬가지다. 세상 모든 것은 세월의 흐름 속에서 변하기 마련이고, 그건 민족이나 문화도 마찬가지다. 심지어 고정되어야 마땅한 것 같은 과거에 대한 이미지도 변한다. 〈황진이〉나 〈스캔들-조선남녀상열지사〉가 보여주는 조선시대는 우리가 지금까지 봐왔던 조선시대보다 세련되고 호사스럽다. 우리가 당연한 중국 역사의 일부라고 생각하는 무협영화의 복장은 당대에 단한 번도 존재한 적이 없다. 난 지금 HBO의 텔레비전 시리즈 〈ROME〉의 1시즌을 보고 있는데, 이 시리즈에서 로마라고 등장하는 컬러풀하고 야만적인 분위기의 뒷골목은 지금까지 우리가 봐왔던 하얀 대리석 도시와는 전혀 다르다. 아마 이런 변화는 계속 진행될 것이다. 고고학적인 지식은 계속 축적되고 후손들은 과거의 이미지를 자기네 취향에 맞게 뜯어고치기 때문이다.

우리는 이런 미래를 걱정해야 할까? 도대체 왜 그래야 하는가? 미래의 미적 기준에 대한 걱정은 후손들의 몫이고 우리에겐 그것들을 걱정할 이유도 권리도 없다. 미래는 그 시대를 사는 사람들의 것이고, 그 미래가 다가왔을 때 우린 모두 죽고 없을 테니.

완벽한 외국어에 대한 판타지

한국 사람들이 배우에 대해 품고 있는 막연한 판타지가 하나 있는데, 그것은 배우라면 마땅히 극 중에서 필요한 외국어를 완벽하게 구사해야 한다는 것이다. 예를 들어 김희선이 〈신화: 진시황릉의 비밀〉에서 대사 일부를 더빙으로 처리했을 때, 몇몇 인터넷 저널리스트들은 김희선의 무능함과 게으름을 비난했다. 난 지금도 묻고 싶다. 당신들이 한 번 몇 개월 동안 집중 교육을 받고 완벽한 북경어로 대사를 읊어보지 그래? 심지어 그건 같은 중국어권 배우들에게도 힘든 일이다. 가까운 예로 〈와호장룡〉의 주윤발과 양자경을 보라. 실제로 이안 감독은 두 사람의 대사를 더빙으로 밀어버릴 생각을 하기도 했다. 그리고 많은 중국어권 관객들은 그가 정말 그랬어야 했다고 생각한다.

한국 사람들이 프로페셔널한 외국어 구사라고 생각하는 경우의 대부분은 판타지다. 사람들은 드라마 〈파일럿〉에서 채시라가 유창한 불어를 구사했다고 믿는다. 하지만 그 드라마를 프랑스 사람에게 보여주자 한참 멍하게 듣고 있던 그 사람은 사정을 전해 듣고 놀라서 외친다. "그게 프랑스어였어요?"(실제로 일어났던 일이다.) 마찬가지로 사람들은 〈거침없이 하이킥〉에서 박해미가 유창한 러시아어를 구사했고, 신지는 게으르게 더듬거렸다고 믿는다. 하지만 정작 러시아 사람들은 박해미의 대사를 한 마디도 못 알아들었을 거다. 오히려 신지의 말은 알아들었겠지. 유창한 척 자기가 생각하는 한국어 억양을 흉내 내며 웅얼거리는 외국인과 간단한 한국어 단어와 문장을 짧게 뱉으며 소통을 시도하는 외국인을 생각해보라.

한국 사람들이 이렇게 언어의 유창함과 완벽함에 집착하는 이유는 뭘까. 그건 아이로니컬하게도 우리가 외국어를 사용할 일이 별로 없기 때문이다. 우린 영어에 집착하지만 정작 그 언어를 써야 할 정말 필사적인 이유는 찾지 못한다. 대부분 한국어라는 좁은 언어 풀에서 끼리끼리 교류하며 살아가고 거기에 만족한다. 인터넷 시대라고 특별히 나아진 것 같지는 않다. 나만 해도 영어 사이트에 들어가는 일이 10년 전보다 훨씬 줄었다. 인터넷 안의 한국어 풀이 그만큼 넓어졌기 때문이다.

이런 환경에서 사는 사람들은 외국어를 쓴다는 행위가 무엇인지 감을 갖지 못하게 된다. 훌륭한 외국어 사용은 결코 모어 구사자의 발음을 완벽하게 흉내 내는 것이 아니다. 언어를 제대로 이해하고 의사소통에 그 이해를 반영하는 것이 더 중요하다. 모리스 슈발리에는 경력 말기까지 늘 강한 불어 악센트와 어투를 구사했지만, 미국인들은 그걸 매력이라고 생각했다. 마찬가지로 모니카 벨루치의 이탈리아 악센트를 비난하는 프랑스 관객은 없다. 수많은 외국인들이 이 회색 지대 안에서 적당히 능숙한 언어생활을 하며 만족스럽게 지내고 심지어 아카데미와 같은 연기상도 받는다. 외국어 사용에 익숙한 사람들일수록 표면의 완벽함에 대해서는 신경 쓰지 않는다. 그들은 그것이 언어의 판타지라는 걸 안다.

어쩔 수 없이 배우가 전혀 지식이 없는 언어를 발성만으로 따라가야 하는 때가 있다. 이런 경우는 대부분 티가 난다. 거의 전 세계 언어를 완벽하게 구사하는 것처럼 보였던 〈앨리어스〉의 시드니 브리스토를 보라. 한동안은 멋있어 보였다. 하지만 이 사람이 북한에 침투했을 때는 어땠더라? 요새는 한국어가 나오는 영화나 드라마가 많아서 들 수 있는 예가 점점 많아진다. 〈로스트〉의 몇몇 한국어 대사는 인터넷 농담으로 굳어진 지 오래다. 드라마 작가들에게 부탁하노니, 배우에게 제발 모르는 외국어를 시키지 말라. 그렇게 하면 멋있을 것 같다고 생각할지 모르지만, 대부분 한없이 불쌍해 보일 뿐이다.

실제로 이런 외국어 사용의 대부분은 연기에 심각한 해를 끼친다. 〈최종병기 활〉을 보자. 이 영화에 나오는 배우들 중 상당수는 만주어를 구사한다. 우리는 만주어가 도대체 어떻게 되어먹은 언어인지 모른다. 하지만 그럼에도 불구하고 그들이 서툰 외국어 때문에 고전하고 있다는 사실은 안다. 만주어를 외국어로 사용하는 조선인을 연기하는 박해일과 문채원은 그래도 괜찮다. (사실 그들이 그렇게 능숙한 만주어를 구사하는 것 자체도 이상하다. 어린 시절 배운 외국어는 사용하지 않으면 잊어버린다. 두 남매에게 만주어를 쓸 동기가 있었던가?) 하지만 청나라 군사들이 그래서야 쓰나. 난 그들이 영화의 만주어 대사를 후반더빙으로 처리했다면 어땠을까 생각해본다. 만주어 구사자 더빙 배우를 찾는 것 자체가 불가능했다면, 배우들에게 다시 한번 기회를 주는 방법도 있었을 거고. 하긴 정말 그랬는데, 결과가 여전히 그 정도였을지도 모르겠다.[3]

얼마 전에 김탁환의 《노서아 가비》를 원작으로 한 〈가비〉가 촬영을 마치고 후반작업에 들어갔다. 내용상 주인공은 능숙한 러시아어 구사자다. 영화가 이를 어떻게 처리했을지 궁금하다. 아마 러시아어 대사는 최대한 줄이려 했을 것이다. 그래도 뜻도 제대로 모르면서 러시아어 흉내를 내는 장면이 상당히 될 것이고, 배우도 그 때문에 고생을 상당히 했을 것이다. 그러나 아무리 노력해도 영화가 요구하는 능숙함에는 미치지 못했을 거다. 아마 "어차피 러시아어 모르는 한국 관객들이 들을 건데 적당히 하지." 선에서 멈추지 않을까.[4]

난 왜 그래야 하는 건지 알 수 없다. 하나 이상의 외국어를 구사할 때, 그 영화는 그만큼 다른 세계로 열려 있다. 당연히 그 열린 방향으로 최소한의 리얼리티를 고수하는 건 중요하다. 그를 통해 다른 언어권의 새로운 관객들을 얻게 될 수도 있다.

난 여기서 더빙이 해결책이라고 믿는다. 왜 배우들은 액션 연기에 스턴트 더블을, 노래 연기에 전문 가수를 동원하면서, 외국어 연기는 늘 직접 해야 한다고 생각하는 걸까? 영화에서 배우는 전체를 구성하

034

---

3 _____ 〈최종병기 활〉의 김한민은 〈명량〉에서도 한국 배우들에게 일본인 역할을 시켰다. 결과는 〈최종병기 활〉 때보다 더 나빴다. 만주어야 어차피 사어지만 일본어는 사정이 다르지 않은가. 그가 정말로 이순신 3부작을 모두 만들 생각이라면 다음 영화에서는 제발 일본인 역에 일본인 배우를 기용하길 기대해보자.

는 재료의 일부이고 연기는 서커스가 아니다. 만약 여러 사람의 도움으로 더 나은 결과물이 나온다면 그 방법을 채택해야 하지 않을까? 배우의 에고는 그 다음 문제이다.

어린이 배우가 만들어내는 마법의 순간

1

신상옥의 〈사랑방 손님과 어머니〉에서 가장 유명한 건 옥희의 앙증맞은 내레이션과 대사들이다. 영화를 보지 않은 사람들도 연예인들이 텔레비전에서 옥희 성대모사를 하면 단번에 알아들을 정도로. 아마 그 성대모사를 하는 연예인들 중 태반이 정작 영화는 보지도 못했을 것이다. 그들이 원본으로 삼은 건 영화 속 옥희가 아니라 영화 속 옥희를 흉내 내는 개그맨 김태균일 가능성이 더 크다.

사실 김태균이 흉내 낸 영화 속 옥희의 목소리도 옥희를 연기한 아역 배우 전영선의 것이 아니라 전문 성우의 것이다. 그렇다면 그 어른 성우는 구체적으로 누구를 흉내 낸 것일까? 그냥 막연히 머릿속으로 상상한 어린아이 목소리를 낸 게 분명하다. 심지어 그 성우가 실제 전영선의 목소리를 들어본 적이 있긴 한 건지도 의심스럽다.

당시 대부분의 한국 배우들은 전문 성우를 썼다. 내가 그때 활동하던 배우들의 연기를 평가하는 데에 늘 주저하게 되는 것도 그들의 연

035

4 _____ 예상대로 〈가비〉의 완성도는 끔찍한 수준이었다. 심지어 배우의 엉터리 러시아어가 가장 큰 단점도 아니었다. 하긴 그 영화는 처음부터 대형 사고를 향해 질주하는 열차 같았다. 어느 누구도 이를 막을 생각이 없었다는 게 아직도 이해가 안 간다.

기를 절반밖에 모르기 때문이다. 전영선이라고 특별히 예외여야 한다는 법은 없다. 그럼에도 불구하고 내가 〈사랑방 손님과 어머니〉의 전영선 목소리를 듣지 못하는 걸 더 아까워하는 이유는 전영선이 아역 배우이기 때문이고 난 아역 배우에게 성인 배우와는 다른 기준을 적용하기 때문이다.

2

연극과 비교했을 때 영화의 가장 큰 장점은 어린이의 연기를 온전히 담을 수 있다는 것이다. 물론 무대에서 활동하는 훌륭한 아역 배우들도 있다. 그들이 없다면 어떻게 〈사운드 오브 뮤직〉의 공연이 가능하겠는가. 하지만 그것이 가능하려면 그들은 성인과 같은 자기 통제력을 가진 전문가여야 한다.

어린 전문가들은 텔레비전이나 영화계에서도 얼마든지 찾아볼 수 있다. 무대 배우이건, 영화배우이건, 나는 그런 전문가들을 존경한다. 셜리 템플, 마가렛 오브라이언, 헤일리 밀즈, 맥컬리 컬킨, 헤일리 조엘 오스먼트, 다코타 패닝. 이들은 모두 훌륭한 배우이고 몇 명은 천재라는 찬사가 어울린다. 우리가 성공적인 아역 스타라고 부르는 사람들은 대부분 여기에 해당된다. 그런 자기 통제력이 없다면 스타로서 위치를 유지하기 힘들다.

그런 아역 스타들의 연기는 경탄스러우면서도 조금 소름 끼치는 구석이 있다. 그들은 지나치게 능숙하거나 지나치게 영리하거나 지나치게 조숙하거나 지나치게 아이 같다. 그 때문에 그들은 종종 '언캐니밸리 uncanny valley(인간과 흡사한 로봇에 대해 갖는 거부감)'라고 불릴 만한 이상한 영역에 머문다. 재미있는 건 관객들 역시 그렇게 고정된 아역 배우들의 연기를 보면서 그런 연기를 당연하게 생각한다는 것이다. 나 역시 다를 건 없다. 영화 속의 아이들에게 진짜 아이들의 행동을 기대하는 사람들은 의외로 없다. 마지막에 이름을 언급한 다코타 패닝을 보라. 아역 배우 패닝의 매력은 그 아이가 현실세계를 넘어선 무언가 다른 존재처럼 보인다는 데에 있다. 그게 나쁜 건가?

그런데 내가 영화 속에서 찾는 '어린이 연기'는 조금 다른 것이다. 이럴 때 자주 언급하는 영화가 빅토르 에리세의 〈벌집의 정령〉이다. 다섯 살 꼬마 아나 토렌트가 영화 속에서 본 프랑켄슈타인의 괴물을 찾아 스페인의 평야를 아장아장 걸어가던. 하지만 정작 산세바스찬영화제에서 이 영화를 본 스페인 관객들은 영화 속 아이들의 연기에 적응하지 못했다. 그들이 지금까지 보아왔던 '아역 배우' 연기와 너무나도 달랐던 것이다. 아나 토렌트와 언니로 나왔던 이사벨 텔렐리아는 다듬어지거나 통제된 '아역 배우' 연기를 하지 않았고 무엇보다 어른 성우가 더빙한 것이 아닌(우리나라에서처럼 당시 스페인에서도 그게 당연한 것이었다.) 자기 자신의 목소리로 말했다. 아주 아름답지만 날것이고, 이상한 것이 스크린 위에서 말하고 움직이고 있었다.

〈벌집의 정령〉의 어린이 연기는 섬세한 사실주의 추구에서 나온 것이었다. 제임스 웨일의 〈프랑켄슈타인〉을 틀어주는 마을 강당 장면에

아나와 이사벨 자매가 처음 나올 때 그들은 연기를 하고 있지 않다. 그건 같이 영화를 보고 있는 다른 아이들도 마찬가지다. 넋을 잃고 화면을 보고 있는 두 소녀의 모습은 연기하는 배우의 것이 아니다. 그리고 그 이상한 자연스러움은 그들이 강당을 나선 뒤부터 영화가 끝날 때까지 계속된다. 결코 그 나이 또래의 아이들이 이해할 수 없는 이상하고 신비로운 일들이 벌어지는 동안에도 아이들의 이러한 연기는 끊어지지 않으며 정교한 흐름을 탄다.

이런 것은 오직 영상 매체만이 할 수 있는 마술이다. 아니, 마술보다는 강령술에 더 가깝다. 인위적으로 연기하지 않은 자연스러운 감정이 어린 배우의 몸을 통해 온전히 드러났을 때 잡아채는 기술. 그 에센스를 재료로 현실을 넘어서는 무언가를 만들어내는 기술. 그런 마법을 구사할 수 있었던 감독과 함께 영화를 찍었던 건 아나 토렌트의 행운이었다. 셜리 템플과 같은 아역 스타야 누가 감독이어도 멋진 연기를 보여주었겠지만, 아나 토렌트의 연기가 꽃피려면 끊임없이 아이를 관찰하며 안에 숨겨진 가능성을 끄집어내줄 감독의 존재가 꼭 필요하다.

이런 강령술이 필요한 것은 아이들의 세계를 그리는 영화가 정확히 어른의 영역도 아니고 아이의 영역도 아닌 중간세계에 존재하기 때문이다. 아이들은 스스로의 이야기를 영화로 만들 수 없다. 영화를 만드는 어른들은 왜곡되고 흐려진 자신의 기억과 관찰력에 의존할 수밖에 없다. 훌륭한 어린이 영화가 나오려면 감독과 작가와 아역 배우가 이 중간세계의 탐험자가 되어야 한다. 어느 누구도 이 세계를 온전히 이해하지 못한다. 세계를 이해하기는커녕 서로를 이해하는 것도 힘들다. 그런 와중에도 종종 아름답고 진실한 무언가가 나오는데, 어떻게 그럴 수 있었는지를 설명하는 건 쉽지 않다.

그래도 이런 마법을 반복할 수 있는 감독들이 있다. 스필버그는 아이들이 어떻게 행동하는지 제대로 알고 있으며 그들로부터 자연스러운 연기를 카메라 앞으로 끌어낼 줄 아는 사람이다. 제인 캠피언은 아역 배우의 표현 가능성이 얼마나 확장될 수 있는지 알고 있는 감독이다. 그리고 설명이 필요 없는 프랑수와 트뤼포가 있다. 그들 모두 어린 배우들과 능숙한 소통이 가능하다. 〈E.T.〉, 〈태양의 제국〉, 〈피아노〉, 〈내 책상 위의 천사〉, 〈포켓 머니〉, 〈400번의 구타〉와 같은 영화들이 그들의 마법 속에서 나왔다.

같은 마법에 동참했던 어린이 배우의 경우는 조금 불리하다. 토렌트는 그 뒤로 훌륭한 전문 배우로 활동해왔다. 하지만 성인 배우 토렌트는 아무것도 모른 채 영화를 따라가기만 했던 다섯 살 때의 자신을 넘어서지 못했다. 그것은 어른 배우가 연기로 넘어설 수 있는 벽이 아니었다. 〈벌집의 정령〉 직후에 찍은 카를로스 사우라의 〈까마귀 키우기〉는 토렌트가 얼마나 훌륭한 어린이 배우였는지를 보여주는 또 다른 영화지만, 심지어 이 영화에서도 에리세와 함께 있었을 때 우리가 보았던 마술의 전부는 찾을 수 없다. 스필버그, 캠피언, 트뤼포의 영화에 출연했던 어린이들 중 이후 '아역 스타'로서 전성기를 맞았던 배우도 의외로 적다. 심지어 드루 배리모어나 크리스찬 베일 역시 배우로서 안정적인 커리어를 굳힌 건 성인이 된 뒤였다.

3

우니 르콩트의 〈여행자〉에 나오는 김새론을 처음 보았을 때 내가 보았던 것도 〈벌집의 정령〉에서 봤던 것과 비슷한 마법이었다. 그건 심지어 〈벌집의 정령〉 때보다 더 신기했다. 이 영화의 감독과 주연배우는 서로의 언어도 제대로 이해하지 못했던 것이다.

르콩트가 시도했던 것은 에리세의 것보다 더 어려운 마법이었다. 입양아 출신의 이 한국계 감독은 한국의 가톨릭계 고아원에 버려졌다가 프랑스에 입양되었던 자신의 어린 시절의 유령을 말도 통하지 않는 이 작은 배우를 통해 되살리려 했다. 이것은 트뤼포가 자신의 영화에서 어린 시절의 경험을 되살린 것과는 전혀 다른 종류의 작업이다. 트뤼포는 여전히 자신이 어린 시절을 보냈던 세계와 연결되어 있었지만, 르콩트는 이미 그 대부분을 언어와 함께 잊어버린 뒤였다. 게다가 이 소녀는 보통 유령이 아니다. 자신을 버리고 간 아버지에 대한 사랑으로 자신의 일부를 하얗게 태워버릴 정도로 격렬한 멜로드라마의 주인공이다. 이 정도면 거의 그레타 가르보다. 놀랍게도 김새론은 그 불가능할 것 같았던 연기를 놀랍도록 훌륭하게 해냈다. 영화 내용 대부분을 제대로 이해했던 것 같지도 않은데 그걸 넘어서는 직관과 표현력이 있었던 것이다. [5]

이런 마법이 반복될 수 있을까? 완벽한 재현은 기대하지도 않았다.

040

5 ____ 2015년 1월 26일 김새론은 일일 DJ를 맡았던 MBC FM4U 〈심야 라디오 디제이를 부탁해〉에서 이에 대한 작은 단서를 제공해준다. "1000대 1의 오디션 경쟁에서 뽑혔던 이유는 모든 아이들이 연기를 너무 잘했고, 제가 연기를 제일 못했기 때문입니다. 당시 프랑스 감독님께서 김새론은 연기를 한 것이 아니라 (그냥) 김새론이었다고 해주셨어요."

그래도 조건만 올바로 주어진다면 아나 토렌트가 〈까마귀 키우기〉에서 만났던 것과 같은 운 정도는 기대할 수 있을 것 같았다. 걱정된 만큼 궁금하기도 했다. 그 뒤 몇 년 동안 나는 삐딱하게 고개를 기울인 채 마치 복잡한 화학 실험을 구경하듯 이 배우의 경력을 따라갔던 것 같다.

김새론은 이듬해에 이정범의 〈아저씨〉에 출연했고 대부분 사람들은 이 영화를 통해 김새론이라는 배우의 이름을 알게 됐다. 하지만 나에게 이 영화는 여러 모로 실망스러웠다. 다른 건 다 접고 김새론과 관련된 면만 따져도 문제가 한둘이 아니었다. 우선 캐릭터가 얇았다. 구출되는 불쌍한 소녀라는 캐릭터가 간신히 잡혔을 뿐, 이 설정에서 벗어나면 남는 게 없었다. 게다가 〈여행자〉에서와 달리 감독은 어린이 배우를 어떻게 다루어야 하는지 모를 뿐만 아니라 심지어 관심도 없어 보였다. 충분히 교정할 수 있는 연기를 그대로 방치한 장면들도 군데군데 보였다. 예를 들어 긴 대사의 호흡을 어디에서 끊어야 하는지 정도는 감독이 당연히 알려주어야 하는 것 아닌가?

〈아저씨〉는 히트했다. 그리고 순식간에 작은 아트하우스 영화 〈여행자〉를 밀어내고 김새론의 대표작이 되었다. 이 영화의 뻔한 결과물을 싫어하는 사람은 나밖에 없는 것 같았다. 하지만 촬영 당시 옆에서 〈여행자〉의 연기를 지켜보았을 나우 필름의 이준동 대표 역시 실망해서 트위터에 이렇게 썼다. "김새론은 〈여행자〉에서 놀라운 연기를 보여주었는데, 여기선 감독이 제대로 못 뽑아냈네요."

여기서부터 세상 사람들이 보는 김새론의 경력과 내가 보는 김새론 041

의 경력은 거의 평행우주처럼 갈라지기 시작한다. 세상 사람들이 보는 김새론은 늘 자기가 찍고도 직접 볼 수 없는 어두운 영화를 전문적으로 찍는 '천재 소녀'이다. 하지만 내가 보기에 김새론이 그동안 찍은 어두운 19금 영화는 경력의 절반 정도에 불과하고 그들 대부분은 작품이나 연기의 완성도가 그리 높지 못하다. 오히려 〈내 마음이 들리니〉의 발랄한 '아역 연기'가 의외로 성과가 좋았고 초반에 중단된 시트콤 〈엄마가 뭐길래〉의 코미디 연기가 신선해 보였다. 어느 쪽이 더 정확하냐고? 당연히 거의 모든 작품을 꼼꼼하게 챙겨 본 내가 더 정확하지.

뭐가 잘못되었는지를 생각해봤다. 기준을 어디로 잡느냐에 따라 달라진다는 것이 정답이었다. 〈여행자〉를 김새론 연기의 기준으로 잡은 나는 김새론의 이미지를 작지만 의지가 강한 비극적 여자주인공으로 보았다. 〈아저씨〉를 김새론 연기의 기준으로 잡은 관객과 감독은 김새론을 학대당하는 소녀로 보았다. 전자는 잊히고 후자는 독자적인 예술적 비전 없이 반복 재생산이 된다. 그 과정 중에 주인공의 의지나 개성이 사라지고 배우의 기술적 단점이 드러나는 건 당연한 일이다.

이 상황은 2014년에야 어느 정도 개선되기 시작했다. 박찬경의 〈만신〉, 정주리의 〈도희야〉는 김새론의 캐릭터에 제대로 된 무게와 의지를 돌려준 영화들이었고 그와 함께 연기도 이전의 활기를 되찾았다. 하지만 이 배우는 이미 열네 살이고 더 이상 아역이라 할 수 없다. 오로지 어린이만이 할 수 있던 그 특별한 연기가 가능했던 시기는 지나가버린 것이다. 이제 마법에 의존하지 않고 테크닉을 가다듬으며 직업 배우로 진입할 준비를 해야 할 때이다. 자연스럽지만 아쉽기 짝이 없는 일이다. 여전히 앞날이 창창한 젊은 배우 앞에서 할 소리는 아니지만.[6]

4

최근 그 불꽃과 같은 마법의 순간을 체험하고 있는 한국 어린이 배우는 김수안이다. 허정의 〈숨바꼭질〉에서 처음 그 배우를 보았을 때는 어떤 인상도 받지 못했다. 그냥 짜증나는 아이였을 뿐. 하지만 윤가은의 단편 〈콩나물〉과 옴니버스 영화 〈신촌좀비만화〉의 마지막 에피소드인 김태용의 〈피크닉〉을 연달아 보면서 나를 포함한 수많은 관객들은 뒤늦게 이 배우에게 무언가 특별한 것, 거의 완벽하게 묘사된 일상 속에 시를 심는 재능이 있다는 것을 알아차렸다. (《미안해, 고마워》 중 〈내 동생〉 에피소드를 본 사람들은 나보다 더 빨리 발견했을 것이다.) 물론 〈숨바꼭질〉에서 보이지 않았던 것이 〈콩나물〉과 〈피크닉〉에서 꽃필 수 있었던 것은 윤가은과 김태용이 어린이 캐릭터와 어린이 배우가 어떤 존재인지 잘 알고 있는 예민한 감각의 소유자였기 때문이다. 과연 한국영화계가 이 배우의 지금 재능을 최대한으로 살릴 만한 영화를 꾸준히 제공해줄 수 있을지 두고 봐야 할 것이다.

6 ____ 이 글을 쓰고 얼마 지나지 않아 〈맨홀〉이 개봉했다. 슬프게도 이 영화는 김새론을 '〈아저씨〉의 학대당하는 소녀'로 보는 감독이 영화를 얼마나 말아먹는지 보여주는 또 다른 예였다. 심지어 몇몇 장면들은 〈아저씨〉의 장면들을 그대로 베꼈는데, 정말 할 말이 없다.

어느 실패한 코미디의 우주

몇 주째 계속 타나미실리에 대해 생각하고 있다.

모르는 독자들에게 정보를 제공하자면, 타나미실리는 〈개그 콘서트〉의 〈후궁뎐: 꽃들의 전쟁〉에서 오나미가 연기하는 캐릭터다. 설정상 조선에 후궁으로 들어온 명나라 공주다. 명나라 공주이면서 짝퉁 몽골 이름을 달고 있는 것은 이 캐릭터가 MBC 시극 〈기황후〉에서 백진희가 연기하는 타나실리를 패러디하기 때문이다.

꼭지의 내용은 단순하다. 왕은 바보이고, 고상한 척하는 두 후궁은 그 구역 일진이다. 앙숙인 둘은 타나미실리가 시녀와 함께 등장하면 신나게 이 신입후궁을 놀려댄다. 소란 속에 대왕대비가 등장해서 상황을 정리하는 것 같지만 이 사람의 역할도 타나미실리를 까는 것이다. 결국 시녀와 왕을 포함한 모든 사람들이 타나미실리를 조롱하고 모욕하면 극이 끝난다.

여기서 코미디를 만들어내는 것은 타나미실리의 캐릭터이다. 이 사람은 궁의 모든 사람들에게 매일 얼굴을 얻어맞는 것 같은 폭행을 당하면서도 자기가 그런 일을 당하고 있는 걸 모르는 것처럼 행동한다. 유일한 방어 수단인 "하지 마시옵소서"라는 항의도 환하게 웃으면서 한다.

이런 코미디에서 '못생긴' 주인공이 자기 외모의 핸디캡을 인식하지 못하는 것처럼 행동하는 건 흔한 일이다. 하지만 나는 〈후궁뎐〉의 타나미실리도 그런 캐릭터라고는 못 믿겠다. 그건 오나미가 지금까지 꾸준히 만들고 연기해온 캐릭터들의 흐름과 잘 맞지 않는다. 전작인 〈시스타 29〉에서도 오나미와 박지선 캐릭터는 자신의 핸디캡을 모르는 사람이 아니었다. "하지 마시옵소서"라는 유행어 자체가 이 코너에서 가져와 변형시킨 것이기 때문에 자연스럽게 오나미의 두 캐릭터는 하나로 연결된다.

그렇다면 이렇게 생각할 수밖에 없다. 타나미실리는 자신의 외모 핸디캡에 대해 누구보다 잘 알고 있다. 오로지 자신이 택할 수 있는 유일한 방어 수단으로서 그런 긍정적인 태도를 취할 뿐이다. 그리고 타나미실리를 조롱하는 주변 사람들 모두 타나미실리의 태도가 가짜라는 것을 안다. 가장 끔찍한 부분은 그나마 타나미실리의 편이어야 할 시녀마저도 그 가혹 행위에 동조하며 아부를 위장한 폭력을 휘두른다는 것이다.

여기서부터 나는 이 코너를 더 이상 코미디로 보지 못한다. 실패한 코미디로 보고 채널을 돌리는 게 아니다. 반대로 나는 '조선에 후궁으로 온, 가짜 몽골 이름을 단 명나라 공주가 나오는' 이 말도 안 되는 이야기를 코미디가 아닌 다른 장르물로 보고 몰입하게 된다. 왕따 소녀가 주인공인 소집단을 다룬 끔찍한 멜로드라마들 있지 않은가. 주로 학교 이야기가 많지만 또래 여자들이 모인 모임이라면 다 비슷한 배경이 된다. 〈후궁뎐〉과 비슷한 작품으로 가장 먼저 떠오르는 작품은 집단 따돌림을 당하는 중학생 소녀가 주인공으로 나오는 토드 솔론즈의

〈인형의 집으로 오세요〉이다.

〈후궁뎐〉은 〈인형의 집으로 오세요〉보다 상황이 더 끔찍하다. 〈인형의 집으로 오세요〉에서 주인공 던은 최소한 작가, 자신을 연기하는 배우 그리고 관객들의 지지를 얻는다. 〈후궁뎐〉에서 타나미실리는 그들 중 누구의 동정도 얻지 못한다. 무대에 등장하는 순간부터 이태선 밴드가 음악을 연주하는 마지막까지 타나미실리는 이 적대적인 우주에서 오로지 혼자이다.

이런 상황에서 자신감과 낙천주의로 위장하는 것은 오로지 정신승리의 의미밖에 없다. 그런 태도를 취해봤자 양의 되먹임에 올라탄 따돌림과 폭력은 심해질 뿐이다. 하지만 정신승리에라도 의지할 수 없다면 이 사람이 기댈 곳은 어디인가. 나는 두 후궁이 도입부 농담을 읊는 동안 오나미의 몸에 들어간 타나미실리가 앞으로 닥칠 폭력의 연타를 기다리는 광경을 상상한다. 정신 나가지 않았다면 그 재난을 스스로 맞이할 이유는 없다. 하지만 〈후궁뎐〉의 우주는 가혹하기 짝이 없고 여기서 그의 고통에 대해 생각하는 사람은 단 한 명도 없다. 큐 소리가 들리고 오나미는 주저하는 타나미실리의 캐릭터를 잡아끌고 무대로 나간다⋯⋯

그녀의 규칙

1

강형철의 〈써니〉에서 관객들이 가장 지겨워하는 부분은 결말이다. 진희경이 연기한 암 환자 춘화가 죽자, 장례식에 고등학교 시절 친구 다섯 명이 모인다. 그들이 죽은 친구 이야기를 하는 동안 갑자기 변호사가 나타나 춘화의 유언장을 읽는데, 힘겨운 삶을 살고 있는 몇몇 친구들에게 춘화의 유산은 엄청난 선물이다. 친구들은 감동하고, 울고, 기뻐하고, 슬퍼하고…… 이게 엄청나게 길게 간다. 길기도 하지만 좀 재수가 없다. 이 영화가 텔레비전에서 방영되자 누군가는 이렇게 이죽거리는 트윗을 올렸다. '역시 돈 많은 친구와 사귀는 것이 인생에 도움이 된다는 걸 느꼈다. 깨우침을 준 훌륭한 특선영화 써니.' 충분히 이해가 되는 반응이다. 사실 드라마 도구로서도 별로다. 여기서 춘화는 전형적인 '기계장치의 신(데우스 엑스 마키나deus ex machina: 극에서 갑작스럽게 갈등을 해결하고 결말짓는 캐릭터 혹은 연출 기법)'처럼 굴고 있으니까.

그런데 말이다. 처음 이 영화를 보았을 때 결말이 너무 길고 편리하다고 생각하면서도 나는 '이와 비슷한 장면을 어디서 보았더라?'라는 생각을 지울 수 없었다. 흔한 멜로드라마 설정이니 비슷한 장면은 많았을 것이다. 하지만 내 기억을 자극하는 것은 조금 다른 것이었다. 아니, 닮은 게 아니었다. 내 두뇌가 찾고 있었던 것은 정반대의 예였다.

발자크의 《고리오 영감》이었다. 처음부터 그랬다. 너무 완벽하게 반대여서 오히려 닮아 보였던 것이다.

두 사람을 비교해보라. 고리오는 사랑하는 딸들에게 자신의 전 재산을 미리 퍼주었고 결국 가난에 시달리다 홀로 죽었으며 아무도 그를 기억하지 않았다. ("아! 만약 내가 부자였다면, 내가 딸들에게 내 재산을 다 주어버리지 않고 갖고 있었더라면, 딸들은 왔을 테지. 내 뺨에 입 맞추며 뺨을 핥아 댔을 테지.") 하지만 춘화는 죽을 때까지 자신의 재산을 움켜쥐고 있었고 죽은 뒤에야 선심 쓰듯 몇몇 가난한 친구에게 재산 일부를 유산으로 남겼다. 감동한 그들은 결코 죽은 친구를 잊지 않을 것이다. 마치 어렸을 때 《고리오 영감》을 감동적으로 읽은 춘화가 "나는 결코 저 멍청한 영감처럼 살지 않을 거야!"라고 결심이라도 한 것 같다.

이렇게 따지면 결말은 생각만큼 감상적이지 않다. 춘화가 옛 친구들을 한자리에 모아놓고 우정을 회상하며 죽었다면 그렇게 되었을 텐데, 그게 아니란 말이다. 춘화는 처음부터 끝까지 계획적이고 이성적이다. 죽기 전에 자신을 소중하게 기억할 만한 고등학교 친구들을 악착같이 찾아낸 다음, 이제 아무 쓸모가 없어진 자신의 재산으로 그들을 '매수'한다. 병원에서 자신 대신 일을 해줄 옛 친구 나미를 만난 건 행운이었지만(과연 그랬을까?) 그렇게 만나지 않았어도 자기가 스스로 찾았을 것이다. 여기서 춘화는 익숙한 한국 멜로드라마의 주인공보다는 마지막 전투를 하러 떠나는 스파르타의 레오니다스 왕처럼 보인다. "나를 기억하라." 사후세계가 없다면 죽음 뒤에도 우리를 살게 하는 것은 살아남은 사람들의 기억뿐이다.

결국 누구를 주인공으로 놓느냐의 문제이다.

2

관객들이 지겨워하는 장면이 장례식 시퀀스라면, 비평가들이 가장 몸서리치며 싫어하는 장면은 시위 시퀀스다. 춘화가 이끄는 칠공주파는 우연히 시내에서 상대파인 소녀시대를 만나 한판 붙는데, 하필이면 그곳은 시위하러 나온 대학생과 전경의 전쟁터다. 몇몇 평론가들은 이 시위가 1987년 6월 항쟁이라고 착각하는데, 영화 속에서는 1986년 8월 15일로 나온다. 그렇다고 인터넷을 뒤져 그날 무슨 일이 일어났는지 검색할 필요는 없다. 이 영화에서 연도와 날짜는 그렇게 중요하지 않다. 하지만 80년대 역사의 중요한 사건과 고민을 희화화하고 비정치화해 코미디의 배경으로 삼았다는 문제는 여전히 남는다.

여기에 대해서는 각자의 생각이 있겠지. 크게 간섭할 생각은 없다. 하지만 유달리 무시되는 사실 하나는 지적해야겠다. 그건 바로 그 시위 장면이 사실적일 뿐만 아니라 정확하기도 하다는 것이다.

〈써니〉의 이야기는 최소한 이중의 창을 통해 관객들에게 전달된다. 우선 병원에서 우연히 고등학교 동창을 만난 중년 나미의 회상이다. 그리고 나미가 회상하는 경험은 당시 고등학생이었던 어린 나미의 관점에 전적으로 의존한다. 역사적 흐름에 무지했던 아이의 경험을 잘 나가는 변호사의 마나님이 된 중년 아줌마가 감상적으로 회상하는 것이다.

나미와 써니 일당들의 정치적 무관심은 자주 지적된다. 하지만 비판자들은 내가 알고 있는 것과 조금 다른 80년대를 기억하는 것 같다. 적어도 80년대 중산층 아이들이 〈써니〉의 주인공들처럼 정치에 무관심한 건 이상한 일이 아니었다. 알 수 있는 통로가 별로 없었다. 인터넷도 없었고 신문과 방송은 쓸모가 없었다. 이렇게 순진무구한 상태로 고등학교를 다니던 아이들이 대학에 들어가 갑자기 운동권이 되어 집안을 뒤집어놓고 신문에도 나고 그랬던 거다. 한마디로 말해 그들은 성발로 있었을 법한 아이들이다.

영화의 의도가 무엇이건, 이런 정치적 무심함은 오히려 정곡을 찌른다. 80년대를 회상할 때마다 나를 오싹하게 하는 건 당시 내 안테나 밑에서 벌어졌던 끔찍한 일들이 아니라, 너무나도 당연한 주변 환경이라 거의 신경 쓰지 않고 지나쳤던 군사정권의 일상이었다. 감독의 의도가 무엇이건, 〈써니〉의 시위 장면을 보며 내가 쉽게 웃거나 화를 낼 수 없는 이유는 과거의 경험과 현재의 회상, 실제 역사가 만들어내는 섬뜩한 삼각형을 무시하고 지나기 어렵기 때문이다.[7]

3

이 영화에 대한 반응 중 내가 이해하기 어려운 것은, 〈써니〉라는 영화를 옹호하려면 주인공들에게 동조하고 나미의 회상을 완전히 믿어야 한다는 태도이다. 나는 〈써니〉가 부당하게 저평가되는 영화라고 생각한다. 하지만 그렇다고 해서 주인공인 칠공주 패거리들에게까지 관대해야 할 이유는 뭔가? 강형철이 자신의 창조물인 아이들에게 관대한

---

7 ____ 〈써니〉에서 가장 걸리는 부분은 나미의 고향이다. 이 아가씨는 꼬막의 고장인 전라남도 벌교에서 왔다. 나는 어느 정도 확신을 갖고 80년대 수도권 아이들을 대변할 수 있다. 하지만 당시 나미와 나미의 가족과 같은 사람들에 대해서는 어떤 말도 할 수 없다. 강형철이 여기에 대해 충분한 고민을 했는지도 확신할 수 없는 건 마찬가지다.

것은 이해가 간다. 하지만 지나가는 한 명의 관객인 나까지 그의 감정에 휘말려야 한다는 법은 없다.

왜들 그렇게 나미의 말을 잘 믿는 건지 모르겠다. 아무런 의심이 안 들던가? 애정 없는 결혼생활에 지겨워진 중년 아줌마가 죽어가는 친구를 만나 25년 전 과거를 회상하고 있다. 당연히 그 회상은 검열되었고 조작되었으며 무엇보다 미화되었다. 난 그 증거도 댈 수 있다. 이 영화에 나오는 욕들 상당수는 80년대엔 존재하지 않았거나 그런 식으로 발음되지 않았다. 시대를 보여주는 영화나 음악도 오락가락한다.

나미가 회상하는 것처럼 써니 패거리가 아이들에게 그렇게 긍정적인 영향을 끼치지 않았다는 정황증거도 있다. 보통 이런 식으로 과거와 현재를 오가는 영화들은 나이가 들어서도 과거의 경험이 현재에 영향을 끼치고 있다는 것을 보여준다. 어른들의 삶은 십대 시절 상상한 것에 비해 실망스러운 법이고 이들 대부분이 IMF 이후 험악한 시절을 거쳤겠지만 그래도 최소한의 방향성과 연속성은 찾을 수 있어야 한다. 하지만 〈써니〉에서 이들이 십대 시절에 보여준 행동과 꿈과 에너지는 서클활동이 종결되는 순간 끊어져버린다. 그나마 그 시절을 이어간 건 패거리의 리더 춘화 정도이다.

이러니 써니 갱이 이룬 모든 것들이 춘화의 업적이고 나머지 아이들은 그냥 춘화의 그림자가 아니었나 의심하지 않을 수 없다. 기가 죽어 살던 나미와 친구들이 춘화를 다시 만나는 순간부터 순식간에 써니 시절의 캐릭터를 되찾는 것이 그 증거다. 그들이 어떻게 기억하건

051

춘화와 다른 아이들의 관계는 결코 평등하지 않다.

여기서 춘화가 친구들을 대하는 방식은 철저하게 남성적이다. 이는 춘화의 원래 성격만으로는 설명할 수 없다. 이런 위치에 선 여자들이 종종 그러하듯, 춘화는 의식적으로 남성의 태도와 방법을 모방한다. 그 것도 그 아이가 보고 관찰한 7, 80년대 한국 남성사회를 구체적으로 모방하는 것이다. 리더의 카리스마와 매력, 운영 능력 때문에 아이들은 별 불만 없이 따르지만 그렇다고 해서 그들의 행동과 사고가 (그리 건전하다고 할 수 없는) 타자에 대한 모방의 모방이라는 사실은 바뀌지 않는다. 당연히 독자적으로 서는 순간 그들은 힘을 잃는다. 아이들은 사고 이후 낙원에서 쫓겨난 게 아니다. 처음부터 낙원 따위는 없었다.

써니 패거리의 파국은 외부에서 뚝 떨어진 것처럼 보이지만, 사실 춘화의 '여자 문제'와 관련이 있다. 비록 그중 한 명이 과시적인 호모포비아를 표출하긴 하지만, 춘화와 몇몇 아이들 간의 관계는 부인할 수 없는 동성애다. 이들의 관계를 서브텍스트로만 받아들이려 했던 관객들도, '본드걸'이라는 별명으로 불리는 전 멤버 상미가 춘화에게 덤벼들며 "왜 나는 안 되는데! 저년은 되고 왜 나는 안 되는데!"라고 외치는 순간 의심을 포기했을 것이다. 여기까지는 괜찮다. 문제는 춘화가 자신이 미리 정해놓은 성 역할에만 집착한 나머지 이 갈등을 해결할 수 있는 방법을 놓쳐버렸다는 것이다. 상미가 춘화의 패거리에서 떨어져 나간 것도 춘화의 규칙에서 벗어났기 때문이겠지. 상미는 결코 춘화의 '아내'가 될 수 없었을 것이다.

여기서부터 〈써니〉는 더 이상 앙상블코미디가 아니다. 이제 이 영화는 성격비극이다. 어느 지점을 찍어도 우리는 하춘화라는 여자의 성격과 결함으로 돌아간다. 매력적이고 카리스마 넘치고 심지어 섹시하기도 하지만 자신이 세운 '남자들의 규칙' 안에 감금되어 있고 거기에 집착하는 여자. 나미와 친구들이 옛 리더의 좋은 점만 기억하려는 것도 충분히 이해는 된다. 하지만 이제 그 매력이야말로 비극의 진짜 원인이었다는 생각을 하지 않을 수 없다.

만들어진 추억의 잔혹극

여자는 원래 그렇고 남자는 원래 그렇고, 라는 말을 싫어하는데, 이런 말을 하는 사람들이 생각하는 것보다 예외가 훨씬 많기 때문이다.

〈건축학개론〉에서 '원래 그렇고'의 이야기가 가장 많은 부분은 여자 주인공 서연의 행동을 바라보는 관섬이다. 이 관점에 따르면, 첫사랑을 챙기는 건 언제나 남자다. 하지만 이 영화에서 첫사랑을 찾아온 건 여자인 서연이다. 뭔가 이상해!

나라면 이렇게 대답한다. 우선 서연은 '첫사랑을 챙기는 여자'라는 만만치 않은 수의 예외일 수 있다. 그리고 서연이 첫사랑을 찾아온 것이라고 누가 그래?

이 반문에는 설명이 필요하겠군.

줄거리를 요약해보자. 결혼을 앞둔 건축가 승민은 대학 시절 건축학 개론 수업을 같이 들은 적 있는 서연의 방문을 받는다. 서연은 승민이 제주도에 있는 옛집 자리에 새로 집을 지어주길 바란다. 서연의 집을 짓는 동안 승민은 두 사람이 서로에게 첫사랑이었던 과거를 회상한다.

여기서 주목해야 할 건 90년대의 과거를 회상하는 사람이 승민이라는 것이다. 승민 없이 서연이 나오는 장면도 조금 있긴 하지만 이 장면의 신빙성은 의심스럽다. 전후 사정을 통해 승민이 충분히 추리하거나 상상할 수 있는 부분이기 때문이다. 현재 파트는 조금 낫지만 그래도 서연의 마음속을 깊이 들여다볼 수 있는 장면은 여기서도 그리 많지 않다.

이런 상황에서 여러분은 승민을 그렇게 믿어서는 안 된다. 영화 속에 나오는 90년대의 서연은 실제 서연과 많이 다른 사람이었을 가능성이 높다.

많이들 서연의 음대생 설정에 의문을 제기한다. 서연이 한 번도 피아노 치는 모습을 보여준 적 없는 피아노 전공생이기도 하지만, 그 밖의 세부 묘사도 수상쩍기 짝이 없다. 하지만 승민의 개입이 상대적으로 어려운 현재 파트를 보면 서연이 피아노 전공이었던 건 사실인 모양이니, 승민이 변변치 않은 자기 기억을 되살려 자기만의 서연을 재창조했기 때문에 묘사가 엉망이라고 보는 게 맞다.

이 영화를 본 관객들이 가장 믿을 수 없었던 것은 캐스팅이었다. 겨우 15년 전에 이제훈이었고 수지였던 사람들이 엄태웅과 한가인이 되었다니 말이 돼? 15년은 그렇게 긴 세월이 아니다. 캐스팅 사정이 있지 않았겠느냐고 답할 수 있겠지만 그런 건 가볍게 무시하기로 하자. 더 좋은 답이 있기 때문이다.

여러분은 과거 장면의 서연이 좀 이상하게 보이지 않았는가? 여기에서 서연을 연기하는 수지는 한국 남자들이 상상하는 첫사랑의 이상처럼 생겼고 그렇게 말을 하고 움직인다. 하지만 정작 하는 행동을 보면 훨씬 현실적이고 속물적인 누군가가 수지의 껍질 안에 숨어 있는 것 같다. 어설프게나마 인맥과 결혼을 통해 신분 상승을 이루려는 욕망은 노골적이라 숨길 수도 없다. 이런 장면들은 현재 파트의 한가인 얼굴을 넣어 연결해야만 그럭저럭 이해가 간다.

이런 장면을 볼 때마다 승민이 과거를 왜곡해서 기억할 뿐만 아니라 그 왜곡된 기억을 자기 구미와 입장에 맞게 개조해 회상하고 있다는 의심을 하지 않을 수가 없다. 그게 이치에 맞다. 당신이 15년 전에 한가인과 사귀었고 그 한가인이 지금 눈앞에 다시 나타났는데 전혀 다르게 생긴 여자 얼굴로 과거의 한가인을 기억한다는 게 말이 되는가? 심지어 회상 속의 수지는 진짜 미쓰에이의 수지일 수도 있다! 그 나이 또래 남자가 수지의 외모를 빌려와 자기 첫사랑 상대에 대입하는 건 충분히 있을 수 있는 일이다.

도대체 왜 이러는 걸까. 내 답은 그가 차마 진짜 서연의 얼굴을 넣어 회상할 염치가 없었다는 것이다. 지은 죄가 있으니까.

서연이 어떤 사람이었는지 잠시 잊고 승민이 한 짓을 따져보자. 그는 서연이 술에 취한 채 꼴 보기 싫은 '강남 선배'에게 성추행당하고 집으로 끌려 들어가는 걸 본다. 그는 이 상황을 그대로 방치한다. 그리고 다음 날이 되자, 서연에게 헤픈 여자라는 딱지를 붙이고 이 상황에서 빠져나온다. 한마디로 일어났을 수도 있는 성폭행을 용인하고 희생자에게 잘못을 뒤집어씌운 것이다.

어이가 없지만 은근히 흔한 일이다. 더 어이가 없는 건 많은 사람들이 이게 왜 잘못인지 잘 모르고 있다는 것이다. 심지어 이 영화의 감독 이용주도 여기에 포함된다. 어떤 GV에서 한 관객이 서연과 선배가 정말 잤냐고 묻자 그는 관객 각자의 성도덕에 맡긴다고 했단다. 하지만 이건 성도덕 어쩌구의 문제가 아니다. 범죄가 일어났느냐, 일어나지 않았느냐의 문제지. '술 취한 누군가를 방으로 끌고 간다'를 기성품 이야기 다발로 받아들이고 아무 생각도 안 하니까 이런 꼴이 나는 거다.

슬슬 서연의 동기가 보이지 않는가? 승민은 서연의 첫사랑이었다. 이걸 부정하지는 않는다. 하지만 그는 서연이 처음 겪은 심각한 배신자이기도 했다. 서연의 입장을 생각해보라. 부정한 남편과 이혼하고 아빠도 병으로 죽어가는 상황에서 가장 먼저 생각나는 사람이 누굴까? 첫사랑? 그보다는 알 수 없는 이유로 자기에게 엄청난 상처를 입히고 달아난 남자애가 아닐까? 나라면 그 녀석을 찾아가서 "도대체 넌 그때 왜 그랬니?"라고 묻고 싶었을 거다.

서연이야 기껏해야 속물이다. 그리고 미래를 보장해주지 못하는 전공과 집안 사정을 고려해보면 이 사람에겐 선택의 여지 자체가 별로 없다. 하지만 그런 서연을 '쌍년'이라 부르며 자기합리화를 시도하는 승민은 도대체 무엇으로 스스로를 변호하려나? 기껏해야 그때 아직 어려서 어리석고 비겁했었다는 말밖엔 없지 않나? 하지만 지금 그는 더이상 애가 아니지 않은가. 그런데도 끊임없이 사과를 유보하고 변명만 늘어놓는다. 그리고 자기 얼굴에 이제훈 가면을 씌우고 과거를 서툴게 은폐한다. 심지어 자기 자신도 속이려고 하는 것이다. 그나마 속죄 행위로 완성되는 게 서연의 새집인데…… 말을 말자. 사과의 마음을 담은 작품을 만드는 것과 사과를 하는 건 여전히 다르다. 그게 같다고 생각하는 건 예술가들의 착각이다. 집은 집이고 사과는 따로 해야지.

어떤 사람들은 왜 내가 〈건축학개론〉에 호평을 했으면서 트위터에서는 험담만 늘어놓느냐고 묻는다. 음, 나는 이 영화 자체에 대한 나쁜 이야기는 잘 하지 않는다. 하지만 감독의 의도, 몇몇 캐릭터, 이런 이야기가 받아들여지는 방식에 대해서는 불만이 많다. 수지와 이제훈이 나와 90년대의 과거를 재현하고 당시 인기였던 노래가 나온다고 해서 눈에 반짝반짝 별을 박고 향수에 빠지는 꼬락서니도 못 봐주겠다. 〈건축학개론〉이 좋은 영화라면 그건 〈기억의 습작〉을 들으며 감상에 젖어있는 주인공들의 외피 밑에 숨겨진 잔인함, 비열함, 어리석음, 비겁함을 가차 없이 폭로하고 있기 때문이다. 하지만 정작 이 이야기를 쓰고 연출한 감독마저도 자기가 얼마나 잔인한 이야기를 했는지 제대로 모르는 것 같으니 이를 어쩌면 좋은가.

온전한 피해자의 초상

밀양 집단 성폭행이 일어난 것이 2004년. 그러니까 10년 전 일이다. 이 사건을 맡은 밀양의 어떤 경찰관은 "밀양의 물을 다 흐려놓았다"며 피해자들에게 폭언을 하기도 했다지만, 진짜로 밀양이라는 지명을 더럽힌 것은 성폭행, 구타, 공갈 협박을 저질렀음에도 불구하고 대부분 무사하게 빠져나갔을 뿐만 아니라 오히려 피해자와 피해자 가족에 대해 협박을 일삼았던 가해자와 그들의 가족, 그리고 수사과정 중 자신의 수준을 드러낸 그 경찰관 같은 사람들이라는 것을 부정할 수 있을까. 밀양은 이제 대한민국에서 비슷비슷한 모습으로 벌어지고 있는 수많은 사건들을 대표하는 이름이고, 이는 그렇게 쉽게 지워질 수 있는 얼룩이 아니다.

지난 몇 년 동안 미성년자 집단 성폭행을 다룬 수많은 영화들이 한국에서 나왔다. 이들 중 당시 밀양에서 벌어진 사건을 직접 다룬 작품은 없었고 어떤 작품은 심지어 별개의 원작이 있었다. 하지만 대부분 사람들은 영화들을 보며 밀양을 떠올렸고 만드는 사람들 역시 관객들이 그 사건을 떠올릴 것이라 염두에 두고 작업한다. 밀양 사건은 이런 종류의 사건을 다루기 위해서는 반드시 통과해야 하는 관문과도 같다.

아이로니컬한 일이지만 아마 가해자들은 이런 영화들이 나왔다는 것도 모를 것이고 안다고 해도, 심지어 극장에서 보았다고 해도 대부분 눈썹 하나 까딱하지 않을 것이다. 이런 영화들의 존재와 그 목소리가 가장 고통을 주는 것은 여전히 피해자들일 가능성이 크다. 그러나 그렇다고 해서 이 주제를 침묵 속으로 돌려놓을 수는 없다. 우린 계속 이야기를 해야 한다.

여러 가지 시도가 있었다. 〈돈 크라이 마미〉에서는 가장 쉬운 길을 택했다. 주인공을 피해자의 어머니로 놓고 복수를 통해 카타르시스를 시도한 것이다. 일반 대중이 상상을 통해 가장 쉽게 도달할 수 있는 길을 택하고 여기에 복수라는 원초적인 행동을 통해 대리 만족을 느끼게 하는 것이다. 〈가시꽃〉에서는 주인공을 가해자 중 한 명으로 택하고 10년 뒤에 벌어지는 속죄의 과정을 탐구한다. 〈시〉에서는 가해자 중 한 명의 할머니를 주인공으로 놓고 스스로의 손으로 손자를 단죄하게 한다.

나는 이 영화들을 성취도의 역순으로 나열했는데, 이 '성취도'에는 단죄의 카타르시스도 포함된다. 가장 비폭력적인 아트하우스 영화인 〈시〉가 가장 만족스러운 단죄를 가한다는 것은 이 상황에서 심지어 단순한 단죄도 생각만큼 쉽지 않다는 것을 보여준다. 여기서는 사회적 공분을 따르는 것도 정답이 아니다.

이들 중 피해자 자신이 주인공인 영화가 없다는 것도 주목할 만하다. 이들은 대부분 동기 부여용 도구로 존재하며 우리가 이들을 통해 볼 수 있는 건 고통과 고통의 후유증뿐이다. 비중이 어느 정도 커지면 이들은 미스터리의 영역으로 넘어간다. 만약 이런 영화들이 피해자를 주인공으로 삼았다고 해도 걱정되는 것은 마찬가지이다. 의심이 나면 성폭행 피해자를 그리는 한국영화의 오랜 전통을 다시 한번 돌이켜보면 되겠다. 지금 당장 떠오르는 것은 〈그후로도 오랫동안〉이다. (그렇다고 〈가시꽃〉의 장미를 가볍게 다루는 것은 잘못이겠지만 이 캐릭터에 대해서는 다른 데서 이야기할 기회가 있을 것이다.[8])

이수진 감독의 〈한공주〉가 개봉을 앞두고 있다. 이 영화가 시도한 가장 크고 의미 있는 모험은 바로 그 피해자를 살아 숨 쉬는 3차원적 인물로 그리려 했다는 것이다. 이 말은 영화가 주인공 한공주가 겪은 고통을 축소하거나 했다는 뜻은 아니다. 단지 그 이전에도 한공주라는 아이가 있었고 끔찍한 일을 겪은 뒤에도 그 아이가 사라진 것이 아니라는 것을 명백하게 보여준다는 것이다. 아이는 폭력의 희생자이지만 그에 의해 정의되지는 않는다. 관객들이 이미 오래 전에 습관화되어 의미까지 잃어버리기 시작한 기계적인 분노에 빠지는 대신 한공주라는 캐릭터에 몰입하는 순간 이 영화는 이전 영화들이 도달하지 못했던 선을 넘는다. 영화의 열린 결말 역시 단순히 관객의 상상력에 맡기는 수준이 아니라 적극적인 응원을 유도한다.

〈한공주〉가 세상을 단번에 바꾸지는 못할 것이다. 하지만 적어도 영화를 제대로 본 관객들을 어느 정도 바꿀 수 있을 거라는 기대는 있다. 이 영화에는 밀양 사건 이후 쏟아져 나온 수많은 분노 유도의 고함 속에 빠져 있던 것, 피상적 편견의 그림자 속에 가려져 있던 온전한 피해자의 초상이 있다. 우린 실제 사건의 피해자들이 스스로를 드러내는 것을 기대하지 않는다. 이 빈 자리를 채워주며 반복되는 분노를 다음 단계로 옮길 수 있게 하는 것은 아직까지 예술의 역할이다.

8 _____ 〈가시꽃〉과 장미에 대한 글은 끝내 쓰지 못했다. 제대로 쓰려면 다시 봐야 하는데 합법 파일까지 다운 받았지만 결국 손이 가지 않았다. 〈한공주〉 역시 파일을 다운 받았지만 마지막 장면을 다시 체크하고 움짤 몇 개 만드는 용도로 사용했을 뿐이다. 둘 다 걱정했던 것만큼 힘들게 본 영화는 아니었지만 그래도 다시 보는 건 사정이 다르다. 예정되어 있는 고통과 모욕을 향해 걸어가는 것은 미래를 모른 채 가는 것보다 훨씬 힘겹다.

비극을 가정하는 습관

〈한공주〉의 결말을 공주의 죽음으로 보는 사람들이 많다는 사실에 많이 놀랐다. 더 놀라운 것은 그들 중 상당수가 그 결말을 단정 짓고 있다는 사실이다.

감독과 작가의 주장을 있는 그대로 믿거나 받아들일 필요는 없지만, 그래도 감독 이수진이 영화 개봉 뒤 수없이 한 인터뷰에 따르면 공주는 영화가 끝난 뒤에도 살아 있다. 적어도 그렇게 생각하고 각본을 썼고 연출을 했다. 하지만 수많은 비평가들과 관객들은 그 사실을 받아들이지 않는다.

관객에겐 해석의 자유가 있다. 하지만 감독의 의도와 정반대인 이런 단정이 정상적인 조건 하에서 이루어진 게 맞을까?

결말의 해석 가능성을 따져보자.

1. 공주는 처음부터 자살할 생각이 없었다. 다리에서 뛰어내린 것은 자신이 계속 역경을 이겨내고 살아남을 수 있는지 증명하기 위해 스스로에게 부여한 테스트다. 고로 점프와 수영은 이어지는 하나의 과정이다.

2. 공주는 자살하려고 다리에서 뛰어내린다. 하지만 생각을 바꾸고 헤엄쳐서 빠져나온다. (정확히 말하면 빠져나오는 중이다.)

3. 영화에서 보여주는 것은 약간 윤색된 것이다. 공주는 자살하려 뛰어내렸지만 생각을 바꾸었고 그 뒤에 나오는 응원 소리와 수영 장면은 공주의 다음 선택과 의지를 판타지의 형태로 미리 보여주는 것이다.

4. 공주는 자살하려고 물에 빠졌고 아직은 죽지 않았다. 이후 장면은 모두 판타지로, 아직 다음 행동을 결정하지 않은 공주가 삶의 의지를 찾을 수 있도록 응원하는 감독 자신의 목소리다.

5. 공주는 죽었고 그 뒤에 나오는 장면은 모두 판타지다.

의심을 하기 시작하면 끝이 없다. 과격하게 나간다면 당시 성폭행 희생자 두 명은 모두 영화가 시작하기 전에 죽었고 우리가 공주라고 생각한 사람은 죄의식에 시달리는 가해자 중 한 명이었다는 식으로 풀 수도 있다. 하지만 진지하게 이야기를 풀려면 어딘가에서 선을 그어야 한다. 그리고 우리가 하한선을 그을 수 있는 건 5번 바로 앞이다.

그 5분의 1에 불과한 가능성도 이야기의 논리를 따지기 시작하면 허약해진다. 배경에 들리는 응원 소리와 수영 장면은 판타지처럼 보일 수 있다. 이를 의심의 눈으로 바라보는 건 있을 수 있는 일이다. 하지만 과연 그것이 공주의 죽음이라는 사실과 어울릴까? 판타지건 아니건, 응원은 죽은 사람에게 하는 것이 아니다. 공주가 정말로 죽었다면 그건 이상한 조롱이 되어버린다. 공주는 이미 죽었지만 공주와 비슷한 상황의 다른 소녀들에게 하는 응원이라면? 농담하나? 이수진은 앰브로스 비어스가 아니고 〈한공주〉는 《아울크리크 다리에서 생긴 일》이 아니다. 공주의 죽음이 결정되었다면 판타지는 존재 이유를 잃는다. 영화가 계속 보여주는 공주의 묘사를 보면 가장 이치에 맞는 것은 감독의 의도인 2번이거나 그 주변이다.

그럼에도 불구하고 수많은 사람들이 5번을 진짜 결말이라고 생각하는 이유는 무엇일까?

나는 습관이라고 대답하련다.

습관의 논리는 다음과 같다. 〈한공주〉라는 영화의 모델이 된 사건이 일어난 대한민국과 그 나라에 사는 사람들은 끔찍하기 짝이 없고 여기엔 어떤 돌파구도 없다. 당연히 해피엔딩은 판타지이고 이 사건을 사실적으로 그리는 유일한 방법은 자살이다. 고로 〈한공주〉의 결말은 공주의 죽음으로 끝나는 게 맞다. 감독 따위가 뭘 알겠는가.

동의하고 싶은 소리다. 하지만 무리하지는 말자. 공주가 끔찍한 일을 겪은 건 사실이지만 아직도 수많은 성폭행 피해자들이 꿋꿋하게 살아가고 있다. 공주의 인생이 최악인 것도 아니다. 막판에 일이 많이 꼬이긴 했지만 여전히 자신을 응원하는 사람들이 있다는 걸 알고 재능도 있고 기회도 있고 하고 싶은 일도 많은데 왜 죽음이 당연한 결말인가? 왜 공주의 의지는 그렇게 과소평가되어야 하나? 응원 소리가 판타지라서? 그럼 영화 중간중간에 나오는 친구의 유령은 뭔데? 영화 한두 번 보시나.

이런 게 신경 쓰이는 것은 수많은 비평가들이 무의식적으로 '사회 고발 영화'를 장르화해서 생각한다는 사실을 보여주기 때문이다. 얼핏 보면 판타지를 접고 우리가 사는 사회를 냉정하게 바라보는 것 같지만, 사실 이들이 공주의 죽음을 당연하게 생각하는 것은, 그게 장르 공식에 맞기 때문이다. 공주 개인의 의지와 상황은 장르 공식에 비하면 하찮다. 그리고 이 장르 공식은 〈나비부인〉에서 초초상의 자살을 명령했던 구식 멜로드라마의 공식과 크게 다르지 않다.

장르 밖에서 영화 보기

장르에 대한 내 의견은 에밀리 포스트 여사의 식기에 대한 의견과 비슷하다. 구분이 있는 것은 좋은 일이다. 하지만 존재할 수 있는 모든 상황에 따라 세분화된 장르를 만들고 그 안에서 생각하는 것은 쓸데없는 일이다. 굳이 장르 안에서 생각하지 않아도 된다면 그러는 편이 좋다.

〈한공주〉는 될 수 있는 한 장르 안에서 생각하지 않는 것이 좋은 영화이다. 장르 안에 정 넣고 싶다면 '사회 고발 영화' 장르보다는 청소년 뮤지컬로 보는 게 차라리 낫다. 후자가 더 경박하게 들릴지 몰라도 공주는 이 장르 안에서 훨씬 더 입체적인 인물로 존재할 수 있다. 적어도 청소년 뮤지컬은 공주의 의지와 성장 가능성을 얕보지 않을 것이다.

'사회 고발 영화' 장르로 보면 여러 면에서 손해를 보는 영화가 그 뒤에 하나 더 나왔는데, 그건 정주리의 〈도희야〉다.

이 문제점을 내가 먼저 눈치챈 것은 〈도희야〉가 너무 많은 사회문제를 끌어들이느라 잡다해졌다는 비평을 접했을 때였다. 세어봤다. 동성애 문제, 외국인 노동자 문제, 가정 폭력 문제, 집단 따돌림 문제. 적지는 않다.

하지만 나는 영화를 보면서 이런 이슈들이 지나치게 많다는 생각은 전혀 하지 않았다. 그건 그들이 〈도희야〉를 '사회 고발 영화'로 보는 동안 나는 그 영화를 다른 장르로 보고 있었기 때문이다. 나에게 〈도희야〉는 필름누아르였다.

필름누아르 장르의 틀로 〈도희야〉를 보자. 주인공인 영남은 이런 장르에서 흔해빠진, 결점은 있지만 그래도 정의의 편에 선 주인공이다. 여기서 영남의 결점은 애인과 관련된 일로 문제를 일으켰고 그 과정 중 아우팅당하거나 커밍아웃한 동성애자라는 것이다. 영남은 그 일 때문에 시골 마을로 좌천되는데, 이 마을은 마을 사람들이 세운 그들만의 규칙하에 돌아가는, 역시 필름누아르나 하드보일드 소설에선 흔해빠진 곳이다. 보통 이런 영화에서 주인공은, 결백한 피해자처럼 보이지만 사실은 위험하기 짝이 없는 여자를 만난다. 이 영화에서 그 팜므파탈은 도희라는 중학생 여자아이다. 영남은 새아버지 용하의 폭력으로부터 도희를 구하려 하는데, 용하는 외국인 노동자를 불법으로 알선하는 브로커다.

모든 것이 공식 안에서 자연스럽게 흘러가지 않는가? 이 요약된 줄거리 안에는 비평가들이 지나치게 많아 잡다하다고 생각한 '사회 고발 주제'가 다 들어 있다. 나에게 이런 주제들이 잡다하게 느껴지지 않았던 건 이들이 필름누아르 안에 마땅히 들어 있어야 하는 여러 재료들의 가능한 변주였기 때문이다. 하지만 이를 '사회 고발 영화' 장르로 보는 사람들은 작품이 고발하는 이슈를 하나씩 센다. 가정 폭력, 좋아. 동성애, 괜찮아. 외국인 노동자? 어, 이러면 너무 많잖아.

외국인 노동자를 보자. 필름누아르 장르의 공식 안에서 보면 이들의 존재 이유는 기능적이다. 영남이 용하를 공권력으로 제압할 수 있게 하는 핑계인 것이다. 캐릭터는 중요하지 않지만 드라마를 전개하기 위해서는 이런 게 하나 들어가야 한다. 하지만 '사회 고발 영화' 장르의 관점에서 보면 이들은 평등한 비중으로 고발해야 할 사회적 이슈이다. 당연히 이슈가 너무 많다고 여기는 동시에 그들이 가볍게 다루어졌다고 생각하게 된다.

영화광이 아닌 사람들의 눈으로 보면 어떨까. 영화의 무대가 되는 여수 근방 어촌과 같은 곳을 잘 아는 사람이라면 여기에 외국인 노동자가 등장하는 건 그냥 당연하다고 생각할 것이다. 영화에서도 언급되지만, 이미 이 나라 시골 마을의 상당수는 외국인 노동자들이 아니면 유지가 되지 않는다. 그들에게 외국인 노동자는 당연한 일상의 한 부분이다. 어떤 내용의 드라마에서 어떤 비중으로 들어가도 이상하지 않은 사람들인 것이다. 당연히 그들은 외국인 노동자 캐릭터가 들어간다는 이유만으로 '이슈가 지나치게 많다'고 느끼지 않는다. '이슈가 지나치게 많다'고 느끼는 건 오로지 그것들만 골라서 세는 사람들이다.

'사회 고발 영화' 장르로 보면 가장 곤란해지는 인물은 타이틀롤인 도희다. 앞에서도 간단히 언급했지만 이 중학생 소녀는 거의 교과서적인 팜므파탈이다. 필름누아르 관점에서 보면 도희의 존재는 당연하다. 이 장르에서는 위험하고 섬뜩한 인물이 존재하기 위해 굳이 이유가 필요하지 않다. 하지만 〈도희야〉를 '사회 고발 영화' 장르로 보는 관객들은 이 소녀를 그냥 그런 애로 방치할 수 없다. 누가 도희를 그렇게 만들었는지 이유를 밝혀야 한다. 그들은 결국 도희네 집의 폭력적인 환경이 그런 괴물을 만들어냈다고 결론짓는다.

일부는 사실일 것이다. 그렇게 험악한 환경 속에서 자랐으니 애가 그 꼴이 되었겠지. 하지만 도희의 캐릭터는 그것만으로는 설명이 불가능하다. 그리고 영화에서 중요한 것은 학대받은 아이의 일반적인 폭력성이 아니라 처음부터 도희 안에 내재되어 있다가 그 상황에서 터져나온 도희 자신의 섬뜩한 개성이다. 그것은 공포스러울 수도 있고 감탄할 만도 하다. 하지만 영화를 '사회 고발 영화' 장르로만 본다면 그런 도희의 개성은 아귀가 맞지 않아 잘려나가거나 의미가 퇴색된다. 대놓고 드러나 있어 일반 관객은 이를 찾아내는 데에 별 어려움을 느끼지 않는데도.

'사회 고발 영화' 장르로 보게 되면 영남의 캐릭터 역시 부당하게 학대당하는 동성애자로만 비춰진다. 그런 장르에서는 영남이 도대체 무슨 일을 저질러서 시골 마을 파출소장으로 내려왔는지에 대해서도 깊은 생각이 없을 것이다. 영남이 겪은 스캔들의 무게를 생각해보라. 결코 동성애자라는 것이 들통 나서 쫓겨난 게 아니다. 그와 관련되어 있지만 더 심각한 다른 일이 분명 있었다. 그리고 그것은 영남의 죄의식과 우유부단함, 마지막 선택과 밀접하게 연결되어 있음이 분명하다. 영남은 결코 학대받는 동성애자로만 정의할 인물이 아니다. 그리고 영남이 어떤 인물인지 본격적으로 탐구하려면 일단 '사회 고발 영화' 장르 속 캐릭터의 기능을 떠나야 한다.

나는 〈도희야〉가 사회문제에 대해 이야기하고 있지 않다고 말하는 것도 아니고 정주리가 이 영화를 필름누아르로 만들었다고 말한 것도 아니며 오로지 '사회 고발 영화' 장르의 필터로만 영화를 보는 사람들이 있다고 주장하는 것도 아니다. 단지 이 영화를 '사회 고발 영화' 장르로 본다면 필름누아르로 보는 것보다 영화가 훨씬 빈곤해진다고 말하고 있을 뿐이다. 그리고 한 영화를 사회 고발 영화로 보는 것과 '사회 고발 영화' 장르에 속한 영화로 보는 것은 전혀 다르다는 것도. 이 둘을 구별하지 않는 것처럼 치명적인 것은 없다는 것도.

어떻게 보더라도 '사회 고발 영화' 장르는 최악이다. SF나 추리와 같은 기성품 장르의 창작자들과 소비자들은 자신이 속한 장르의 허구성을 늘 인식한다. 그 때문에 장르의 허구성과 소재의 사실성은 종종 긍정적인 상승작용을 끌어낸다. 하지만 '사회 고발 영화'의 틀에 들어간 사람들에게는 그 인식이 위태로울 정도로 결여되어 있다. 그리고 장르를 통해 영화를 보는 습관을 들이면 엄연히 바깥에 존재하며 영화와 교류하고 있는 실제 현실을 무시하게 된다. 영화 밖에 있어야 할 삶 자체가 게임 규칙을 따르는 허구가 되는 것이다.

예술가는 가혹하다

이창동의 〈시〉 후반부에 보면, 영화 내내 시를 쓰려 고민하던 주인공 양미자가 드디어 〈아네스의 노래〉라는 작품을 완성해 내놓는다. 이 작품은 은근슬쩍 걸작이다. 시 자체가 걸작이라는 말이 아니다. 〈아네스의 노래〉는, 양미자와 같은 환경 속에서 교육을 받고 살아온 사람이 진심을 담아 시를 썼다면 딱 나올 법한 그런 작품이다. 심지어 제목부터 그렇다. 자살한 소녀를 가톨릭 신자로 만든 건 아마 주인공 소녀에게 서구식 이름을 붙이는 예스러운 취향을 만족시키기 위해서일 것이다. 영화가 상영되자 공식 홈페이지에서는 올망졸망 촌스러운 꽃그림을 배경으로 한 시화 파일을 배포했는데, 그 역시 시와 기가 막히게 어울렸다.

　〈아네스의 노래〉의 의미는 이중적이다. 시를 쓰는 양미자의 관점이 있고, 그 위에 양미자와 시를 보는 이창동의 관점이 있다. 꼭 이런 구조는 아니더라도, 이와 같은 이중성은 〈시〉라는 영화 전체를 지배한다. 〈아네스의 노래〉가 걸작을 의도한 것이 아닌 것처럼, 〈시〉에서 보이는 동기나 행동은 겉으로 드러난 것과 같지는 않다. 그리고 여기서 가장 재미있는 것은, 교양이 부족하고 구닥다리 5, 60년대 문학소녀 감수성을 간직한 감상적인 할머니처럼 보이는 양미자가 이 영화에서 가장 가혹하고 냉정한 인물이라는 것이다.

많은 관객들이 양미자를 깔본다. 그들은 양미자의 행동과 생각을 최대한 단순한 것으로 받아들이고 이해하고 만족한다. 이에 따르면 양미자는 손자에 대한 사랑과 정의에 대한 의무감 사이에서 갈등하다가 눈물을 머금고 손자를 포기하는 슬픈 할머니다.

하지만 그들은 한 가지를 잊고 있다. 양미자는 시를 쓴다. 단순히 감상적인 단어들을 연결하는 것으로 끝날 수 있었던 이 시도는 손자가 친구들과 함께 또래 소녀를 성폭행했고 그 소녀가 자살했다는 것을 알게 된 순간 방향을 튼다.

양미자는 여기서부터 자신의 윤리학에 시인의 미의식을 더한다. 평범한 할머니들은 손자가 아무리 끔찍한 일을 저질렀다고 해도 일단 보호하고 편을 든다. 이들에게는 무엇보다 핏줄이 먼저이다. 하지만 시인이 된 양미자는, 얼마 전까지만 해도 당연했을 이 논리를 거부한다. 그리고 시인의 새로운 가치관 안에서 이 사건을 재검토한다. 여기서 아름다움, 진리, 정의는 거의 같은 의미를 가지며 거의 같은 비율로 움직인다. 관객들은 마땅히 아름다워야 할 시와 잔인하고 더럽기 짝이 없는 현실의 대비에 주목했지만, 이 영화에서 양미자가 마주쳤던 현실은 어느 시대, 어떤 시인도 피할 수 없었다.

〈시〉는 시인이, 아니 넓은 의미로 진정한 예술가들이 얼마나 가혹한 존재인지를 보여준다. 의심이 든다면 양미자가 손자를 대하는 태도가 변해가는 과정을 보라. 처음에는 손자 입에 밥 들어가는 것이 가장 행복하다고 하던 할머니가 후반부엔 마치 원숭이를 연구하는 행동심리학자처럼 죽은 소녀의 사진을 식탁 위에 올려놓고 손자가 어떻게 반응하는지를 연구한다. 그리고 그 실험을 통해 손자가 자신과 소통이 불가능하며 아무런 가치가 없는 동물임을 확신하는 그 순간, 양미자는 가차 없이 손자를 포기해버린다. 마치 운율에 맞지 않는 단어나 불필요한 캐릭터, 끝을 맺지 못할 사념을 포기하는 것처럼. 그리고 집으로 돌아와, 살아 있을 때 한 번도 만나본 적 없는 한 소녀를 대변하는, 문학소녀 감수성이 폭발하는 시를 쓴다.

여기서부터는 양미자에게서 한국 관객들이 편하게 받아들일 수 있는 인간적인 면은 찾아볼 수도 없다. 오히려 대부분의 관객들은 강간범 자식들을 구하기 위해 돈을 모아 피해자 부모의 입을 막으려는 부모들의 모습을 더 인간적이라 볼 것이다. 당연한 것이, 여기서부터 양미자는 평범한 인간의 영역 밖에서 행동하고 존재한다. 나는 아직도 양미자가 남겨놓고 떠난 세계의 사람들이 이 이해할 수 없는 파국 속에서 머리를 벅벅 긁으며 당황하는 모습을 상상해보곤 한다. 그들은 끝끝내 이 상황을 이해하지 못할 것이다. 그들은 시인이 아니다.

생존
게임에서
벗어나기

영혼 없는 책장들

"책이 없는 방은 영혼이 없는 몸과 같다"라고 마이크 타이슨이 말했다. 하필이면 마이크 타이슨이 말이다. 2013년에 자기 자서전을 홍보하다가 그런 소리를 한 모양인데, 도저히 반박할 수 없는 말이다.[9]

이 이야기를 조금 연장한다면, 누군가의 영혼을 보여주기 위한 도구로서 책만큼 좋은 것은 없다는 말이 된다. 그렇다면 그건 영화나 텔레비전 드라마와 같은 매체에서 주인공을 설명하기 위한 도구로 책만큼 좋은 게 없다는 말이기도 하다. 등장인물에게 책을 한 권 들린다. 그 순간, 그 인물을 설명하기 위해 들어가야 했던 수십 줄의 대사가 절약된다. 그게 손에 들린 책이 아니라 책장을 가득 채운 책들이라면? 더이상 말을 할 필요가 없다. 그럼에도 이 아름다운 도구를 제대로 활용하는 한국영화나 텔레비전 드라마가 거의 없다는 건 슬픈 일이다.

나는 이영은 주연의 〈여름, 속삭임〉이라는 영화를 기억하는 극소수의 사람들 중 한 명일 것이다. 내가 이 영화를 아직까지 기억하고 있는 건 순전히 책 때문이다. 당시 어떤 기대를 했었는지 아직도 기억이 난다. 문학소녀가 은퇴한 영문학 교수의 헌책을 정리한다니 얼마나 많은 책들이 나올까.

착각도 이런 착각이 없었다. 책이 많이 나오긴 했다. 하지만 정작 나이든 영문학 교수라는 사람의 개성을 반영하는 책은 거의 찾아볼 수 없었다. 나오는 책들은 그냥 동네 헌책방에서 사들여 닥치는 대로 쌓

9 ___ 사실 마르쿠스 툴리우스 키케로가 먼저 한 말이다. 타이슨이 의식적으로 키케로를 인용한 건지, 아니면 어디서 들은 말을 생각 없이 쓴 건지, 우연히 똑같은 문장을 만들어낸 건지 나는 모른다.

아놓은 것 같았다. 나중에 간담회에서 감독에게 물어봤더니 실제로 그랬다고 한다. 들으면서 조금 어이가 없었다. 간담회 내내 '이 많은 책들'에 대해서는 온갖 이야기가 다 나오는데 정작 구체적인 책에 대해서는 한 마디도 없었던 것이다.

여기까지는 그래도 이해를 하려 했다. 감독이 엑스트라 한 명 한 명에게 다 연기 지도를 해줄 수는 없다. 하지만 그래도 클로즈업되고 제목이 언급되는 책들엔 나름대로 의미가 있어야 하지 않을까? 그런데도 단 한 권의 영어 원서도 클로즈업되지 않고, 제목을 읽을 수 있는 건 영어권 로맨스소설이나 판타지소설의 번역판이라니 이걸 어쩌란 말인가. 한마디로 이 영화는 책을 통해 무언가를 이야기할 생각이 전혀 없었던 것이다. 영문학자의 책을 정리하는 문학소녀가 나오는 이야기인데도.

비슷한 시기에 〈그 남자의 책 198쪽〉이란 영화가 나왔다. 이 영화에도 기대를 걸어봤다. 주인공이 도서관 사서이고 제목의 '남자'는 도서관 책의 198쪽만 읽으며 애인이 남긴 메시지를 추적한단다. 엄청난 책들이 등장할 수 있는 기회였다.

역시 착각이었다. 남자가 도서관의 책에서 198쪽만 골라 북북 찢어대는 장면으로 시작하는 것부터 끔찍한데, 정작 영화는 책의 양에만 주목할 뿐 책 내용과 내용의 조합에는 무관심하다. 주인공들이 모여 198쪽만 읽는 장면이 몇 번 나오긴 하는데, 그 내용들이 지극히 피상적이라 책은 소재로서 어떤 목소리도 내지 못한다.

그러다 나는 전혀 기대하지 않았던 순간, 멋진 책 장면을 발견했다. 〈아내가 결혼했다〉에서 손예진이 연기하는 여자주인공이 헌책 모으는 습관을 가졌던 것이다. 영화는 낡은 책들의 그 투박한 아름다움과 세월이 남긴 흔적을 정교하게 잡아내는데, 와! 〈여름, 속삭임〉에 이 정성의 반에 반만 기울였다면 얼마나 좋았을까……, 라는 생각이 들 정도였다. 그러나 웬걸, 이 주인공은 책을 모으기만 할 뿐 읽지를 않았다!

몇 년 뒤, 나는 괜찮은 책장을 하나 발견했다. 이번엔 드라마였다. 하필이면 〈해를 품은 달〉과 맞붙어서 망해버린 〈난폭한 로맨스〉. 이 드라마에서 주인공 은재의 친구이자 집주인인 동아는 세상과 담을 쌓고 지내는 책벌레로 상당히 커다란 책장을 하나 갖고 있었다. 여기서부터 나는 흥분하기 시작한다. 동아가 갖고 있는 책장은 내 방에 있는 것과 비슷한 하얀 이중 책장이었다. 하지만 책들이 클로즈업되는 장면이 나오는 순간 흥분은 차갑게 식어버렸다. 〈여름, 속삭임〉처럼 끔찍하지는 않아도 동아의 책장은 무개성적인 난장판이었다. 아무리 동아가 고정된 취향이나 전공이 없는 잡식가라고 해도 이건 너무 심했다. 흐름을 읽을 수 있는 관심사도 존재하지 않았고, 번역이나 작가 따위엔 신경도 쓰지 않는 것 같았으며, 심지어 책의 모양이나 색깔에 따른 분류도 없었다. 이건 책을 읽는 사람의 책장이 아니었다. 책은 그냥 책장을 채울 소도구로만 존재했다. 그것도 엄청나게 못생긴 소도구.

영화나 드라마를 위해 책을 꽂는 데에는 기술이 필요하다. 먼저 책장 주인의 관심사를 알아야 하고 성격을 알아야 한다. 포인트를 잡아

10 _____ 편집자는 PPL에 동원되는 책에 대해서 좀 이야기해보라고 한다. 하긴 〈별에서 온 그대〉에서 수백 살 먹은 외계인이 《에드워드 툴레인의 신기한 여행》만 마르고 닳도록 읽는 걸 보면 많이 웃기긴 하다. 하지만 여기서 웃긴 건 그가 그 책을 읽는다는 게 아니라 그러느라 그의 설정에 맞는 다른 책들을 거의 읽지 않고 이야기하지도 않는다는 데에 있다. 도서 간접 광고의 가장 큰 문제점

줄 특별한 책들의 리스트를 선정해야 하고 이들을 배치하는 방법을 알아야 한다. 당연히 작가나 연출자의 적극적인 개입이 필요하다. 미술 팀이 아무 책이나 마구 꽂아 부피를 늘려서 해결될 일이 아니다. 왜 이 당연한 사실을 알고 있는 사람들이 이렇게 없지?

그나마 모범이 되는 책장이라면? 나는 신동일 감독의 〈나의 친구, 그의 아내〉를 뽑겠다. 이 영화의 주인공들은 대부분 책을 읽지 않는다. 하지만 후반에 보이는 주인공 중 한 명의 책장은 완벽했다. 8, 90년대 에 학생운동을 하고 그 뒤 생업에 종사하느라 책 읽기를 그만둔 3, 40 대 좌파 남자의 책장에 있을 법한 책들만 들어 있었던 것이다. 그게 우 연인지 아닌지는 모르겠다. 난 여전히 이 책장이 감독의 계획 아래 꼼 꼼히 디자인되었다고 믿고 싶지만 정말 그런 성격의 사람이 소유한 진 짜 책장을 빌려온 것일 수도 있겠지.

최근 본 영화 중 설득력 있었던 책장은 이재용의 〈두근두근 내 인 생〉에 나온다. 딱 집에서 독학하는 문학소년이 관심 있는 분야를 툭툭 건드리며 모은 책들 같지 않던가. 심지어 그는 자기가 무슨 책을 읽었 고 그 책 내용이 무엇인지 상세하게 이야기하는 드문 주인공이다. PPL 도 아닌데.[10]

은 특정 책이 나온다는 것이 아니라 그 책 때문에 다른 책들이 나오지 않는 다는 것에 있다. 하긴 대부분 드라마 PPL이 그렇지.

무엇을 먹고 있습니까?

"밥 먹는 장면이 안 나오면 아시아영화가 아니지." 나름 아시아영화에 정통해 있는 친구가 나에게 말한다. 이죽거리는 농담이지만 맞는 말이다. 아시아영화에 나오는 사람들은 늘 꾸준히 먹는다. 장르가 호러건, 멜로드라마건, 전쟁물이건 상관없다. 어느 장르에 나오건 그들은 푸짐하게 차려놓고 같이 먹는다. 여기서 가장 근시한 예는 봉준호가 〈괴물〉 중반에 집어넣은 밥 먹는 꿈 장면일 텐데, 유감스럽게도 오늘 다룰 영화는 아니며 사실 그 장면에 대해 길게 이야기할 거리도 없다. 오늘 다룰 영화는 훨씬 비전통적이고 조신한 영화 〈장화, 홍련〉이다. 그렇다. 장화 홍련 자매도 일단 먹어야 한다. 그들이 살아 있건, 유령이건 간에. 아시아영화에서는 귀신도 먹는다.

첫 번째 장면을 보자. 영화에서 장화와 홍련 역을 맡은 수미와 수연 자매가 집으로 돌아온 첫날 밤 저녁 식사 때다. 한식이다. 국도 있고 밥도 있고 반찬도 있다. 하지만 네 가족이 모여서 밥 먹는 모습은 어쩜 이렇게 낯선가.

우선 거의 집은 것이 없는 젓가락으로 입술만 간신히 건드리고 있는 두 자매의 모습을 보자. 이 광경은 결코 '한국적'이지 않다. 많은 한국 사람들은 밥을 입으로 옮기는 데에 젓가락 대신 숟가락을 사용한다. 한국 사람들이 사용하는 넓적하고 커다란 쇠숟가락은 농업사회 노동자들이 그릇 안에 빽빽하게 채워 넣은 어마어마한 양의 밥을 신속하게 뱃속으로 옮기기 위해 디자인되었다. 하지만 이 가족의 밥상을 보라. 아이들은 새처럼 젓가락으로 밥을 깨작거리고 국을 위해서는 중국식당에서나 나올 법한 수프 스푼이 준비되어 있다. 여기서 쇠숟가락은 기능상 거의 소외되어 있다. (완전히 존재하지 않는 건 아니다. 언니 수미는 여전히 밥그릇에 쇠숟가락을 걸치고 있다.) 그 결과 아이들은 고딕호러물의 입맛 없는 주인공답게 소식의 사치를 누리고 있는데, 이것은 철저하게 비한국적인 것이다.

음식이 각자의 접시와 그릇들로 분리되어 있는 식탁의 모습은 어떤가? 음식에 대해 결벽증이 있는 나는 이런 배치가 영화의 '클래스'를 높였다고까지 생각하지만, 이 역시 그렇게 한국적이라고 볼 수는 없다. 이것들이 보편적인 변화라고? 그렇다면 이들이 식사 때 얌전하게 무릎에 펼쳐놓고 있는 냅킨은 어떤가? 왜 염정아가 연기하고 있는 못된 계모는 저녁 식사 때 완벽한 메이크업을 고수하고 있는 걸까? 이것들이 일상적인 한국 가족의 저녁 식사와 어울리는가?

물론 안 어울린다. 이 모든 것들은 연출이다. 〈장화, 홍련〉의 저녁 식사는 의도적으로 모든 한국적인 것을 거부한다. 남아 있는 것은 메뉴뿐이다. 일반적인 한국 가족들이 가지고 있지 않은 테이블 매너와 절차가 이 메뉴에 도입되고 나서야 〈장화, 홍련〉의 고딕 분위기는 간신히 유지된다.

의미는 전혀 다르지만 이 장면은, 역시 김지운이 연출한 〈달콤한 인생〉에서 이병헌의 캐릭터 선우가 초콜릿 디저트를 깔끔하게 먹는 장면과 비교할 수 있다. 장르물 주인공의 청결함을 유지하기 위해서는 일상적인 한국 가족의 식습관을 필사적으로 외면해야 한다. 그래서 텔레비전 드라마와 영화의 주인공들이 끊임없이 서양식당과 일식당으로 탈출하는 것이다.

다음 식사 장면으로 넘어가자. 염정아 계모는 만찬을 열어 동생 부부를 초대한다. 전에는 메뉴로나마 남아 있던 한국식 식탁의 흔적이 여기서 완전히 숙청된다. 모차르트 음악을 배경으로 깐 염정아는 신경질적으로 미소를 지으며 오븐에서 구운 치킨을 손님들에게 대접한다. 완벽한 서구식으로의 이행? 그러나 그 과정은 첫 번째 식사 시간보다 훨씬 어색하다. 특별히 구체적으로 집어낼 것은 없지만 테이블에 있는 사람들은 이전보다 훨씬 경직되어 있다. 특히 주변의 난장판을 외면한 채 폼 나는 자세로 와인잔을 들고 있는 아버지가 그렇다.

여기서 관객들은 김기영 감독의 영화들을 떠올릴 수밖에 없다. 스토리와 설정만 보면 〈장화, 홍련〉의 전편이라고 할 수 있는 〈하녀〉의 '라이스 카레' 장면이 생각나는가? 주인공이 굽지도 않은 식빵에 야만스럽게 딸기잼을 발라 꾸역꾸역 입에 쑤셔 넣는 〈살인나비를 쫓는 여자〉의 아침 식사 장면은 어떤지? 신기한 서구문명의 식습관을 폼 나는 무언가로 여기고 받아들이지만 그것들을 완벽하게 소화해내는 대신 난폭하고 야만적으로 모방하고 과시하는 한국인들의 모습은 김기영 영화의 트레이드 마크였다. 이 흔적이 〈장화, 홍련〉에 남아 유지되는 것이다. 그건 김지운이 김기영의 영화를 모방하고 있기 때문이 아니라 여전히 우리가 그와 같은 종자이기 때문이다. 단지 〈장화, 홍련〉에는 김기영의 영화가 가졌던 풍속학적인 정보를 기대할 수 없다. 이 영화의 무대는 그랑기뇰grand guignol(19세기 말 파리에서 유행한 공포극)처럼 현실로부터 현상이 분리된 인공적인 세트이다. 고로 배우들과 메뉴의 어색함은 텍스트 바깥 세계에 대해 그 어떤 것도 말해주지 않는다.

김지운이 독재자처럼 식사 장면들을 통제해가며 필사적으로 유지했던 분위기는 후반부에서 엉뚱한 복병을 만난다. 자, 여러분은 염정아 계모와 임수정 의붓딸의 마지막 타이틀 매치를 감상하려 하고 있다. 엄청 심각하고 중요한 장면이다. 그런데 이 장면은 팬들에 의해 '어싱싱해 결투신'이라는 별명으로 불리고 있다. 왜냐고? 화면 중간에 놓여 있는 과자 상자 때문이다. 이 과자 상자가 등장하는 순간 한국어를 이해하는 관객들은 일제히 키득거릴 수밖에 없다. 이건 〈제인 에어〉 영화판에 갑자기 프링글스 감자칩이 등장하는 것과 같다. 아니, 그보다 더 심각하다. 어싱싱해는 프링글스보다 훨씬 우스꽝스러운 이름이니까. 현실에서 격리된 그랑기뇰의 세트를 만들고 테이블 매너를 광적일 정도로 꼼꼼하게 관리했지만, 밤도둑처럼 숨어든 유탕과자가 그만 일을 망쳐버렸던 것이다.

차 안에는 사람이 있다

평상시에는 멀쩡하던 사람들이 운전대만 잡으면 폭력적으로 변하는 이유는 주변의 차를 사람이 타고 있는 탈것이 아닌, 그냥 기계로 보기 때문이라고 한다. 그렇다면 모든 차들이 커다란 얼굴을 갖고 있는 인격체인 픽사의 〈카〉 세계에서는 우리보다 교통사고가 상대적으로 적을까? 생각해볼 만한 문제다.

차를 그냥 기계로 보는 건 운전하는 사람들뿐만이 아니다. 글을 쓰는 사람들 역시 자동차를 하나의 기계로, 다시 말해 '차'라는 단어로 본다. 카체이스car chase 장면을 쓰는 시나리오 작가들이 '차'라는 단어 안에 사람이 들어 있다는 사실을 인식하지 못하는 경우는 분명히 있다.

예를 하나 들어볼까. 설경구가 나오는 〈해결사〉라는 영화가 있다. 이 영화에서 살인 누명을 쓴 전직 형사로 나오는 설경구의 캐릭터는 고생 끝에 누명을 벗고 범인의 정체와 음모를 밝힌다. 이제 그는 그만해도 된다. 하지만 순전히 범인의 얼굴에 주먹을 날리겠다는 이유 하나만으로 그는 엄청난 카체이스를 벌인다. 그러는 동안 재수 없게 소동에 말려든 수많은 자동차들은 날아가고 폭발한다. 이 영화를 만든 사람들은 그 차 안에 사건과 전혀 관계없는 무고한 사람들이 타고 있었고, 그 사람들이 사고로 죽거나 끔찍한 부상을 입었을 거라는 생각은 조금도 하지 않은 모양이다. 아무런 죄의식 없이 영화의 해피엔딩을 받아들이는 주인공이 그 증거다. 차 안에서 불타 죽어간 사람들은 그저 멋진 카체이스의 장식에 불과했던 거다.

조금 더 끔찍한 예는 〈퀵〉에 나온다. 이 영화는 폭주족의 난동에 말려든 자동차들이 엄청난 충돌 사고를 내는 장면으로 시작하는데, 척 봐도 인명 손실이 엄청나 보이고 실제로 어린아이를 포함해 여러 사람이 죽었다.

6년이 지나면, 우리는 그 사고에 직접적으로 책임이 있는 폭주족 주인공이 퀵서비스맨이 되어 있는 모습을 본다. 옛날에 사고를 친 폭주족이라고 주인공 하지 말라는 법 있냐? 물론 그런 건 없다. 하지만 자신이 무슨 잘못을 했는지 인식은 하고 있어야 한다. 자발적인 속죄는 의무다. 정 못하겠다면 자기 파괴의 차선책이 있다.

〈퀵〉의 주인공은 어느 쪽도 아니다. 이 친구는 자기 헬멧(어쩌다보니 옛날 여자 친구인 아이돌 가수가 대신 쓰게 된다.)에 폭탄을 장착하고 폭탄 소포를 배달하라고 협박하는 악당이 왜 자신에게 그런 짓을 저지르는지 이해하지 못한다. 악당이 친절하게 '네가 옛날에 재미로 한 짓' 때문이라고 설명까지 해주는데도.

그는 자신이 사람을 죽였다는 인식이 없다. 사고 당시는 기억하지만 그때 자기 때문에 죽은 사람들에게는 생각이 닿지 않는다. 그는 오로지 당시 자신이 얼마나 멋있었는지만 기억한다.

이것만으로도 소름 끼치는데, 〈해결사〉에서 언급했던 것과 거의 비슷한 교통사고가 뒤를 이으면 할 말이 없어진다. 카체이스의 볼거리를 위해 또 길 가던 아무 상관없는 사람들이 차와 함께 구르고 박살이 난다. 분명 인명 손실이 있었을 것이다. 하지만 주인공은 여전히 아무런 죄의식이 없으며 그에 대한 관심도 없다. 아, 그럼 사이코패스 막장 주인공이로군. 하긴 그런 주인공도 있을 수 있다. 하지만 그런 주인공을 다루더라도 최소한 감독과 작가는 그런 사고에 어떤 의미가 있는지 알아야 하는 게 아닐까?

시사회가 끝난 뒤 기자 간담회에 참여했기 때문에 나는 〈퀵〉의 감독이 이들 양아치스러운 폭주족 청년들에게 애정을 갖고 있으며, 그들에게 폭주족 같은 건 하지 말라는 메시지를 보내고 싶어 했다는 걸 안다. 하지만 암만 봐도 〈퀵〉이라는 영화가 그 기능을 할 것 같지는 않다. 그가 메시지를 보내고 싶어 하는 청년들이 딱 〈퀵〉의 주인공 수준이라면 길 가는 유치원생을 오토바이로 깔아뭉개도 눈썹 하나 까딱 안 할 부류일 게 뻔하니 말이다.

다들 그렇지 않나요?

SBS에 〈야심만만〉이라는 프로그램이 있다. 그렇게 내 취향은 아니라 본방송을 거의 보지 않는데, 가끔 내 게시판에 감상이 올라온다. 그중 눈에 뜨였던 것이 게스트로 나오는 연예인들의 거의 공통적인 말버릇에 대한 불평이다. 그들은 그 프로그램에 나오면 약속이라도 한 것처럼 이렇게 말을 닫았던 것이다. "그런데, 다들 그렇지 않나요?"

몇 달 전까지만 해도 나에게 그건 의미 없는 하나의 정보에 불과했다. 하지만 겨울 내내 지독한 우울증에 시달리며 의욕 없이 침대에 엎어져 공중파 재방송을 섭렵하는 동안, 나는 드디어 게시판 회원들이 왜 그런 글을 올렸는지 알 수 있었다. 확실히 짜증났다. 온갖 할 소리, 못 할 소리 다 해놓고 그 모든 걸 "그런데, 다들 그렇지 않나요?"라는 말 한 마디로 정당화하려는 쉬운 수작. 이젠 말이 나오기도 전에 먼저 짓는 특유의 비굴한 표정까지 읽을 수 있겠다. 바보짓을 만 명과 함께 한다고 그게 바보짓이 아닌 다른 어떤 것이 되는 건 아니다. 바보짓을 하는 사람이 만한 명으로 늘어날 뿐이다.

"다들 그렇지 않나요?"는 참으로 편한 책임 전가용 도구다. 하지만 편리한 말들이 대부분 그렇듯, 그건 거짓이다. 세상에 '다들 그런' 것은 없다. 심지어 세상에서 가장 단순한 것 같은 육체적 욕망도 마찬가지다. 가끔 여자 연예인의 외모에 대한 이야기가 나오면 성서의 진리라도 되는 것처럼 "하지만 세상 모든 남자들은 가슴 큰 여자를 좋아해요!"라고 선언하는 아이들이 있는데, 난 그들에게 시간이 나면 인터넷 포르노 사이트 링크 페이지를 들춰보라고 권하고 싶다. 단순해 보이는 이성애자 남자의 머릿속에도 얼마나 다양한 욕망이 존재하는지 알게 될 테니. 이럴 때는 포르노도 교육적이다. 적어도 포르노 링크 리스트는.

이런 말들과 마주칠 때, 나는 계급적 우월감을 느낀다. 나는 '다들 그러지 않는' 몇 가지 취향을 가지고 있고 그것들을 내 정체성과 연결시키고 있다. 취향만 따진다면 내가 일반적인 취향을 가진 사람들보다 특별히 우월할 건 없다. 하지만 난 한 가지는 명백하게 인식한다. 적어도 나는 세상에 '다들 그런' 것이 없다는 건 안다.

인터넷은 '다들 그런' 세상을 깨뜨리는 도구여야 한다. 실제로 지난 10여 년 동안 인터넷이 그런 역할을 톡톡히 해낸 것도 사실이다. 우리나라에서 동성애자 인권운동이 이 정도 수준으로 올라간 것도 순전히 익명과 다양성을 보장하는 인터넷 덕택이다. 하지만 다시 생각해보자. 대부분의 인터넷 사용자들에게 과연 인터넷이 다양성을 소개하는 도구인가? 그게 그렇지 않다는 것이다.

인터넷이 아무리 무한의 정보를 제공해준다고 해도 사람들이 가는 곳은 뻔하다. 그들은 몇몇 사이트에 링크를 걸어두고 그곳만 죽어라 간다. 여러분이 '다들 그런' 것과는 거리가 먼 취향과 의견의 소유자라면 그건 정신적 해방일 수도 있다. 하지만 '다들 그런' 세계의 구성원들에게 인터넷은 '다들 그런 세상'에 대한 따분한 선입관을 강화시키는 도구에 불과하다. 아무 포털 사이트에나 가서 댓글을 몇 개만 읽어보라. 하나의 공식이 보인다. 글의 우둔함과 멍청함이 심해질수록 논리와 정당성 대신 뒤에 버티고 있는 '다들 그런 사람들'의 머릿수가 부각된다. 가끔 서핑을 하다보면 좀비영화 속에 들어가 있는 것 같다.

점점 걱정이 된다. 인터넷이 '다들 그런' 몇 종류의 좀비들을 전 세계에 전염시키는 매개체가 되면 어떻게 한다? 얼마 전 조지 로메로의 좀비 4부작을 논스톱으로 다시 본 터라, 나에게 이 걱정은 한동안 지나치게 현실적인 악몽으로 남을 것 같다.[11]

11 ____ 〈야심만만〉의 언급, 로메로의 좀비 '4부작'이라는 표현으로 짐작하시겠지만, 이 글은 '좀비'라는 단어가 정치적 은유로 유행하기 전에 쓰였다. 그 때문에 결말이 당시 의도보다 훨씬 진부해져버렸는데, 그렇다고 결말만 다시 쓸 수도 없는 노릇이다. 불쌍한 '좀비'. 내가 이 글을 썼을 때만 해도 '좀비'는 의미 있는 비유였다. 하지만 지금은 그 단어 자체가 좀비가 되어버렸다.

이해는 인정만큼 절실하지 않다

내가 짜증을 내는 부류가 하나 있는데, 그건 퀴어영화에 출연해놓고 그 경험이 얼마나 불편하고 역겨웠는지 징징거리는 배우들이다. 어려울 수는 있다. 하지만 머리에 총을 들이대고 연기를 강요한 것도 아닌데, 자신의 캐릭터와 관객을 그렇게 쓰레기 취급하면 어떻게 하나. 이건 프로 정신의 문제다. 물론 그 반대의 경우도 있다. 예상치 못한 배우로부터 그에 대한 진지한 답변을 들으면 호감도가 상승하기도 한다. 얼마 전 〈무릎팍 도사〉에 출연해서 자신이 연기한 두 퀴어 캐릭터에 대해 이야기했던 주진모가 그렇다.

다행히도, 내가 얼마 전에 참석했던 〈창피해〉와 〈REC〉의 기자 간담회에서는 그런 일이 없었다. 배우들은 모두 성실했고 적극적이었고 자신의 캐릭터를 이해하고 사랑한다는 것이 보였다. 분위기가 참 좋았다.

단지 사소하게 걸리는 게 하나 있었다. 퀴어 캐릭터가 등장하는 로맨스영화라는 걸 제외하면 전혀 공통점이 없는 작품들인데도 비슷비슷한 말들이 반복되었다. "사람이 사람을 사랑하는데" 또는 "사람을 사랑하다보니 하필이면……" 이 두 편만이라면 말을 않겠는데, 그게 아니다. 이 표현은 개봉되는 모든 퀴어영화에 대한 언급에 등장한다. 심지어 배우들이 이야기를 안 하면 기자나 관객들이 알아서 말해주는 일까지 있다.

이 표현들 자체를 따로 떼어놓고 보면 아무런 문제가 없다. 퀴어로맨스도 기본은 사람이 사람을 사랑하는 이야기다. 그리고 정말 어쩌다 보니 사랑한 사람이 동성일 수도 있다. (나와 잠시 트위터로 이 주제에 대해 이야기를 나누었던) 배우 김꽃비가 〈창피해〉에서 연기한 강지우는 그런 부류이다. 이 캐릭터는 김효진이 연기하는 윤지우를 사랑하지만 윤지우처럼 분명하게 자신의 성적 지향성을 드러내지 않는다. 내용을 떠나 이것은 잘 먹히는 연기 테크닉이다. 연기를 하려면 먼저 캐릭터를 이해하기 위한 발판이 있어야 하니까. 써먹고 나중에 버리더라도. 하지만 모든 퀴어영화를 여기에 맞추는 건 문제가 있다.

〈REC〉만 해도 누군가를 사랑했는데, 어쩌다보니 그게 동성이었던 사람들 이야기가 아니다. 그들은 온라인 사이트에서 남자 파트너를 찾다가 만났다. 복잡한 사연 따위는 없다. 수많은 이성애자들이 그런 식으로 만나 연애하지 않던가. 더 이상의 설명이 필요한가. 그런다고 이야기가 덜 애절해지나.

"사랑하다보니 동성" 표현은 절반 정도 선의에서 출발한다. 이 뒤에는 "당신네 소수 동성애자의 심리를 어떻게든 이해해주겠다"라는 태도가 깔려 있다. 뭐, 이해해주겠다니 고마운 일이다. 하지만 이 이해의 노력은 종종 정도를 넘어선다.

일단 이들은 동성애 감정을 어떻게든 이성애화하거나 이성애를 중심에 놓는다. 〈번지점프를 하다〉가 대표적인 예다. 이 영화에서 남자주인공이 남자 제자에게 반하는 건 제자가 전생에 자기 여자 친구였기 때문이다. 이들은 어딘가에 이성애적 이유를 넣어야 만족을 한다.

엉뚱하고 불필요한 주장도 나온다. 〈필라델피아〉가 개봉되었을 때, 모 국내 평론가는 이 영화에 점수를 짜게 주면서, 영화가 주인공이 동성애자가 된 이유를 밝히지 않았기 때문이라고 했다. 그는 수많은 사람들에게 그것이 그냥 자연스러운 상태라는 생각을 하지 못했다. 그런 생각은 그의 이해 범위 밖에 있었다.

세상 모든 것들이 자신의 이해 범위 안에 있어야 한다고 믿는 사람들이 있다. 수많은 종교 신자들이 그에 해당된다. 물론 그들도 자신들이 모든 것을 알고 있다고는 생각하지 않는다. 하지만 그들은 자기네 종교를 지탱하는 책들이 우주 만물을 설명하는 완전하고 모순되지 않은 내용을 담고 있다고 믿는다. 이래 놓고서 그들은 과학이 오만하다고 말한다. 과학이라는 방법론 자체가 '우리는 아무것도 모르며 지금 우리가 쓰고 있는 지식과 도구도 언제 무너질지 모른다'는 태도에 기반을 두고 있는데도. (의심나면 최근의 중성미자 소동을 보라.)

우주는 우리가 모든 걸 이해할 수 있게 설계되어 있지 않다. 세상에는 이해할 수 없는 수많은 일들이 있다. 나는 〈도가니〉 사건의 가해자들이 어떻게 사건 이후에 그렇게 뻔뻔스러울 수 있었는지 이해하지 못한다. 나는 스티븐 시걸의 팬들이 그에게서 어떤 매력을 보는지 이해하지 못한다. 나는 광수 사장이 왜 자기 회사 아이돌들에게 뽕짝만 줘어라 주는지 모른다. 나는 왜 최근 실험에서 중성미자가 광속을 넘어서는 것처럼 보였는지 모른다. 어떤 것은 악이고, 어떤 것은 취향의 문제이고, 어떤 것은 아무것도 아니다. 내가 이해할 수 없다는 것을 제외하 089

면 그들 사이엔 아무런 공통점도 없다. 하지만 많은 사람들은 그들을 하나로 묶는다. 그리고 어느 선에서부터 이는 선악을 가르는 기준이 된다.

"사랑하다보니 동성"의 논리를 끌어와 동성애자들을 이해하려 했던 사람들은 그런 식으로라도 그들을 받아들여 그들이 타자화되는 걸 막아야겠다고 생각했는지도 모른다. 그들은 자기네들이 온전히 이해할 수 없다는 이유로, 자기가 성스럽다고 믿는 책의 내용과 어긋난다는 이유로 마녀들과 학자들을 산 채로 불에 태운 신심 깊은 신자들을 떠올렸는지도 모른다. 이렇게 이야기를 진행시키다보면 그들의 논리는 훨씬 이타적이고 절실한 어떤 것이 된다.

하지만 이보다 더 쉬운 길이 있다. 우리가 세상 모든 것들을 이해할 수 없다는 사실을 그냥 인정하는 것이다. 완전히 이해하지 못하더라도 인정을 할 수 있는 영역은 충분히 가려낼 수 있다. 스티븐 시걸로 돌아가보자. 내가 시걸의 팬들을 이해하지 못한다고 해서 그들의 존재가 부정되지는 않는다. 내가 억지로 온갖 말도 안 되는 논리들을 만들어 그들을 설명하고 이해하려 한다면 모두에게 귀찮은 일이 될 것이다. 그냥 서로의 존재를 인정하고 공존하면 되지 않을까. 이해는 그 다음에 편할 때 해도 된다. 이해는 인정만큼 절실하지 않다.

네 이웃의 취미를 방해하지 말라

나는 여러분이 지금 읽고 있는 책의 제목이 무엇인지 모른다. 하지만 책을 내겠다고 계약서를 썼을 때 출판사에서 제시한 가제는 '취향은 존중해주시죠?'였다. 어떻게든 막아볼 생각이고 가능하다고 생각한다. 기획안을 받아들였을 때 나는 아무 의견도 제시하지 않았다. 그냥 '아, 다른 사람들은 나를 저렇게 보는구나'라고 생각했을 뿐. 나는 이 글을 통해 편집자에게 책의 제목에 대한 내 의견을 처음 밝히는 셈이다.

 "타인의 취향을 존중하라." 이 말은 많은 사람들에게 우리 시대의 황금률로 여겨지고 있지만 나는 여기에 전혀 동의하지 않는다. 나를 구성하는 자잘한 취향들만 봐도 그렇다. 어떤 것은 대놓고 으쓱거리며 자랑하지만, 어떤 것은 너무 저질스러워 남에게 들통 날까 걱정되어 죽겠다. 그 스펙트럼 사이에 여러 종류의 취향들이 흩어져 있다. 나는 이들이 평등하다고 생각하지 않는다. 그런데 그중 일부가 남의 취향이라고 해서 내가 그걸 다르게 평가해야 할 이유가 있을까? 왜 그들이 취향이라는 이유만으로 비판 대상에서 벗어나야 할까? 취향은 그렇게 신성한 것이 아니다. 같은 이유로 나는 내 모든 취향을 옹호하거나 변호할 생각이 없다.

 아마 저 명령어가 이치에 맞게 수정되어야 한다면 그건 "(될 수 있는 한) 이웃의 취미를 방해하지 말라" 정도가 될 것이다. 모양 빠지게 '될 수 있는 한'이 붙는 이유는 그 이웃의 취미가 연쇄살인이나 영아 납치

감금일 가능성을 배제할 수 없기 때문이다. 취향이 취미로 슬쩍 바뀐 것은 취미 쪽이 더 구체적이기 때문이다. 나는 취향을 어떻게 '방해'할 수 있는지 모른다. 그렇다고 '존중'이라는 단어를 그대로 갖다 쓰면 글 자체가 흐리멍덩해지고 내가 하려는 말과도 맞지 않는다. 나는 내 취향이 존중받기를 원치 않는다. 취미 생활을 방해받지 않는 것만도 충분하다.

나는 왜 내 취미 생활을 소재로 글을 쓰지 않는 걸까? 쓰기는 쓴다. 그것도 많이. 하지만 취미의 구체적이고 세부적인 영역으로 넘어가면 들어줄 사람이 많지 않다. 예를 들어 나는 40년대 호러영화 제작자였던 발 루튼의 팬이다. 하지만 그에게 피상적으로나마 관심이 있는 사람은 우리나라에 한 줌 정도이다. 마찬가지로 나는 4, 50년대에 활동했던 할리우드 배우 진 티어니의 팬인데, 티어니의 팬은 심지어 더 적다. 나는 또한 어린 시절에 보았던 '디즈니랜드' 시리즈에 대한 향수가 상당한 편이지만, 이상하게도 내 또래 중 그 시리즈에 대해 나와 같은 향수를 품고 있는 사람을 찾기 힘들다. 나는 AFKN에서 금요일 밤에 해주던 호러영화의 영향을 많이 받았는데 이 기억을 공유하는 사람도 별로 없다. 그렇게 희귀한 영역을 판 것도 아닌데 그렇다. 이 정도면 뻔한 '추억의 영화' 팬 정도일 뿐인데.

여기에 대해 곰곰이 생각해봤는데, 이런 외로움은 다른 사람들이 당연히 알 거라고 생각하는 영역에 대한 내 무관심과 연결되어 있을 수도 있다. 의무감에 공부를 하긴 하지만, 나는 일본 대중문화에 대해 완전히 편치 않으며 경험과 지식도 부족하다. (사람들은 아직도 내가 〈에반게리온〉 시리즈를 본 적이 없다는 말을 들으면 깜짝 놀란다.) 팝이건, 가요건, 대중음악에 대한 관심이나 지식도 모자라고. 남들이 당연히 알아야 한다고 생각하는 영역에 무심하다보니 그 시간과 노력을 다른 데에 쓸 수 있었던 게 아닐까. 게다가 워낙 엉덩이가 가벼운 편이라 이곳저곳 마구 건드리며 사방에서 자잘한 장난감들을 긁어모으는 편이기도 하다.

이런 형편이니 취미에 대해 신나게 떠들다보면 인터넷의 광야에서 미치광이처럼 혼자 중얼거리는 나를 발견하게 된다. 대부분 사람들은 내 팬질에 관심이 없고 내 영업이 성공한 적도 별로 없다. 예외가 있다면…… 글쎄. 나는 아나 토렌트의 국내 팬을 번식시키는 데에 어느 정도 공헌했다고 자부하는 바다. 하지만 생각해보면 그것도 내가 잘했기 때문이 아니다. 어린 시절 아나 토렌트가 정말 예뻤고 나온 영화들이 좋았으니 그렇지.

그러니 '취향 존중' 이야기는 하지 말기로 하자. 적극적으로 나의 취향에 대해 이야기하는 것도 피하기로 하자. 어차피 그런 것들은 피하려고 해도 날파리처럼 달라붙을 테니까.

그녀는 그에게 존대를 합니다

1

1997년 미미 레더의 〈피스메이커〉가 개봉했을 때 일어났던 소동을 기억하시는지. 아니, 드림웍스 최초 영화, 니콜 키드먼과 조지 클루니 캐스팅 운운하려는 게 아니다. 오로지 한국에서만 있었던 소동. 그러니까 자막 이야기다.

이런 것이다. 당시 이 영화의 자막을 맡은 사람은 이미도였는데, 그는 조지 클루니 캐릭터가 엄연히 상사인 니콜 키드먼 캐릭터에게 반말을 하는 것처럼 번역해버렸다. 원래 그는 성차별적인 번역으로 악명이 높았지만 이 영화에서는 좀 심했다. 당연히 반발이 따랐다.

이런 소동이 있었음에도 불구하고 나는 이미도를 성차별주의자라고 비판하고 싶지는 않다. 그가 성차별주의자가 아니라는 말은 아니다. 우리나라 사람은 대부분 성차별주의자이다. 하지만 여기서 중요한 것은 〈피스메이커〉 이후 그가 그런 비판을 긍정적으로 받아들였다는 것이다. 이후 이미도의 번역을 보면 이전의 성차별 문제가 완벽하지는 않아도 상당히 해결된 것을 볼 수 있다. 당시 자막 번역계에서 그의 존재감이 얼마나 컸는지를 생각하면 그건 상당히 중요한 사건이었다. 여전히 갈 길은 멀지만, 나는 그 뒤로도 '이미도의 성차별적 번역'과 같은 말이 나오면 늘 〈피스메이커〉 이후의 변화를 지적하며 그를 변호하곤 했다. 물론 그의 자유분방한 의역이나 오역까지 변호할 수는 없지만.[12]

094

12 ___ 얼마 전에 개봉한 〈그래비티〉의 자막에서는 조지 클루니가 연기하는 우주선 선장 캐릭터가 민간인 의사인 산드라 블록의 캐릭터에게 일방적으로 반말을 한다. 조금만 봐도 그게 말이 안 된다는 걸 알았을 텐데. 번역가들에게 조지 클루니는 반말하는 얼굴로 보이나.

예전에 외화 번역의 성차별 문제가 얼마나 심각했는지 모르는 사람들이 있다. 그들을 위해 한 가지 예를 든다. 〈해리가 샐리를 만났을 때〉. 단짝 친구에서 연인으로 변해가는 두 사람을 그린 이 영화의 극장판 자막에서 샐리가 해리에게 끝까지 존대를 했다는 걸 여러분은 상상할 수 있나? 물론 해리는 친구가 된 뒤부터 샐리에게 반말을 했다.

놀랄 만큼 많은 사람들이 이를 기억하지 못한다. 몇 가지 이유가 있다. 첫 번째 이유는 이후에 나온 텔레비전 더빙 번역, 케이블 방송과 DVD 자막 번역 등이 이 문제를 교정했고 사람들이 그것을 기억하기 때문이다. 두 번째 이유는 조금 심각한 것으로, 많은 사람들이 그런 번역을 보고도 무엇이 잘못된 것인지 몰랐다. 당시 영화를 본 사람들에게 그 사실을 지적했을 때 그들의 당황했던 얼굴을 기억한다. 그들도 그게 잘못이라는 걸 알았다. 하지만 자막 번역의 관습에 하도 익숙하다보니 영화를 보면서도 얼마나 이상한 번역인지 눈치채지 못했던 것이다. 이러니 지적하는 게 힘들 수밖에.

한국어 번역에서 가장 특이한 현상은 번역가들이 정상적인 한국어가 아닌 허구의 언어로 번역한다는 것이다. 〈전쟁과 평화〉를 예로 들어보자. 19세기 초가 배경이니 현대어로 작업을 하더라도 기준점을 잡을 당시의 언어가 필요하다. 하지만 한국어 번역가들에겐 이게 불가능하다. 19세기 한국어만 해도 대부분 독자들에게 외국어나 다름없기 때문이다. 그럼 조금 뒤의 시대로 해야 할까? 한국어 번역가들은 20세기 중엽 즈음에 완성된 가짜 의고체, 가짜 문어체 문장을 택한다. 단 한 번도 한국인들에 의해 습관화된 적이 없는 가짜 한국어이다.

이런 형태의 번역체가 존재한다는 것 자체는 문제가 아니다. 어차피 외국어 문장을 100퍼센트 완벽하게 한국어로 옮길 수 없으니 중간에 다리 역할을 하는 무언가가 있어야 한다. 문제는 이런 스타일이 당시의 다양한 편견을 타임캡슐처럼 보존하고 있다는 것이다. 노골적인 성차별도 그중 하나이다. 아마 가장 큰 부작용일 것이다.

3

짜증이 나는 것은 이런 성차별 번역의 악습관이 끼치는 부작용이 의외로 넓다는 것이다. 심지어 사극마저도 여기에 해당된다. 우리가 보는 사극 대사는 대부분 번역체이다. 고어체를 알기 쉽게 풀어 쓴 정도가 아니라, 완전히 다른 식으로 고쳐 쓴 번역어다.

임진평의 〈우리 만난 적 있나요〉는 그런 사극 대사가 얼마나 가짜인지 무심결에 폭로하는 영화이다. 환생을 다룬 로맨스인 이 영화는 450년 전 조선 여인이 남편에게 쓴 러브레터를 중심으로 전개되는데, '원이 엄마 편지'라는 이름으로 불리는 이 한글 편지는 실제로 존재한다. 그런데 내용 전개상 이 편지의 현대어판이 낭송되는 동안 관객들은 기묘하다는 생각이 들 것이다. 450년 전에 원이 엄마가 쓴 편지 원문이 오히려 현대어 번역판보다 더 평등한 것이다. 원이 엄마는 남편을 '자내(자네)'라고 부르고, '했소'체로 일관한다. 이걸 '~했어요'로 옮긴 소위 '사극 대사'는 얼마나 인위적이고 간사하게 들리는지.

종종 이런 사극 언어와 실제 언어의 갭이 존재한다는 사실이 오히려 기회일지도 모른다는 생각을 한다. 어차피 지금 한국어 사극의 대사들은 인위적이고 어색하며 진부하다. 그렇다면 괜히 말도 안 되는 퓨전 사극으로 가는 대신, 고정된 번역투를 넘어선 진짜 대사와 진짜 어휘를 발굴해서 사극에 도입하는 건 멋진 일이 아닐까? 겁난다고? 겁 좀 나면 어때. 지루하고 틀에 박힌 가짜보다야 낯선 진짜가 낫지. 일단 조선시대 왕들이 '경들은 들으세요'라고 말하는 것부터 심하게 잘못된 게 아닌가.

4

번역체의 성차별이 하늘에서 뚝 떨어진 것은 아니다. 한국 일상어의 성차별은 결코 쉽게 무시하고 넘어갈 수 있는 문제가 아니다. 단지 번역체가 그걸 극단적으로 과장하고 있고, 세월에 따른 변화를 묵살하고 있다는 것이 문제인 것이다.

비슷한 문제는 장르소설, 드라마, 영화에서도 찾아볼 수 있다. 영화는 그중 낫다. 하지만 나는 여전히 시나리오 작가의 대사 귀가 얼마나 예민한지 확인하고 싶을 때 중산층 중년 여성 캐릭터가 남편에게 존대를 하는지부터 확인한다. 정말 그런다면 십중팔구 작가가 책에서 읽은 문장을 흉내 내고 있다는 뜻이다.

장르소설이나 드라마에서 성차별이 두드러지는 이유도 비슷하다.   097

이들은 기본적으로 허구의 우주를 배경으로 하고 있기 때문에 그에 맞는 허구의 언어를 택한다. 그리고 그 언어의 대부분은 구식 번역체처럼 시대의 유물이다. 6, 70년대 한국영화의 대사가 실제보다 더 구닥다리처럼 들리는 것도 그 때문이다. 이 양식화된 대사는 90년대를 넘기고나서야 성우 더빙과 함께 간신히 떨어져 나간다.

전체적으로 상황은 나아지고 있다. 하지만 일직선으로 진보하는 것은 아니다. 나는 배우 정유미의 팬이지만 왜 이 배우가 〈케세라세라〉와 〈도가니〉에서 에릭과 공유를 아저씨라고 부르며 존대를 하는지 이해할 수 없다. 배우는 그러면서 오글오글했을 것이고, 작가도 자기가 그때 왜 그랬는지 모를 것이다. 마찬가지로 〈찬란한 유산〉에서 한효주 캐릭터가 나이 차도 별로 안 나는 이승기 캐릭터에게 왜 그렇게 꼬박꼬박 존대를 했는지 나는 이해하지 못한다.

5

번역체 역시 변해가고 있다. 최근 영화 자막 번역에서 가장 큰 변화는 자막 번역가들이 드디어 현대 노년층 부부의 성평등을 인식했다는 것이다. 〈아무르〉의 자막이 그런 변화를 보여주는 대표적인 예이다. 이 역시 왜 이리 오래 걸렸는지 모르겠다. 결코 진보적인 환경이라고 할 수 없었던 우리 집만 해도 할머니가 할아버지에게 존대하는 걸 본 적이 없다. 귀가 있으면 그런 존댓말이 오히려 어색하다는 걸 알았을 것이다. 그런데 그런 변화가 자막에 투영되기 위해 21세기까지 기다려야 했던 것이다.

번역문학의 경우, 나는 정음사 세계문학전집을 포함한 옛날 번역책들을 꽤 가지고 있기 때문에 종종 옛날 책과 새 번역본을 비교하며 그 속도를 측정해보곤 한다. 속도가 아주 빠르지는 않다. 그래도 현대물의 경우 뚜렷한 발전이 보이고, 같은 번역가가 이전의 습관을 버리는 것도 볼 수 있다.

거꾸로 가는 것도 보인다. 예를 들어 주우 세계문학 버전으로 헤밍웨이의 〈무기여 잘 있거라〉를 갖고 있는데, 나는 이 책에 실린 설순봉 번역을 통해 캐서린이 프레드릭에게 말을 놓는 걸 처음 보았다. 이게 1982년 번역이라고 알고 있는데, 성평등 측면에서만 보면 이 번역은 아직도 전위이다. 나는 아직도 이를 따르는 게 왜 그렇게 힘이 드는 건지 이해하지 못한다. 척 봐도 둘은 일대일로 맞장 뜨고 있고 번역에서 그런 관계의 평등성을 보여주어야만 캐서린 캐릭터의 위트와 매력이 가장 잘 살아나지 않던가.

알 수 없는 이유로 번역가들을 도저히 설득시킬 수 없는 경우도 있는데, 셰익스피어의 〈십이야〉가 그렇다. 이 희곡에는 바이올라와 세바스찬이라는 이란성 쌍둥이가 등장한다. 둘이 똑같이 생겨서 사람들이 헷갈린다는 것이 포인트다. 그런데 이 희곡의 번역가들은 죽어도 세바스찬이 바이올라의 '오라버니'이고 바이올라가 그에게 존대를 해야 한다고 한다. 이 버릇이 언제까지 갈지는 알 수 없다. 언젠간 바뀌겠지.

시대물이나 고전의 경우, 아직도 많은 번역가들이 애를 먹는다. 하지만 이 역시 곧 출구가 열릴 것이라 믿는다. 그리고 그 출구를 찾는 것은 번역가에게 중요한 일이다. 그건 결국 번역의 수명과 연결된다. 당신들이 당연하다고 쓰는 언어는 결코 당연한 것이 아니다.

보편적인 성으로서의 수컷

지금은 고인이 된 영화평론가 로저 이버트는 브라이언 싱어의 〈잭 더 자이언트 킬러〉에 별 세 개 반짜리 호평을 쓰면서 끝에 당연한 질문을 덧붙였다. "여자 거인은 어디에 있고, 틴에이저 거인은 어디에 있으며, 아기 거인은 어디에 있는가?"

누군가 해야 할 질문이었다. 제목이 증명하듯 이들은 불사가 아니다. 이들이 이 정도 수를 유지하려면 번식 과정이 따라야 한다. 하지만 이 영화에 나오는 거인은 모두 성인 남자뿐이다. 어떻게 된 걸까?

답은 아무도 그것에 대해 생각하지 않았다는 것이다. 판타지/SF 세계에서 인간이 아닌 종족에 대한 이야기를 만드는 사람들은 이상할 정도로 '여자 없는 세계'의 비정상에 대해 둔감하다. 생각하기 싫어 하는 작가들이 쓴 소설에서 종종 모든 외계인은 남자로 묘사된다. 외계인뿐만 아니다. 판타지소설의 다른 종족들도 마찬가지다. 상식적으로 반대가 맞는데도. 암컷이 존재하지 않는 종족을 상상해보라. 그리고 그 반대를 생각해보라.

판타지와 SF뿐만 아니다. 동물들을 보라. 워너브라더스나 디즈니 단편 애니메이션 영화에 나오는 두 발로 걷고 말하는 동물들 중 '암컷'의 비중은 얼마나 되는가? 딱할 정도로 적다. '여자 친구'나 '노처녀'처럼 꼭 여자여야만 하는 역할이 아니면 대부분 남자이며 이들은 이 비정상을 의심하지 않는다.

가장 비정상적인 접근법은 곤충을 다루는 방식이다. 벌이나 개미를 의인화한 동화나 영화를 보라. 주인공인 일벌이나 일개미는 대부분 수컷이다. (영화 〈개미〉, 〈벅스 라이프〉, 〈꿀벌 대소동〉 모두 여기에 해당된다.) 하지만 학교를 제대로 다닌 사람이라면 일벌과 일개미 모두 생식능력이 없는 암컷이라는 것을 알고 있을 것이다. '보편적인 성으로서의 수컷'이라는 암묵적 규칙을 지키기 위해 생물학적 사실을 뜯어고치는 것이다.[13]

드루 배리모어가 1999년 제작하고 주인공의 목소리를 연기한 텔레비전 스페셜 〈올리브: 또 다른 순록〉은 그 비정상성에 도전한 영화이다. 이 영화에서 산타의 썰매를 끌겠다고 나선 강아지 올리브는 암컷이다. 좋은 작품이었다. 하지만 수많은 시청자들이 올리브가 암컷인 것에 대해 항의했다. 이런 어린이 영화에서 주인공은 모든 아이들이 공감할 수 있도록 중성이어야 하는데 올리브는 어떻게 봐도 암컷이라는 것이었다. 어이가 없는 일이다. 그렇다면 그들은 루돌프란 이름을 갖고 있는 순록이 수컷이라는 걸 몰랐단 말인가?

'보편적인 성으로서의 수컷'은 위험하기 짝이 없는 착오이다. 그리고 이는 여전히 현재 진행형이다. 꼭 말하는 동물이나 외계인일 필요도

---

13 ____ 벌이나 개미를 암컷으로 다루는 작품도 있긴 있다. 발데마르 본젤스의 《꿀벌 마야의 모험》, 랄린 폴의 《벌》이 그렇다. 제목만 봐도 알 수 있지만, 장수말벌이 나오는 하쿠타 나오키의 《딸들의 제국》 역시 주인공이 암컷이다.

없다. 영화나 소설에 나오는 애완용 동물의 성비를 계산해보라. 기형적일 정도로 수컷이 많다. 현실세계라면 반반이어야 정상인데도 사람들의 뇌가 그 당연한 상황을 상상할 수 없을 정도로 굳어버린 것이다. 그리고 이런 이상한 상황은 선입견을 장착한 인간의 두뇌가 세상을 얼마나 이상하게 보는지에 대한 가장 들기 쉬운 사례일 뿐이다.

생존 게임에서 벗어나기

영화 〈헝거 게임〉에서 청소년들이 벌이는 서바이벌 게임을 보면 왠지 모르게 낯이 익다는 생각이 든다. "저 애들이 지금 하는 것들을 분명 어디서 봤는데, 그게 뭐더라?" 답은 곧 나온다. "맞아. 〈런닝맨〉에서 봤잖아."

　조금만 들여다보라. 아이들이 '헝거 게임' 중 하는 행동은 모두 〈런닝맨〉에 나오는 것들이다. 단 한 명만 살아남는 서바이벌 게임? 〈런닝맨〉의 개인전이 그렇다. 생뚱맞은 러브라인? 송지효와 개리의 월요커플이라는 게 있다. 연합과 배신? 일상다반사다. 이러다보니 한국 관객들은 주인공이 심각한 상황에 빠져 있는 동안에도 몰입이 조금 어렵다. 이런 상황들은 〈런닝맨〉에서 주로 코미디로 그려지기 때문이다.

　개인적으로 〈헝거 게임〉과 같은 지루한 프로그램을 어떻게 보나 싶다. 하루나 이틀 동안의 게임을 1, 2시간 정도로 편집해 보여주는 〈런닝맨〉과는 달리 〈헝거 게임〉은 생방송이다. 애들이 먹고 싸고 자는 것과 같은 일상적인 일을 하는 동안에도 카메라는 계속 돌아간다. 그러는 동안 게임 진행자들은 무얼 하며 시간을 때울까. 그들도 잠을 잘까? 알 수 없는 일이다.

진짜 생산적인 질문은 다음에 있다. 왜 거의 같은 포맷의 게임을 하는데도 〈헝거 게임〉과 〈런닝맨〉은 이렇게 다를까. 다음과 같은 답변이 돌아올 것이다. "바보야. 〈런닝맨〉은 그냥 게임이고, 〈헝거 게임〉에서는 애들이 진짜로 죽잖아." 그건 당연한 차이다. 하지만 조금만 더 생각해보자. 사람이 직접 죽지 않을 뿐이지, 비슷한 강도의 리얼리티 프로그램은 얼마든지 있다. 최근에 유행하는 오디션 프로그램 대부분이 그렇다. 이런 프로그램의 개별 에피소드에서 클라이맥스는 누가 살아남는가가 아니라 누가 떨어지느냐이다. 로마 검투사 경기처럼 매 회마다 누가 죽어야만 끝나는 프로그램인 거다. 다시 말해 여기서 차이점은 참가자들이 실제로 죽느냐 사느냐가 아니다. 그것과 크게 다를 바 없는 생존경쟁이 있다는 게 중요하다. 그렇다면 〈런닝맨〉이 이런 식의 경쟁을 다루는 프로그램과 질적으로 다른 게 무엇인지 알아내는 게 중요하다.

〈런닝맨〉이 다른 점은 살아남는 단 한 명의 승자가 되는 것이 그렇게 중요하지 않다는 것이다. 물론 게임에서 이기는 것은 모든 참가자의 목표이다. 이기면 좋을 것이다. 하지만 주어진 게임에서 승리하지 않더라도 실속을 챙기는 길은 얼마든지 있다. 〈런닝맨〉에서 게임은 기본적으로 시청자에게 재미를 주기 위한 것으로, 재미만 있다면 굳이 게임의 규칙을 있는 그대로 따르지 않아도 된다.

이광수의 캐릭터가 가장 노골적인 예다. 그는 이 프로그램에서 지석진과 함께 최약체의 캐릭터를 갖고 있다. 일반적인 경쟁 구도라면 그는 자동적으로 떨려날 것이다. 하지만 그는 자신의 약점을 캐릭터화시킬 기회를 가진다. 그는 최약체이기 때문에 존재 이유가 있으며 심지어 자기만의 주제곡도 있다. 〈런닝맨〉 시청자들에게는 스팅의 〈St. Agnes and The Burning Train〉이 이전처럼 진지하게 들리지 않는다.

〈런닝맨〉에서는 일반적인 경쟁 구도로는 설명할 수 없는 일들이 종종 일어난다. 유재석은 아무리 불리한 위치에 있어도 초반에 탈락하는 일이 거의 없다. 게임의 전개를 위해 그가 필요하다는 것을 모두가 알고 있기 때문이다. 김종국은 유리한 위치에 있으면서도 짝사랑하는 남자 흉내를 내며 한가인을 위해 자신을 희생한다. 약육강식의 논리는 어처구니없는 게임 규칙과 우연에 의해 파괴되며 제작진이 낸 스토리가 떨어지면 다들 각자의 파트를 찾느라 바쁘다. 종종 실패처럼 보이는 것이 사실은 아닐 때도 있다. 숨바꼭질을 하던 개리가 계속 숨은 상대편을 놓치고 지나쳤을 때, 그 상황은 그에게 '직진 개리'라는 캐릭터를 부여했다. 실패했지만 그것으로 부각된 것이다.

게임의 승패보다 더 중요한 것이 있고 그런 것이 있다면 부각시켜야 한다는 것. 그것은 〈엑스맨〉 시절부터 이어진 SBS 버라이어티 프로그램의 전통이다. 이를 유재석만큼 잘 아는 사람도 없다. 아직도 김종국을 놀릴 때 종종 등장하는 〈엑스맨〉 당시 김종국과 윤은혜의 러브라인은 사실 유재석의 작품이나 다름없다. 삶에서는 종종 예측 불가능한 일이 일어난다는 것. 얼마 전까지 중요했던 지상 목표가 더 이상 의미가 없을 수도 있다는 것. 종종 미련을 버리고 새로운 동기와 목표에 몸을 맡겨야 한다는 것. 그것은 〈엑스맨〉이 한국 버라이어티 프로그램에 내려준 중요한 교훈이며 그 흐름은 지금까지 이어지고 있다. 〈런닝맨〉은 직계 후손이고, 〈무한도전〉이나 〈1박2일〉의 즉흥성 역시 여기서 어느 정도 영향을 받았을 것이다. 정작 〈엑스맨〉 자신은 쓸데없는 러브라인 집착에 빠져 몰락해버렸지만.

　어떻게 이런 게 가능할까. 그건 〈런닝맨〉과 같은 프로그램이 출연자에게 최소한의 바닥을 보장해주기 때문이다. 아무리 상황이 심각해 보여도 이들은 고정출연하는 연예인이다. 이기지 못한다고 탈락하거나 불이익을 당하지 않는다. 하지만 수잔 콜린스가 〈헝거 게임〉의 모델로 삼았던 리얼리티 프로그램에서는 그런 여유가 별로 없다. 시청자들이 눈앞에 펼쳐지는 드라마의 무엇을 즐기건, 일단 이기는 것이 중요하다. 만약 출연자가 자신의 역할을 인식하며 그에 맞추어 연기한다고 해도 그 역시 생존의 방식이기 때문에 극단으로 치닫기 쉽다. 〈도전 슈퍼모델〉 시리즈에 꼭 하나 이상 등장하는 '악녀' 캐릭터들을 보면 된다.

　〈헝거 게임〉과 〈런닝맨〉은 우리가 보는 두 개의 세계를 대표한다. 〈헝거 게임〉의 세계에는 '만인에 대한 만인의 투쟁'만이 존재하며 경쟁에서 살아남는 것이 유일한 목표이다. 〈런닝맨〉의 세계에는 경쟁 말고도 집중하거나 몰입할 수 있는 수많은 목표와 동기들이 존재하며 패배는 죽음이 아니라 놀이의 일부일 뿐이다.

당연히 대부분의 사람들은 후자를 바랄 것이다. 이쪽의 세계가 더 재미있고 패자가 될 가능성도 적기 때문이며 결정적으로 더 다채롭다. 〈헝거 게임〉에는 오로지 죽고 죽이기만 있다. 하지만 〈런닝맨〉에는 로맨스와 판타지, 드라마가 있으며 결과보다는 과정이 더 중요하다. 이들의 드라마를 보고 있으면, 경쟁에는 아무짝에도 쓸모없는 일들을 하면서 정작 세상을 바꾸어버리고 더 재미있게 만든 수많은 게으름뱅이, 딴짓쟁이, 허풍선이, 몽상가에 대해 생각하게 된다. 하지만 그것은 모두 그런 딴짓을 가능하게 하는 기반이 있을 때의 얘기다. 대부분 일반인 참가 리얼리티 프로그램에는 그런 사치가 존재하지 않는다.

그나마 다행이라면, 오디션 프로그램의 가차 없는 경쟁이 곧 현실세계의 패배를 의미하는 건 아니라는 것이다. 프로그램의 1등이 그 이후에도 늘 최종 승자인 건 아니다. 오디션에 어울리지 않지만 가치가 있는 참가자들 역시 존재한다. 〈K팝스타〉에서 박진영이 언급했듯, 비틀즈의 멤버들은 어떤 오디션도 통과하지 못했을 것이다. 오디션 프로그램은 세상을 보는 관점, 세상의 일부일 수는 있어도 세상 전체는 아니다. 그리고 세상은 얼마든지 다른 방향으로 열릴 수 있다. 그렇다면 심사위원의 개인 의견을 슬쩍 흘리는 대신 본격적으로 그 세상을 보여주는 프로그램 역시 필요하지 않을까? 지금까지 그 대안으로 〈런닝맨〉을 밀지 않았냐고? 아니, 〈런닝맨〉은 대안이 되지 못한다. 그것은 기본적으로 연예인들의 놀이니까. 우리에겐 〈헝거 게임〉과 〈런닝맨〉 사이

어딘가에 위치할 의미 있는 대안이 필요하다. 시청자들이 과포화 상태인 오디션 프로그램에 피로해질 미래를 대비해 지금부터 그 가능성을 탐구해보는 것은 어떨까.

복수극을 완성하는 여섯 개의 규칙

20세기 초만 해도 추리소설이라고 하면 퍼즐 미스터리만을 가리켰다. 추리소설을 쓰는 건 게임의 규칙을 따르는 것이었고 수많은 작가와 평론가들이 지켜야 할 규칙을 만들었다. 녹스 주교의 10개 원칙, 반 다인의 20개 원칙이 그중 가장 유명하다. 지금은 이런 규칙을 따르는 작품이 그리 많지 않다. 추리소설이 범죄를 다루는 폭넓은 장르로 넘어간지 오래되었고 그러한 규칙 중 몇은 지나치게 개인적인 취향을 따르거나 당시의 시대 상황과 밀접하게 연결되어 있다. 예를 들어 아무런 사전 정보 없이 녹스의 10개 원칙을 읽는 독자들은 왜 소설에 중국인을 등장시키지 말아야 하는 건지 이해하지 못할 것이다.

그럼에도 불구하고 페어플레이를 중시하는 추리소설의 성격과 규칙은 중요하다. 아직도 이 규칙을 따르는 수많은 소설들이 있기 때문이기도 하지만, 이런 규칙들이 추리소설 장르의 디폴트값을 형성하기 때문이다. 퍼즐 미스터리에서 벗어난 책을 쓴다고 해도 작가는 자신이 그 중심점에서 얼마나 벗어난 책을 쓰고 있는지 명확하게 인식해야 한다. 그렇지 않으면 책의 중심이 사라져버린다.

비슷한 이유로 이야기꾼을 위한 복수물의 규칙도 필요하지 않을까? 물론 복수물은 복수에 대한 이야기만을 하는 장르가 아니다. 세상에서 가장 유명한 복수극인 〈햄릿〉도 복수 말고 할 말이 많다. 하지만 셰익스피어가 그 희곡을 쓰는 동안 자기가 벗어나야 할 복수극의 원형이 무엇인지 명확하게 계산에 넣고 있었음은 분명하다. 그렇기 때문에 석절한 일탈이 가능했던 것이다. 복수 3부작의 박찬욱도 마찬가지다. 〈올드보이〉는 어떻게 봐도 일반적인 복수극의 전형성에서 벗어나 있지만 기본적인 복수극이 무엇인지 이해한 상태에서 그걸 기대하는 관객들의 기대를 조직적으로 파괴하고 있는 작품이기도 하다.

복수극의 디폴트값을 만들어내는 규칙에 대해 생각해보자. 꼭 지켜야 한다는 건 아니다. 하지만 창작자는 여기에서 벗어난 것이 정상적인 복수극이 아니라는 점은 분명히 인식하고 있어야 한다. 여기서 정상적인 복수극이란 부당한 일을 당한 사람이나 그 사람의 대리인이 그 일을 저지른 상대에게 잘못에 어울리는 대가를 치르게 하는 이야기를 가리킨다. 주인공은 정의감에 차 있지만 그의 정의는 함무라비 법전에 가깝고 대부분 준법정신이 그렇게 투철하지 않을 것이다. 다시 말해 대부분의 복수극은 우리가 현실세계에서 해서는 안 되거나 하는 게 불가능한 복수 과정을 그려 대리만족을 체험하게 하는 판타지다.

1
복수는 하라고 있는 것이다.

추리물의 목적이 범인을 잡는 것이라면, 복수극의 목적은 복수를 실행하는 것이다. 물론 세상일이란 우리가 생각하는 것처럼 단순하지 않아서, 복수 대상이라고 생각한 사람이 사실은 아닌 경우도 있고, 복수자가 오히려 악인인 경우도 있으며, 복수자가 중간에 복수를 포기하는 경우도 있다. 하지만 기본적인 복수담에서 복수는 온전히 달성되어야 한다. 그게 정상이다. 놀랍게도 대한민국에서 만들어지는 수많은 연속극들은 이걸 당연하다고 생각하지 않는다. 그 때문에 주인공에 대한 박해가 14회까지 이어지다가 15회에 복수를 하려고 마음을 먹었지만 16회에 화해와 용서로 끝나버리는 이야기들이 남발된다. 다시 말해 이들은 이것이 복수극의 디폴트값이라고 생각하는 것이다.

이렇게 끝난다고 화해와 용서만 남을까? 천만에. 시청자들은 14회까지 이어진 학대의 상처와 얼렁뚱땅 용서를 받고 빠져나간 인물에 대한 해소되지 못한 증오만을 품은 채 무력하게 버려지게 된다. 이게 '성숙한' 결말이라고 착각하지 말기 바란다. 이건 그런 복수극을 디폴트값이라고 우기는 시스템이 얼마나 피학적인 변태인지를 보여줄 뿐이다. 정상적인 사회에서 만들어지는 복수극은 복수를 끝까지 밀어붙일 것이고, 거기에서 벗어난 드문 작품들은 시청자를 고의로 괴롭히려 하거나 전형적인 복수극의 공식을 뒤집어엎는 과정을 통해 새로운 무언가를 보여주기 위해 만들어질 것이다.

2
복수 대상이 겪는 고통은
그가 저지른 잘못에 비례해야 한다.

다시 말해 죽음은 답이 아니다. 모든 사람은 죽는다. 복수 대상을 죽이는 것은 세상 모든 사람들에게 언젠가는 닥칠 일을 조금 앞당기는 것뿐이다. 그들의 수명을 줄이는 것은 그들에게 고통을 주는 것과 아무 상관이 없다. 난 아직도 〈짚의 방패〉의 억만장자 영감이 호송 중인 손녀 살인범을 죽이기 위해 사람들을 고용하는 뻘짓을 한 이유를 모르겠다. 그런 악당에게 제대로 된 보복을 하려면 그를 종신형으로 감형시키고 간수나 동료 죄수를 매수하는 게 훨씬 효과적이다.

알렉상드르 뒤마의 《몬테크리스토 백작》을 보라. 백작은 언제든지 그를 샤토 디프로 보낸 악당들의 목숨을 앗아갈 수 있었다. 하지만 그는 그들이 사회 꼭대기에 올라갈 때까지 기다렸다가 처절하게 몰락시키는 길을 택한다. 이렇게 함으로써, 상대의 공포와 고통은 극대화되고 복수자는 그 과정의 쾌락을 온전히 즐길 수 있다. 《몬테크리스토 백작》은 복수극을 쓰는 모든 사람이 반드시 읽어야 할 교과서이다. 이 책을 읽지 않고 복수극을 쓴다는 건 운전면허 없이 자동차를 모는 것보다 더 위험하다. (그리고 결정적으로 이 책은 진짜로 재미있다.)

나쁜 예로는 영화 〈더 파이브〉를 보라. 악당은 수많은 사람들을 죽인 연쇄살인마다. 김선아가 연기한 주인공 은아는 그에게 남편과 딸을 잃었고 2년 동안 고통 속에서 살았다. 과연 그를 '죽이는' 게 그동안 겪은 고통과 맞먹는가? 은아는 그를 조금이라도 고통스럽게 죽이기 위해 특별한 장치를 만드는데 그것이 만약 제대로 작동했다고 해도 죽음의 고통을 몇 분 정도 연장시키는 것으로 끝났을 것이다. 신장에 요석이 있는 환자도 그것보다는 더 큰 고통을 겪는다.

예외는 있다. 서부극이나 무협물의 경우 복수의 방법은 정해져 있다. 서부극의 주인공이 악당을 결투에서 총으로 쏴 죽이지 않는다면 이상할 것이다. 무협물의 경우도 대부분 일대일의 대결을 통한 승리만이 인정된다. 영화가 끝나면 주인공은 왠지 모르게 허무하다고 생각할 것이다. 하지만 이렇게 엄격한 게임 규칙에 따라 움직이는 장르 세계에서는 복수 대상도 패배감이 크다는 것, 그 죽음을 통해 살아 있는 잔당을 제압한다는 실용적인 목적이 있음을 고려해야 한다. 물론 관객들에게 눈으로 볼 수 있는 폭력의 스펙터클을 제공한다는 장점도 있다. 그래도 복수 대상이 겪는 고통이 죄에 비해 하찮다는 사실은 바뀌지 않지만.

뛰어난 이야기꾼은 이 규칙을 적절하게 파괴하는 방법도 안다. 〈대부2〉의 후반부를 보라. 어른이 된 비토 코를레오네는 가족을 죽인 원수를 찾아간다. 하지만 그 원수는 죽을 날만을 기다리는 정신이 온전치 못한 늙은이다. 비토는 어리둥절한 노인네를 무참하게 칼로 찔러 죽인다. 그는 이로써 형식적인 복수를 달성하지만 그 행위는 철저하게 무의미하다. 그리고 그 허무함이 〈대부2〉라는 영화의 결말이 노리는 것이다.

3

복수자는 복수 대상의 마음을 읽어야 한다.
적어도 그러려는 시도는 해야 한다.

앞에서 내가 〈짚의 방패〉에 대해 한 이야기를 이해하지 못했다면 여러분은 무심결에 주변 사람들에게 끔찍한 고통을 주고 있을 가능성이 있다. 이런 고통의 가능성을 상상하지 못한다는 것은 자신이 가하는 가학적인 행동의 의미를 이해하지 못한다는 뜻이다. 수많은 학교 폭력의 가해자들은 자신이 피해자에게 어떤 일을 저질렀는지 제대로 이해하지 못한다. 그들에겐 다른 사람이 느끼는 고통을 상상할 수 있는 능력이 없다. 타인의 고통에 대한 상상력을 갖지 못한 사람은 착한 일도, 나쁜 일도 제대로 하지 못한다. 단지 나쁜 일을 기계적으로 유발할 뿐이다.

복수에 있어서 타인의 마음을 읽고 상상하는 것은 중요하다. 고통과 공포를 주는 것은 사람마다 다르다. 기독교 신자와 무신론자는 전혀 다른 것을 두려워한다. 악당은 보통 사람보다 공포와 고통을 상대적으로 덜 느낀다. 그 때문에 형식적으로는 복수가 완성된 경우에도 피해자나 피해자의 가족이 만족하지 못하는 경우가 생긴다. 여기에 대해 가장 잘 알고 있는 사람은 〈밀양〉에서 전도연이 연기한 신애다. 돈 때문에 자기 아이를 잔인하게 살해한 악당이 감옥에서 쥐꼬리만큼의 정신적 고통도 겪지 않고, 회개했다며 천국을 기다리고 있으면 미칠 만도 하지.

대상을 아는 것은 대상에게 적절한 처벌을 가하기 위해서도 중요하다. 〈악마를 보았다〉의 이병헌 캐릭터 수현은 그걸 못해서 엄청나게 바보 같은 실수를 저지른다. 연쇄살인마를 구타하고 풀어주는 걸 반복하면서 쫓기는 사람의 공포를 느끼게 한다? 하지만 척 봐도 최민식이 연기한 살인마 경철은 그런 일을 겪는다고 특별히 무서워할 사람이 아니다. 끔찍한 일을 저지르는 대부분 악당들이 그렇다. 그렇다면 귀찮게 심리적인 방법을 동원하느니 육체적인 고통을 최대한 연장하는 게 낫다. 〈악마를 보았다〉는 수현의 방법이 잘못되었다는 걸 알고 있는 영화지만 경철에게 최종 복수를 할 때 또다시 심리적인 고통을 가하려 하는 실수를 저지른다. 자세히 보면 그 복수는 경철을 향한 것이 아니라 별다른 죄를 저지르지 않은 그의 부모를 향하고 있다. 경철은 죽으면 끝이지만 부모는 그 기억을 평생 안고 살아야 한다.

4
복수 대상을 제대로 잡아야 한다.

다시 말해 엉뚱한 사람을 괴롭히지 말라는 말이다. 쉬운 말 같지만 은근히 실천하기 어렵다. 실생활에서도 사람들은 가해자에게 맞서는 대신 자기보다 약한 사람들을 괴롭히는 경향이 있다. 이를 통해 폭력이 이어지고 인터넷 댓글란은 끔찍해진다. 이 나라는 누구에게 맞서야 하는지도 제대로 모르는 루저들로 넘쳐난다. 영화까지 그래야 하나?

몇몇 복수자들은 개념 착오 때문에 엉뚱한 복수 대상을 고르는 실수를 한다. 〈10억〉은 유명한 키티 제노비스 사건(1964년 뉴욕주 퀸스에서 키티 제노비스라는 여성이 38명의 목격자가 지켜보는 가운데 강간 살해당한 사건. 방관자 효과의 대표적인 사례이다.)에서 영향을 받은 이야기로, 복수자는 영화 속에서 진짜 범죄를 저지른 악당이 아닌 그 주변에서 방관한 사람들에게 복수를 한다. 하지만 그가 키티 제노비스 사건과 방관자 효과에 대해 조금만 더 공부를 했다면 그들에게 그런 복수를 하는 것이 얼마나 무의미한 일인지 알았을 것이다. 그 사람들을 잊고 진짜 악당들을 상대하는 게 올바른 일이다.

내가 기억하는 복수 이야기 중 가장 끔찍한 사례는 〈용서는 없다〉이다. 여기서 류승범 캐릭터 이성호는 누이의 복수를 한다면서 설경구 캐릭터인 부검의 강민호의 딸을 납치하고 불법적인 일들을 강요한다. 나중에 진상이 드러나면 그 어이없음에 화가 난다. 일단 강민호는 최종 악당이 아니라 어쩌다가 말려든 손발에 불과하다. 그에게도 꼭 복수를 하고 싶다면 어쩔 수 없지만, 그래도 에너지를 집중해야 하는 대상은 진짜 악당들이다. 더 나쁜 건 이 복수를 위해 누이가 겪은 일과 아무 상관없는 강민호의 딸을 이용한다는 것이다.

이성호는 누이의 복수를 하려는 게 아니라 누이에게 일어난 일 때문에 열 받은 자신의 복수를 하는 것이고 그러기 위해 강민호의 딸에게 끔찍한 일을 저질러 그를 벌하려 한다. 그것도 실제 고통과 죽음보다 소위 순결 이데올로기를 맨 위에 놓고 말이다. 그러면서 이성호를 이해해달라는 영화의 태도는 어이가 없다. 더 어이없는 건 《씨네21》에

114

서 황진미가 이를 지적하기 전까지 시사회를 본 멀쩡한 평론가들 중이 기형적인 사고방식을 지적한 사람이 거의 없었다는 것이다.

5

복수보다 중요한 일이 앞을 막아서는 안 된다.
만약 그런 일이 일어난다면 복수보다 그 문제를 먼저 처리해야 한다.

〈더 파이브〉는 여기서 지독한 실수를 저지른다. 영화가 특정 지점에 도달하면, 드디어 범인의 정체와 주소가 밝혀진다. 경찰이 집에 들어가기만 해도 수십 건에 이르는 연쇄살인의 증거가 확보된다. 단지 범인은 행방이 묘연하고 그 와중에도 계속 살인희생자가 늘어나고 있다. 척 봐도 주인공들은 이 상황을 통제할 능력이 없다. 이럴 때 가장 중요한 것은 복수가 아니라 잠재적인 희생을 막는 것이다. 경찰에 신고하는 것이 유일한 답이다.

그럼에도 불구하고 은아는 계속 복수를 밀어붙인다. 아마 경찰이 체포하면 살인자가 제대로 된 벌을 받지 못할 거라고 생각한 모양인데, 은아의 원래 계획과 실제로 일어난 '복수'를 고려해보면 그게 말도 안 된다는 걸 알 수 있다. 이런 종류의 범죄자가 정상적인 시스템 안에서 겪을 고통을 생각해보면 은아의 행동은 거의 안락사 수준이다. 마찬가지로 나는 아이들의 복수자인 척하는 〈아저씨〉의 원빈 캐릭터 차태식도 막판에 폼 잡느라 쓸데없는 총알을 낭비했다고 믿는다.

차태식이야 내가 알 바 아니고, 중요한 건 은아다. 어떻게 봐도 이 상황에서 가장 중요한 것은 범인에게 복수를 하는 것이 아니라 위기에 빠진 사람들을 구하는 것이다. 이 우선순위는 절대적이다. 신고 대신 사적 복수를 택함으로써 은아는 용서하기 힘든 간접살인범이 된다. 이런 일을 저지른 주인공을 정상적인 디폴트 복수자로 그리는 것은 엄청난 잘못이다.

6

복수는 차갑게 내놓는 음식이다.

이 유명한 경구를 누가 만들어냈는지에 대해서는 여러 가지 가설이 있다. 중요한 것은 기원이 아니라 의미이다. 복수의 미학을 이처럼 정교하게 설명하는 표현은 거의 없다. 복수가 완벽하게 달성되려면 복수자는 인내심을 가지고 정확한 타이밍을 기다려 최대한 냉정하게 집행해야 한다. 《몬테크리스토 백작》을 제외한다면 가장 모범적인 예는 박찬욱의 '복수 3부작' 중 가장 디폴트 복수극에 가까운 〈친절한 금자씨〉이다. 금자씨의 복수는 내 취향을 만족시키기엔 지나치게 짧게 끝나지만 그래도 관련된 사람들의 만족도를 고려하면 태도에서부터 구체적인 계획에 이르기까지 거의 최선이다. 《몬테크리스토 백작》이 벅차다면 〈친절한 금자씨〉를 보시라.

만족스러운 복수극은 어떤 장르에 속해 있다고 해도 자기만의 리듬감을 따른다. 대부분의 경우 복수극은 주인공이 상황의 키를 쥔 순간이 보통 장르보다 빠르며 흐름은 신중하다. 아닌 것처럼 보인다고 해도

〈스팅〉처럼 그 사실을 위장하는 경우가 대부분이다. 주인공이 영화 내내 죽어라 얻어맞고 막판에야 간신히 살아남아 악당에게 총을 난사한다면 그건 제대로 된 복수극이 아니다. 그런 이야기로도 좋은 서스펜스물이나 액션물을 만들 수 있다. 하지만 그것을 복수극이라고 주장한다면 사정은 다르다. 다섯 주인공들이 변변치 못한 악당 한 명에게 끝까지 쩔쩔매다가 영화가 끝날 무렵에 얼렁뚱땅 살아남는 내용인 〈더 파이브〉도 자신을 '복수극'이라 부르는 걸 포기했다면 훨씬 좋았을 영화이다.

앞에서 복수극은 기본적으로 판타지라고 말했다. 판타지란 관객이나 독자들이 현실세계에서는 체험할 수 없는 쾌락을 제공해주기 위해 존재한다. 아무리 그 판타지를 뒤틀어 다른 이야기를 만들고 싶다 해도 하나만은 절대로 잊어서는 안 된다. 이 상황에서 복수의 쾌락을 최대한으로 끌어내려면 무엇을 해야 하는가.

그 천박한 단계를 넘어선 다음에야 복수의 허무함과 같은, 보다 고상하고 품위 있는 이야기를 할 자격이 주어지는 것이다.

풀치넬라의 시대

난 2007년 장르문학 전문지 《판타스틱》 창간호를 위해 〈너네 아빠 어딨니?〉라는 제목의 좀비 이야기를 쓴 적이 있다. 안 보신 분들을 위해 내용을 요약하면 다음과 같다. 재개발을 앞둔 달동네에 사는 초등학생 소녀가 동생을 성폭행하는 아버지를 칼로 찔러 죽인다. 자매는 아버지의 시체를 집에 묻지만, 아빠는 매일 밤 좀비가 되어 살아나고 결국 좀비병은 서울 전체로 번진다. 그래도 결말은 해피엔딩이다. 자매는 살아남아 주변 자원을 야무지게 활용하며 행복하게 사니까.

나는 주인공의 캐릭터를 만드는 것에 별 관심이 없지만, 여기서는 약간의 터치가 필요했다. 내가 선택한 건 주인공 소녀를 클래식 음악 애호가로 만드는 것이었다. 아이는 학교 선생이 선물로 준 20기가짜리 아이팟에 빼곡하게 들어찬 모든 곡을 알고 있고, 들어본 적 없는 곡에 대한 지식을 암기한다.

이 선택에는 몇 가지 이유가 있었다. 우선 나는 자신의 계급에 어긋나는 행동을 하는 사람들의 이야기를 좋아한다. 주변에 같은 음악을 좋아하는 사람이 전혀 없는 환경에서 스스로 음악을 선택해 듣는다면 분명 취향과 의지가 분명한 사람일 거라고 봤다. 쓰면서 《LA 컨피덴셜》의 작가 제임스 엘로이의 초등학생 버전을 상상했던 것 같다. 그 역시 밑바닥에서 어린 시절을 보낸 열광적인 클래식 애호가였다.

여기엔 보다 분명한 이유가 하나 더 있었으니, 대한민국이라는 나라에서 클래식 음악처럼 정치적인 장르는 없기 때문이다. 보통 사람들은 클래식 하면 현실에서 분리된 탈색한 이미지만을 받아들이는데, 자기기만도 그런 기만이 없다. 클래식은 대한민국에서 계급과 정치가 가장 노골적으로 드러나는 분야이다. 클래식을 전공하는 자식을 한 명이라도 둔 부모라면 그걸 모를 수가 없다. 왜 이 근사한 소재를 다들 맹물처럼 다루는지 나로서는 알 수가 없다. 하여간 글을 쓰는 몇 초 동안 나는 실제로 주인공을 피아노 치는 애로 만들까도 생각해봤다. 하지만 그건 현실성이 없었다. 그냥 애호가로 만들어도 충분히 이야 기가 통했다.

다른 장점도 하나 있었으니, 그건 이야기에 공짜로 배경음악을 제 공할 수 있다는 것이었다. 단지 클래식 음악은 일상어에 잘 섞이지 않 는다는 문제점이 있긴 하다. 대표적인 예로 얼마 전에 개봉한 〈쩨쩨한 로맨스〉라는 영화가 생각난다. 그 영화에서 이선균의 캐릭터는 자기가 얼마나 유식한지 과시하기 위해 최강희에게 이렇게 말한다. "넌 무식하 게 저 음악이 뭔지도 모르냐. 브람스의 인터메조잖아." 물론 영화 속에 서는 그 대사가 전혀 자연스럽게 들리지 않았다. 진짜 클래식 애호가 라면 브람스의 인터메조라는 것만으로 작품 구분이 될 수 없다는 것 을 알았을 테니까. 그렇다고 op.118, no.2······ 운운하며 세부 정보를 읊기 시작하면 컨닝 페이퍼를 몰래 훔쳐보며 읽는 것 같다.

그래도 그중 일상어에 잘 섞이는 곡들을 섞는 건 그리 어려운 일이 아니다. 내가 소설에 넣은 곡들은······ 글쎄, 적어도 주인공이 갖고 있 는 아이팟은 내 아이팟을 모델로 한 것이었다. 나는 말러 5번 교향곡 CD를 책에도 언급되는 레너드 번스타인 버전을 포함해 서너 개 정도 갖고 있지만 아이팟 안에 들어 있는 건 주인공 것과 같은 바비롤리 버 전이다. 특별한 이유가 있는 게 아니라 그냥 친숙한 곡의 친숙한 연주를 이용해야 실수를 줄일 수 있을 것 같았다.

사용된 음악의 기능은 대부분 피상적이었다. 예를 들어 나는 도입부에서 밝은 분위기를 내기 위해 주인공에게 비제의 1번 교향곡 1악장의 멜로디를 흥얼거리게 했다. 야구방망이를 옆에 놓고 아빠의 좀비가 살아나길 기다리는 동안에는 〈음악의 헌정〉의 왕의 주제를 부르게 했는데, 그래야 주인공이 인간적인 감정이 제거된 판관처럼 보일 것 같았다. 쇼팽의 17번 전주곡은 아이가 클래식 지식을 과시할 수 있게 넣었다. 유명하지만 부제가 없어서 정작 제목을 말하긴 힘든 곡이니까.

개인적인 경험과 관련된 상징적인 음악도 하나 있었다. 마지막에 나오는 스트라빈스키의 〈풀치넬라〉 서곡이다.[14]

그 개인적인 경험이란 이런 것이다. 내가 초등학생, 아니 국민학생이었던 1979년, 박정희가 총에 맞아 죽었다. 다음 날부터인가 정규방송은 몽땅 중단되었고 텔레비전에서는…… 맙소사, 발레를 하기 시작했다. 세상에 이렇게 좋을 수가. 많은 작품들이 있었는데, 그중 가장 분명하게 기억에 남았던 것은 뉴욕시티발레단이 공연한 조지 밸런신의 〈풀치넬라〉였다. 그 순간부터 〈풀치넬라〉 서곡은 내 머릿속에 망치로 박은 것처럼 들어가버렸다.

난 그 뒤 몇 개월 동안 지속된 묘한 해방감을 기억한다. 말이 났으니 하는 말인데, 나는 학교에서 선생님이 아이들에게 '솔직히 박 대통령은 독재를 했지'라는 말을 할 수 있을 거라고는 상상도 못했다. 물론 그 뒤에 반장이라는 녀석이 손들고 일어나 '하지만 선생님, 유신체제는

120

---

14 ___ 〈음악의 헌정〉에서 바흐가 사용한 '왕의 주제'는 프리드리히 대왕의 것이고, 〈풀치넬라〉 서곡의 멜로디는 도메니코 갈로의 트리오 소나타 1번(오랫동안 페르골레지의 작품으로 알려졌다)에서 따온 것이다. SPO 매거진에 이 글이 실렸을 때는 주석이 필요 없었다. 하지만 여러분이 지금 읽는 책은 음악 관련 서적이 아니니까.

이러이러해서 꼭 필요하다고 들었는데요'라고 말한 것까지 기억난다. 하하하. 지금 그 녀석은 뭐 하고 사는지 모르겠다. 하여간 그 몇 개월 동안 내가 잘 알지도 못하면서 느꼈던 해방감은 〈풀치넬라〉의 서곡과 밀접하게 연결되어 있었다. 나에게 그 곡은 독재자의 죽음과 해방을 상징하는 테마곡이었다.

그 시기는 곧 끝나버렸다. 이유는 뭔지 잘 몰랐다. 몇 달 뒤 배달된 신문들에는 벅벅 긁은 고무 판화와 같은 지저분한 자국만 남아 있었으니까. 여러 가지 이야기가 돌았겠지만, 내가 속한 중산층 가정 안으로 뚫고 들어오지는 못했다. 하지만 나도 내가 더 이상 〈풀치넬라〉의 시대를 살고 있지 않다는 것 정도는 알았다.

소설의 마지막 장면에 〈풀치넬라〉를 넣었던 것도 그 개인적인 기억 때문이었다. 나는 그 곡이 늙은이들의 죄와 지저분한 변명을 물려받지 않은 아이들이 새로운 시대를 여는 결말에 완벽하게 맞는다고 생각했다. 그리고 나는 아직도 그 해피엔딩이 현실화되길 꿈꾼다. 그러려면 좀비 몇 마리를 서울 시내에 풀어야겠지만.

보다
예민한
시선으로

가상의 대중을 가정하는 것에 대하여

나는 클래식 음악 소비자다. 그건 내가 대단한 음악애호가란 뜻이 아니라, 아이팟 클래식에 들어 있는 음악의 절반 이상이 소위 서구 클래식 음악으로 분류되는 앨범으로 채워져 있고 그 세계의 언어로 어느 정도 말을 할 수 있으며 그 안에 나만의 취향이 있다는 뜻이다.

이 취향에 자존심을 느끼냐고? 어느 정도는 그렇다. 일정 수준 이상의 경험과 지식이 있어야 제대로 즐길 수 있는 영역이니까. 하지만 따지고 보면 모든 종류의 취미가 그렇지 않은가. 이상한 나라의 앨리스처럼 순진무구하게 록 음악의 세계에 들어갔다가 어떤 꼴을 당할 수 있는지에 대해서는 문희준 선생이 증언해줄 것이라 믿는다.

최근 정명훈 소동이 일어났을 때, 나는 당연히 소비자로서 관심을 가졌다. 그렇다고 여기에 나만의 의견을 제시할 정도까지는 아니다. 그러기엔 내가 책임지거나 감당할 수 없는 간접정보들이 너무 많다. 이런 일이 일어나기 전까지는 사이먼 래틀이 1년에 얼마나 버는지에 대해서 조금도 생각해본 적이 없으니 말이다.

아마 이 논쟁은 시민의 세금을 어떻게 효율적으로 쓰느냐의 문제로 귀결될 것이다. 하지만 이런 이야기는 개나 소나 다 할 수 있다. 내가 지금 신경을 쓰고 있는 건 정명훈 소동이 아니라 그 과정 중 트위터나 칼럼을 통해 표출된 몇몇 의견들이다.

예를 들어 나는 시립교향악단과 정명훈에 들어가는 돈을 '상위 1퍼센트'를 위한 투자라고 보는 의견이 당연하게 제시되는 것을 보고 짜증이 났다. 클래식 음악 세계에서 계급이 아무런 의미가 없다는 거짓말을 하자는 게 아니다. 하지만 클래식 음악의 영역이 상위 1퍼센트의 놀이터에 불과하다고 주장하는 것은 그냥 사실 왜곡이다. 상위 1퍼센트 중 얼마나 많은 사람들이 자신을 과시하기 위해 시향 공연을 찾을까. 클래식 공연장 일반으로 넘어가도 이야기는 크게 달라지지 않는다. 아무 공연장에나 가보라. 그곳이 특정 계급의 놀이터가 아니라 다양한 계급이 날카롭게 충돌하는, 그 자체로 흥미진진한 무대라는 것을 알게 될 것이다. 물론 나처럼 게으르게 KBS 클래식 FM에 채널을 맞추고 바꾸지 않는 청취자들이 모두 상위 1퍼센트에 속하는 것도 아니다. 클래식 감상에 돈이 든다는 미신은 깨어버리시라. 방법만 제대로 안다면 열성 소시 팬질의 100분의 1도 안 든다.

이렇게 슬슬 짜증이 나 있는 단계에서 "정명훈의 예술이 어디를 향해 있는지 나는 모른다. 그러나 그의 예술이 세종문화회관을 지나는 저 종종걸음의 대중에게 있지 않음은 나는 알겠다. 마에스트로는 무슨 개뿔."이라는 탁현민의 트윗을 읽었을 때 나는 몇 초 동안 폭발하고 만다. 이것은 그가 정명훈을 비난했기 때문이 아니라, 그 과정에서 내가 굉장히 예민하게 반응하는 특정 방법을 택했기 때문이다. 그것은 바로 가상의 대중을 가정하는 것이다. 나는 칼럼에 제목을 직접 붙이지 않지만, 이 칼럼에 제목을 달아야 한다면 '가상의 대중을 가정하는 것에 대하여' 정도가 어떨까 싶다.

여기서부터 클래식과 정명훈을 떠나 '세종문화회관을 지나는 저 종종걸음의 대중'에 집중해보기로 하자. 이 레토릭의 힘은 꽤 강하기 때문에 많은 사람들이 이를 별다른 거부감 없이 삼켰으리라 믿는다. 하지만 조금만 바꾸어보자. 내 주변의 많은 사람들은 서울아트시네마의 안정적인 시네마테크 전용관을 위해 몇 년간 노력해왔다. 탁현민의 조롱은 이들에게도 그대로 적용된다. 시네마테크에서 장 마리 스트라우브와 다니엘 위예의 영화를 트는 것이 낙원상가 밑 국밥집 앞을 지나가는 종종걸음의 대중에게 무슨 의미가 있겠는가.

엘리트주의에 대한 야유에 '종종걸음의 대중'을 적용하기 시작하면 망가지고 부서지는 것은 무기로 사용된 '대중'이라는 개념과 단어이다. 클래식에 취미가 있고 가끔 시향의 아르스 노바 공연을 찾는다는 이유만으로 나는 벌써 대중 자격을 박탈당했다. 진저 로저스와 프레드 아스테어의 영화를 보러 서울아트시네마를 찾는 관객들도 더 이상 대중이 아니다. 이런 식으로 쳐내면 집에 돌아가 텔레비전을 보는 것 이외엔 아무런 취향도 없는 사람들만이 대중의 자격을 갖는다. 그런 사람들도 많다. 그러나 그들도 그러고 싶어서 그러는 게 아니다.

클래식 애호가들이 점점 줄어든다는 이야기를 듣는다. 정말인지는 모르겠다. 하지만 지금처럼 클래식 음악 소비자들이 활동적이고 솔직하고 덜 미신적인 때도 없었던 게 사실이다. 이건 고급문화로 분류되는 다른 예술에도 적용된다. 발레는 어떤가. 국립발레단의 솔로이스트들이 이처럼 안정된 팬덤을 가진 적이 있었던가. 이들이 모두 상위 1퍼센트인가?

　영화 역시 마찬가지다. 90년대처럼 잘난 척하기 위해 혀 꼬부라지는 외국 거장 이름을 옹얼거리는 건 이제 쿨하지 않다. 그런 거장들의 작품에 대한 접근성이 높아졌고 앞으로는 더 그럴 것이기 때문이다. 소문을 들어보니, 요새 미국 인터넷 영화 서비스 넷플릭스의 인기 3위 영화는 압바스 키아로스타미의 〈사랑을 카피하다〉란다. 우리가 무식하다고 조롱하는 미국 대중이, 혀 꼬부라지는 이름의 이란 감독이 만든 자막 달린 다국적 예술영화를 무시할 거라는 생각도 사실은 편견에 불과하다는 것이다.

　대중은 언제나 우리가 생각하는 것 이상의 가능성을 갖고 있다. 그들은 환경에 따라 어디로든 갈 수 있고 그러는 동안 우리의 기대와 예상을 뛰어넘을 수도 있다. 대중을 위한 서비스는 당연히 그 다양한 가능성을 열어주는 것이어야 한다. 옹호한답시고 억지로 허리를 굽혀 그들을 낮추어 보는 건 어느 누구에게도 도움이 안 된다.

낡은, 낡아질 스타일

EBS에서 문여송의 '진짜 진짜…' 시리즈 중 두 편인 〈진짜 진짜 잊지마〉와 〈진짜 진짜 좋아해〉를 방영했다. 게시판 사람들과 잡담을 나누면서 같이 봤는데, 이들 중 70년대 영화의 관습에 익숙한 사람들이 거의 없다는 걸 알고 조금 놀랐다. 내가 어렸을 때만 해도 주말 오후 시간대에 한국영화를 틀어주는 것이 그렇게까지 어색한 일은 아니었는데.

'진짜 진짜…' 시리즈에는 현대 관객들과 당시를 연결시켜주는 고리가 몇 개 있는 편이다. 조연으로 나온 신구나 최불암은 당시 관습에서 비교적 벗어나 있는 자연스러운 연기를 보여주고, 당시 연기 스타일에 고정되어 있긴 해도 임예진이나 이덕화는 지금 관객들도 얼굴을 아는 스타이다. 특히 고등학생을 연기하는 임예진의 미모는 지금 봐도 시대에 뒤떨어졌다는 느낌이 거의 들지 않는다.

그럼에도 불구하고 '진짜 진짜…' 시리즈는 엄청나게 낡은 작품이다. 〈스타워즈〉와 비슷한 시기에 개봉된 영화인데도, 현대 관객들이 이 영화를 다시 감상하려면 뚫어야 할 것이 엄청나게 많다. 연기 스타일도 다르고 후시녹음의 대사 처리도 다르고 이야기를 풀어가는 방식도 다르다. 대사 역시 괴상하다. 〈스타워즈〉는 그냥 보면 된다. 하지만 '진짜 진짜…' 시리즈는 자전거 타듯 이 모든 것들을 익히며 봐야 한다. 그러지 않는다면 그 낯설음에 치여 영화를 제대로 볼 수가 없다.

나는 '진짜 진짜…' 시리즈가 재평가될 날이 올 거라고 믿지 않는다. 영화의 키치적인 매력을 적극적으로 끌어내며 즐기는 재미는 있을 거고 EBS에서 그 영화를 본 대부분 사람들이 경험했던 것도 바로 그런 재미였겠지만 그걸 진지하게 받아들이며 감상하는 것은 사정이 다르다. 〈진짜 진짜 좋아해〉에서 임예진은 종종 아주 설득력 있는 멜로 연기를 보여주지만 그 연기는 배우가 어쩔 수 없이 따라가야 했던 괴상한 고음역의 후시녹음이 남긴 인상을 통과하면서 어느 정도 빛을 잃는다. 그건 꼭 임예진의 문제는 아니다. 같은 관습은 김진규나 최은희, 신성일, 김지미와 같은 보다 거물급 스타들의 연기를 감상할 때도 마찬가지로 방해가 된다. 만약 지금의 관객이 〈사랑방 손님과 어머니〉나 〈하녀〉에서 보여준 김진규의 연기에 감동을 받는다면 그건 그 관습을 진지하게 받아들였기 때문이 아니라 그 관습을 뚫고 배우의 진가를 읽어내는 데 성공했기 때문이다. 물론 극도로 과장된 〈하녀〉와 같은 영화에선 그런 인공적인 연기 스타일이 썩 잘 어울리긴 하지만 〈사랑방 손님과 어머니〉 같은 진지한 멜로드라마에서도 같은 말을 할 수 있는 건 아니다.

우리가 이 관습을 어색하게 여기는 이유는 무엇일까? 그건 얼핏 보기에 예술적 스타일의 차이로만 보이는 것들이 사실은 당대 선입견의 일부이기 때문이다. 예를 들어 당시엔 꾀꼬리처럼 고운 목소리라고 여겨졌지만 현대 관객에게는 굉장히 우스꽝스럽게 들리는 여자 성우들의 아양 떠는 고음역 목소리 연기는, 당시 관객들이 마음속에 품고 있던 여성성에 대한 고정관념과 연결되어 있다. 영화들에서 남성성과 여성성은 우리가 자연스럽다고 생각하는 선을 넘어 극도로 과장되어 있는데, 우린 그것이 비정상적이고 우스꽝스러운 캐리커처라고 생각한다. 그렇다면 우린 이런 취향의 차이를 사회적 발전을 측정하는 척도로 삼을 수 있다.

동시녹음이 보편화되고 사실적인 연기의 유행이 도입되면서 그런 129

관습들은 많이 사라졌다. 하지만 우리가 지금 만들어내는 텔레비전물이나 영화가 우스꽝스러움의 면죄부를 받을 거라고 생각하면 오산이다. 솔직히 말해 나는 미래의 관객들이, 요즘 사람들이 무의식적으로 흘리는 관습과 고정관념을 우스꽝스럽다고 여기길 바란다. 그건 우리가 지금보다 발전할 거라는 뜻일 테니까.

예술가에게 젊음은 의무다

"왜 한국엔 시드니 루멧과 같은 늙은 감독이 없냐."라니, 이건 우문이다. 충무로에 나이 든 감독들이 없는 것은 그들이 90년대 중반에 일어났던 영화계 숙청의 대상이었기 때문이다. 이건 나이 든 감독이 밀려나는 충무로의 풍토 따위와 아무런 관계도 없고 영구적인 현상도 아니다. 고로 (미안하지만) '너희도 늙어서 당해봐라'라는 말은 통하지 않는다.

하지만 모든 걸 숙청의 탓으로 돌리는 것도 무의미한 일이다. 최근 몇 년 동안 드문드문 만들어진 소위 '선배들'의 영화가 어땠는지 보라. 예를 들어 하명중의 〈어머니는 죽지 않는다〉 같은 영화는 어떤가? 딱 80년대에 고정된 감수성과 세계관은 '꼰대'라는 소리가 절로 나올 정도다. 그들은 그동안 나이를 먹은 게 아니라 그 시간대에 그냥 멈추어선 것이다. 그런 건 성숙이 아니다.

130   시드니 루멧과 그의 끝내주는 신작 〈악마가 너의 죽음을 알기 전에〉

이야기를 해볼까? 이 영화가 전혀 늙은 느낌이 나지 않는 것은, 루멧이 세월이 흐르는 동안에도 세상과 꾸준히 교류했다는 것이 드러나기 때문이다. 세계의 일부가 되어 그것을 현재의 시점으로 바라보는 이상 예술가들은 언제나 젊다. 하지만 그를 포기하고 꼰대질이나 하고 있다면 그들은 그냥 늙은이다. 늙었다는 것과 성숙은 동의어가 아니며 예술가들에게 젊음은 의무다. 그리고 자신을 늙은이로 여기고 있는 한 젊음은 결코 쟁취할 수 없다.

비평받을 권리

작년 한국영화계에서 있었던 일들 중에서 가장 실망스러웠던 건 영화평론가 정성일의 감독 데뷔작 〈카페 느와르〉의 개봉이었다. 영화 자체에 실망했다는 건 아니다. 그 영화는 모두가 정성일이라는 평론가에게서 기대할 법한 바로 그런 영화였다. 오히려 우리가 기대했던 것보다 더 정성일 같았다는 게 신기했달까. 그에 대한 선호도나 입장이 어떻건, 영화가 미리 세워놓은 기준보다 모자라 실망할 일은 없었다.

실망스러웠던 건 영화에 대한 반응이었다. 정성일이 영화를 만든다는 소리가 들린 뒤부터 온갖 이야기들이 다 돌았는데, 그중 가장 자주 들린 건 수많은 사람들이 "이번엔 네 차례다!"라며 정성일의 영화를 깔 준비를 하고 있었다는 것이다. 개봉되면, 적어도 그와 그의 평론에 관심이 있는 작은 서클 안에서는 신나는 소동이 벌어질 것 같았다. 그런데 웬걸. 개봉하고 나니 반응은 정반대였다. 평은 대부분 긍정적이었고 온화했다. 내가 정성일이었다면 실망했을 것이다. 가드 올리고 준비하고 있는데, 아무도 치러 오지 않는다. 이런 젠장.

이건 좀 수상하다. 〈카페 느와르〉는 모두의 취향을 만족시킬 수 있는 영화가 아니었다. 생각해보라. 괴테와 도스토예프스키를 멋대로 엮어 하나의 이야기로 만든 뒤, 멀쩡한 배우들에게 10분짜리 발연기를 시키는 3시간짜리 영화이다. 나는 재미있게 봤다. 하지만 모든 사람들이 그럴 수 있을까. 이건 수준의 문제가 아니라 취향과 입장의 문제다. 당연히 신나는 토론의 시작이 되었어야 한다. 하지만 대부분의 평론가들은 이를 군이 비판할 필요가 없는 교과서나 성경으로 보고 그 안에서 알아서 의미를 찾아 읽는 것으로 만족했다. 언제부터 우리나라 영화계가 이렇게 화기애애한 곳이었던가. 무심한 듯 시크하게 벌이는 사보타주인가.

이만큼은 아니지만 비슷하게 실망스러웠던 건 임권택의 〈달빛 길어 올리기〉에 대한 반응이었다. 임권택의 101번째 작품인 이 영화는 조선왕조실록 복본 사업을 맡은 7급 공무원을 주인공으로 삼은 전통 한지 예찬이다. 드라마라기보다는 극영화의 탈을 쓴 다큐멘터리에 가깝다. 결코 완벽한 발성이 장기가 아닌 박중훈은 대사를 위장한 몇십 줄짜리 정보 제공용 내레이션을 읊느라 쩔쩔매고 강수연은 텔레비전 다큐멘터리용 카메라를 들고 다니는 짐꾼처럼 보인다. 한마디로 이 영화는 몇십 년 전까지 본편 상영 앞에 틀던 '문화영화'랑 크게 다를 게 없다. 감독이 자신의 의지로 찍은 메가 스타 출연 영화라는 게 다를 뿐이다.

이 영화를 좋아하고 예찬할 수는 있다. 영화는 종종 아름답다. 장르 배합이 엉뚱하니 재미있다. 수십 년 동안 하나의 영역에서 작업을 해온 노장의 여유도 보인다. 하지만 모든 사람들이 이 영화를 좋아해서는 안 된다. 영화는 완벽함과 거리가 멀고 소재와 주제를 대하는 태도는 수상쩍다. 당연히 이는 토론의 시작이어야 했다. 하지만 대부분 평자들은 임권택의 101번째 영화를 적극적으로 비판할 생각은 하지 않는다. 그들 모두가 이 영화를 좋아해서? 음, 그럴 수도 있겠다. 정말 그렇다면 우리나라 영화 관객들과 비평가들의 문화적 유전자가 캐번디시 바나나처럼 단일화되었다는 말이니, 조용히 앉아 다가올 멸종을 기다릴 수밖에.

영화잡지에 실린 별점 리스트를 보면 이 영화에 부정적인 의견들도 꽤 있다. 단지 애써 목소리를 높여 그 의견을 비평으로 확장하는 사람들이 적을 뿐이다. 아마 그들은 굳이 101번째 영화를 낸 노인을 깔 생각이 없는 건지도 모른다. 하긴 임권택은 우리나라 영화계에서 희귀종이다. 아직도 영화를 찍는 36년생. 외국에서 이건 별다른 특권도 아니지만, 90년대에 피비린내 나는 숙청 과정을 거친 우리나라에서는 이런 노장이 보호받을 가치가 있다고 생각할 수 있다.

하지만 이건 예의가 아니다. 임권택의 101번째 영화에 대한 가장 정중한 태도는 그를 한 명의 현역 감독으로, 〈달빛 길어올리기〉를 2011년에 개봉한 한 편의 영화로 보고, 거기서부터 대화를 시작하는 것이다. 그래야 영화가 관객들과 역사 속에서 숨을 쉬고 하나의 살아 있는 예술작품으로 자리 잡을 수 있다. 개봉되자마자 비평가와 관객의 조용한 예우를 받으며 박물관으로 들어가는 영화에게 무슨 기회가 있겠는가.

영화에 대한 공통된 기억

다들 알겠지만, 영(화)퀴(즈)는 PC통신 시절에 영화 보는 사람들 사이에서 유행했던 게임이다. 지금도 채팅방을 열고 하는 사람들이 있는 것 같은데, 난 하지 않은 지 오래되었다.

영퀴라는 보편적인 이름을 달고 있지만 이건 그냥 스무고개다. 만약 〈가장 따뜻한 색, 블루〉가 정답인 문제를 낸다면 난 다음과 같은 단어들을 던질 것이다. 1. 사르트르, 2. 마리보, 3. 파스타, 4. 황금종려상 …… 처음 단어들은 연관 짓기 어렵고 후반으로 갈수록 쉬워진다. 누군가가 정답을 맞히면 그 사람은 다른 영화를 골라 같은 식으로 문제를 낸다.

영퀴의 목표는 무엇일까? 보통 게임의 목적은 상대방을 이기는 것이다. 하지만 영퀴의 경우는 사정이 다르다. 문제를 내는 사람의 목적은 같은 채팅방에 있는 사람들을 '이기는' 것이 아니다. 힌트가 10개 정도 나올 때까지 버티다가 '지는' 것이다. 그러지 않으면 게임의 흐름이

깨지고 참가자들도 재미없어 한다. 아무도 들어본 적 없는 브라질 시네마노보Cinema Novo 영화를 문제로 내고 힌트를 100개까지 끌어간다면 다들 괴로울 것이다. 영퀴는 참여하는 사람들이 공유하는 공통된 영화 지식의 영역이 있다는 걸 받아들이고 시작한다. 다들 알고 있을 것이라 생각하는 영화에 대한 세부지식을 겨루면서 공통된 기억을 되살려 즐기는 게임이다.

이 공통된 기억은 얼마나 넓어질 수 있는 걸까. 〈사이트 앤 사운드〉에서는 10년마다 역사상 가장 위대한 영화 리스트를 뽑는다. 몇십 년 동안 〈시민 케인〉이 1등을 먹다가 2012년에는 〈현기증〉이 그 자리를 차지했다. 10년마다 새 영화들이 들어오고 옛 영화들이 빠지긴 하지만, 10위권 언저리 안에 드는 영화들은 늘 비슷비슷하고 그 너머도 특별히 다를 게 없다. 1년 동안 하루에 한 편씩만 보면 영화사 전체를 커버하는 교양을 쌓을 수 있을 것 같다는 생각이 든다.

착각이지만 그렇게까지 말이 안 되는 착각은 아니다. 영화라는 매체를 들어다보자. 대부분 러닝타임이 2시간 안팎이라 일단 짧다. 언어 장벽이 없는 건 아니나 문학보다는 극복하기가 쉽다. 그리고 무엇보다 역사가 짧고 평준화되어 있다. 역사상 가장 위대한 영화 리스트는 역사상 가장 위대한 문학 리스트나 역사상 가장 위대한 음악 리스트보다 훨씬 말이 된다.

이게 언제까지 갈 수 있는지는 알 수 없다. 일단 나오는 영화들이 점점 많아지고 있다. 옛날엔 자국과 몇몇 영화 강대국만 신경 쓰면 되었지만 이젠 세르비아나 인도네시아 같은 나라도 챙겨주어야 한다. 기다리다보면 나이지리아도 부상할 것이다. 예전엔 대자본을 가진 스튜디오에서나 만들었지만 이제 카메라와 컴퓨터를 가진 사람이라면 누구라도 만들 수 있는 게 영화이다. 게다가 영화를 포함한 영상 매체의 영역이 점점 확장되고 있다. 리스트가 커버해야 할 영역이 기하급수적으로 넓어지는 것이다. 여전히 많은 고전들은 소중하게 기억되겠지만 새로 태어난 관객들이 최신 작품들을 챙기느라 과거 작품에 소홀하다고 뭐랄 수도 없다. 영화에서도 공통된 교양이라는 것이 서서히 의미를 잃어가고 있는 것이다.[15]

과연 내가 그 영화를 보았을까?

영퀴를 하다보면 가끔 이런 고민을 하게 된다. "과연 문제를 내기 위해 그 영화를 봐야 하나?"

물론 게임의 '진정성'을 유지하려면 문제를 내는 사람은 영화를 봐야 할 것이다. 하지만 유명하거나 최근 영화라면 직접 본 적 없는 영화라고 해도 영퀴 한 판을 끌어갈 정도의 지식은 갖고 있기 마련이다. 기껏해야 열 개 정도의 관련 단어를 제시하면 되는 게임이다. 예를 들어 나는 〈더 기버-기억전달자〉를 아직 안 봤지만 그 영화를 정답으로 한 영퀴를 열 개는 낼 수 있다. 예고편을 봤기 때문에 출연한 배우와 전체

136

---

15 ____ 이건 꼭 영화만 그런 것도 아니다. 역사가 짧고 영미권 위주로 발전했던 추리나 SF 장르도 마찬가지다. 몇십 년 전까지만 해도 이 장르의 역사를 쓰려면 영미권과 몇몇 주변국의 작가들을 커버하면 충분했다. 하지만 지금은 거의 모든 나라에서 작품들이 나오고 있고 장르도 소설에서 벗어나 만화, 영화, 애니메이션, 게임 등으로 넓어지고 있다. 이 와중에 하인라인과 같은 기초적인 고

적인 분위기를 알고, 이전에 원작을 읽어서 내용도 알고 있으니까. 영화가 언제나 소설을 따라가는 건 아니니까 너무 무리하지 않아야 하겠지만 그래도 영퀴 정도는 쉽다.

영퀴에서 이런 종류의 진정성을 따지는 건 큰 의미가 없다. 종종 참가자는 영화를 보지 않고서도 정답을 맞힐 수 있고, 영화를 보지 않고서도 오류 없는 완벽한 문제를 내는 사람들도 있다. 영화를 보고 내면 좋을 것이다. 하지만 '영화를 보지 않고서도 완벽한 문제를 내는 사람'과 '진짜로 영화를 보고 문제를 내는 사람'을 가려내기란 쉽지 않다. 그러니 그냥 그러려니 하는 게 좋다. 중요한 건 문제의 질이지 문제를 낸 사람이 영화를 봤느냐가 아니다. 안 본 영화로 문제를 내다가 잘못된 힌트를 내면 문제가 생기겠지만 그런 실수는 영화를 본 사람들도 얼마든지 할 수 있다. 영화를 보면서 스크린 위에 뜬 모든 정보를 정확히 해석할 가능성은 많지 않다. 아무리 노련한 관객이나 비평가라고 해도 수많은 정보들을 놓치고 오독한다.

게다가 '영화를 봤다'는 게 뭔데? 예를 들어 누군가 나에게 〈친구〉나 〈실미도〉를 봤냐고 묻는다면 대답을 흐릴 수밖에 없다. 나는 그 영화들을 처음부터 끝까지 본 적이 한 번도 없다. 하지만 케이블을 통해 토막토막 본 것들을 다 합치면 엔드 크레디트 일부를 제외한 영화 전편이 조립된다. 물론 둘 다 그렇게 관심이 가는 영화가 아니라 기억나는 건 별로 없지만 극장에서 봤다고 해서 사정이 달라졌을까.

여기서 몇 년 동안 내 골치를 썩이던 문제 하나를 소개한다. 그건   137

전도 읽지 않았다고 〈에반게리온〉 팬을 구박하는 게 무슨 의미가 있을까. 이런 식의 '다른 교양'이 만들어낼 다양성의 가능성을 생각해보면 더욱 그렇다.

내가 과연 빌리 와일더의 〈아파트 열쇠를 빌려드립니다〉를 보았느냐는 것이었다.

이 영화에 대한 기억은 충분했다. 나는 내용을 알았고 결정적인 대사도 몇 개 암기하고 있었다. 중요한 장면을 머릿속으로 리플레이할 수 있었다. 심지어 잭 레몬의 목소리를 연기한 성우의 목소리도 들리는 것 같았다. 이 정도면 성우 더빙판 팬앤스캔 버전을 텔레비전으로 봤어야 정상이다.

하지만 나는 이 영화를 본 기억이 없다. 확신을 할 수 없는 또 다른 이유는 내가 이 영화의 시나리오를 도서관에서 읽은 적이 있고 관련 다큐멘터리 역시 두 편 이상 보았다는 것이었다. 내가 이 영화를 보았다고 생각하는 건 영화 감상을 통하지 않은 다른 정보들이 모여 머릿속에서 조합되었기 때문일 수도 있는 것이다.

결국 짜증이 나서 DVD로 보고 말았다. 이제 나는 〈아파트 열쇠를 빌려드립니다〉를 확실히 본 관객이 되었다. 하지만 "과연 내가 그전에 이 영화를 보았는가?"라는 질문에 대한 답은 여전히 나오지 않는다. 보는 동안 전에 본 영화 같다는 인상을 받긴 했지만 그건 당연한 일이 아닌가.

수많은 영화들의 기억이 이렇게 조각나고 흐릿해진 채 내 머릿속을 떠돈다. 여기엔 우선순위도 없다. 시시한 영화의 시시한 장면들이 머릿속에 껌딱지처럼 딱 붙어 있기도 하고 몸을 떨며 봤던 위대한 걸작에 대한 기억이 연기처럼 사라지기도 한다. 종종 보지 않은 영화의 기억이 본 영화에 대한 기억보다 더 뚜렷하기도 하다. 가끔 과연 직접 영화를 볼 필요가 있는지 모르겠다는 생각도 든다. 예를 들어 내가 갖고 있는 그리피스의 〈인톨러런스〉에 대한 기억은 영화를 보기 전에 내가 갖고 있던 지식과 크게 차이가 나지 않는다. 영화를 보지 않았어도 나는 지금과 거의 똑같은 상태였을 것이다. 유일한 차이는 이 영화를 텔레비전으로 봤다는 희미한 기억의 유무이다.

이 이야기를 너무 진지하게 발전시킬 생각은 없다. 일단 남들이 이미 했고, 내가 기억을 하지 못한다고 해서 당시의 경험이 의미가 없다는 생각은 들지 않기 때문이다. 나의 삶은 내가 기억하지 못하는 수많은 순간들에 의해 지탱된다. 내가 기억하지 못한다고 해서 그 사실이 달라지지도 않는다. 지금의 내 기억은 나를 정의하지 못한다. 어차피 나는 이후에도 수많은 것들을 잊고 다시 기억할 것이다.

영화를 소유한다는 것

앞에서 걸작 리스트를 짜기가 점점 어려워진 시대라고 했다. 하지만 관객 입장에선 그런 고전들을 그 어느 때보다도 쉽게 접할 수 있는 시대이기도 하다.

30년 전으로 시계를 돌려보라. 당시 영화 선택의 폭이 얼마나 빈약했는지. 극장에서 하는 걸 보거나 텔레비전에서 하는 걸 보거나 둘 중 하나였다. 시네마테크나 아트하우스 상영관이 있는 대도시에 사는 소수라면 사정이 좀 나았겠지만 그들에게도 영화는 단 세 군데에서만 존재했다. 극장이나 텔레비전 그리고 점점 희미해져가는 기억에.

비디오 플레이어가 등장하면서 이 한계는 극복되기 시작한다. 일단 비디오 대여점이 생겨서 반복 감상이 가능해졌다. 그리고 무엇보다 VHS 테이프에 영화들을 저장할 수 있었다. 텔레비전에서 하는 것을 녹화하기도 하고 비디오테이프를 빌려와 복사하기도 했다.[16]

영화를 가질 수 있게 된 것이다.

여기서 나는 조심해야 한다. 그렇지 않으면 수집가 아니, 호더로서 내 개인적인 경험을 늘어놓느라 수십 페이지를 잡아먹을지도 모른다. VHS, LD, DVD, 블루레이를 거치는 동안 수집가들이 경험했던 행복과 좌절의 역사는 책 한 권을 충분히 채우고도 남는다.

이 이야기의 핵심은 단 한 줄이다. '자신만의 라이브러리'를 가진다는 것. 그리고 아직도 많은 사람들이 노마 데스몬드와 같은 운 좋은 소수들이나 소박하게 누렸던 그 특혜가 일상의 세계로 내려왔을 때의 짜릿한 순간을 기억한다는 것. 그것이 유령을 사로잡거나 추억을 금고에 보관하는 것처럼 초자연적인 개념이었던 때가 있다는 걸 연속극 방영이 끝나자마자 인터넷에 토렌트 파일이 뜨는 시대의 아이들에게 어떻게 설명해야 하지?[17]

라이브러리. 이 단어는 영화라는 예술이 소비되는 방식이 달라지는 방향성을 암시한다. 이전까지만 해도 영화는 특정 시대에 특정 공공장

16 ___ 이 글을 읽는 독자들 중 기억하는 분이 있을지 모르겠는데, 80년대 잡지 〈TV 가이드〉에서는 한동안 주말에 방영하는 영화 제목을 인쇄한 길쭉한 스티커를 부록으로 주었다. VHS 테이프로 영화를 녹화하면 그 스티커를 등에 붙여 마치 공장에서 나온 것처럼 꾸밀 수 있었던 것이다.

소에서 누리는 특별한 체험이었다. 하지만 홈시어터가 등장하고 디지털 매체로 옮겨가면서 영화는 점점 책과 비슷한 것이 되어간다. 이제 우린 책으로만 하던 수많은 행위들을 영화를 포함한 영상매체로 하고 있다. 라이브러리를 만들고 직접 인용하고 밑줄 긋고 필요하거나 좋아하는 부분만 반복 감상하고 재편집한다. 유령과 같았던 기억은 단단해지고 시대를 초월한다.

그리고 '추억'은 점점 의미를 잃어간다.

사라져가는 그들의 추억

국밥집 골목 양쪽에 쌓인 학살당한 돼지들의 잔해를 뚫고 낙원상가 4층에 있는 구 허리우드 극장 로비로 올라가면 세 부류의 관객을 만나게 된다. 하나는 위층에서 공연하는 댄스 뮤지컬 〈사랑한다면 춤을 춰라〉의 관객들이니 무시해도 된다. 나머지 두 부류는 모두 영화 관객이다. 왼쪽에 있는 실버영화관에 '흘러간 추억의 영화'를 보러 온 노인들과 오른쪽의 서울시네마테크 상영관을 찾은 영화광들.

왜 이들은 겹치지 않는 걸까?

어제 내가 이 극장을 찾았을 때 상영된 영화들은 관객들이 겹치는 것이 정상이었다. 왼쪽에선 프랭크 카프라의 〈미트 존 도〉를 〈게리 쿠퍼의 재회〉라는 제목으로 상영했고, 오른쪽에선 조셉 L. 맨키위츠의

141

17 ____ 드물지만 그중 어느 지점에도 속하지 않는 수집가도 있다. 배우 장혁은 폐업한 비디오 가게에서 DVD를 몽땅 사들이는 식으로 자신의 라이브러리를 만들었다고 한다. 나에겐 좀 끔찍하게 들린다. 살 영화를 고르는, 수집가에게 가장 달콤한 순간을 그렇게 무자비하게 제거해버리다니. 하지만 그에게 필요했던 게 일종의 속성 연기 독학 과정이었다는 걸 고려해보면 그의 선택은 이치에 맞는다. 모든 사람들이 나처럼 한가할 수는 없으니까.

〈유령과 뮤어 부인〉을 상영했다. 두 작품 모두 클래식 할리우드 시절에 나온 고전으로, 만들어진 시기도 그렇게 차이가 나지 않는다. 하지만 언제나처럼 두 관객들은 각자의 상영관을 찾았다.

실버영화관에는 노인 관객들만 얻을 수 있는 혜택과 노인 관객들에게만 의미 있는 역할이 있다. 가격이 싸고, 자막이 크고, 향수에 젖을 수 있으며, 또래 사람들과 어울릴 수 있다. 오른쪽에 있는 심술궂은 시네마테크 상영관에는 그 어떤 것도 없다. 심지어 정확히 같은 영화를 상영해도 그 의미는 다르다. 오른쪽에서는 영화광의 백일몽인 것이 왼쪽으로 넘어가면 '추억의 영화'가 된다.

'추억의 영화'란 무엇일까. 어렸을 때 나는 모 FM 영화음악 프로그램의 작가와 DJ를 혐오하다시피 했는데, 그들이 남용했던 단어가 바로 '추억의 영화'였다. 어떤 이야기를 하건 그들은 이야기를 이렇게 맺는다. "……하지만 그래도 우리의 마음을 적셔주는 건 흘러간 '추억의 영화'가 아닌가 싶습니다……"

나는 그 '추억의 영화'라는 표현이 미치도록 싫었다. 그들이 '추억의 영화'라고 부르는 것들은 나에게 현재의 영화였다. 대부분 배가 볼록한 4:3 비율의 텔레비전으로 보는 더빙 버전이었지만 나는 그런 영화들에 어떤 추억도 없었다. 왜 지금 멀쩡하게 현재형으로 잘 보고 있는 영화를 나랑 아무 상관없는 당신들의 감상으로 떡칠하는 건데?

'추억의 영화'를 정의하고 구분하는 것은 쉬운 일이 아니다. 표현만 따진다면 이는 특정 연령층이 젊은 시절 보고 좋아했던 영화들인 것 같다. 하지만 8, 90년대 장년층이 젊은 시절에 좋아했던 영화와 지금의 장년층이 젊은 시절에 좋아했던 영화는 종류가 전혀 다르다. 최근 몇 년 동안 〈러브 레터〉나 〈레옹〉과 같은 90년대 영화들이 다시 수입되어 '추억의 영화'로 소비되는 것이 유행이었지만 이 영화들은 8, 90년대 장년층이 '추억의 영화'라고 불렀던 영화들과 어떤 연속성도 가지지 않는다. 80년대에 젊은 시절을 보냈던 영화광들이 열광했던 홍콩 누아르와 코미디도 마찬가지다.

다시 말해 한국에서 '추억의 영화'는 모든 나이 든 사람들이 젊은 시절에 본 영화가 아니라 구체적인 특정 세대 사람들이 젊은 시절에 보았고 그 뒤에 '명화극장' 같은 텔레비전 프로그램이나 재개봉을 통해 반복 소비했던 작품들을 가리킨다. 50년대 클래식 할리우드영화들이 가장 많으며 그 뒤로 6, 70년대까지 올라갈 수도 있고, 40년대까지 내려갈 수도 있지만 30년대까지는 잘 가지 않는다. 할리우드영화 이외에도 유럽영화나 홍콩영화들이 포함되지만 일본영화는 수입 금지 때문에 많지 않다. 한국영화의 전성기를 거쳤으니 이들도 많은 한국영화들을 보았지만 이들 중 '추억의 영화'에 포함되는 작품들은 상대적으로 적다.

'추억의 영화' 팬들이 재미있는 것은, 그들의 만신전이 수입사의 취향, 정보의 편향, 검열과 같은 현실적인 이유로 일반적인 영화사나 영화광의 리스트와 상당한 차이를 보이기 때문이다. 예를 들어 그들의 리스트에는 뮤지컬이 비정상적일 정도로 적으며 그중 인기 있는 작품

143

들도 종종 엉뚱한 영화들이다. 아직도 '추억의 영화' 팬들은 "한국 사람들은 〈사운드 오브 뮤직〉이 최고의 할리우드 뮤지컬영화라고 생각해!"라는 말이 왜 웃긴지 잘 이해하지 못한다. 배우들의 인기도 차이를 보인다. 잉그리드 버그먼, 비비안 리, 로버트 테일러, 타이론 파워는 '추억의 영화' 팬들의 스타이다. 하지만 비슷한 시기를 거쳤던 베티 데이비스, 바바라 스탠윅, 베로니카 레이크, 빈센트 프라이스는 같은 위치가 아니다. 채플린은 추억의 스타지만 버스터 키튼은 아니다. 다른 나라에서는 거의 잊혔지만 '추억의 영화' 팬들에겐 꾸준히 사랑받으며 수명을 이어가는 영화들도 있다. 〈라스트 콘서트〉나 〈나의 청춘 마리안느〉와 같은 영화들을 이처럼 꾸준하게 기억하는 나라도 많지 않다. 무엇보다도 이 리스트에는 90년대 이후 영화광들을 지배했던 스노비즘snobism의 흔적이 거의 느껴지지 않는다. 직접 보지 않고서는 추억이 만들어질 수 없다.

이런 선별 때문에 한국 '추억의 영화' 팬들만의 독특한 질감이 형성된다. 예를 들어 임권택은 자신에게 가장 큰 영향을 미친 영화들이 뭐냐는 《월스트리트저널》의 질문에 답하면서 〈역마차〉, 〈길〉, 〈새〉, 〈로마의 휴일〉과 같은 모범적인 '추억의 영화' 리스트를 뽑는다. 모두 빠질 구석이 없는 좋은 영화들이지만 이런 리스트에 〈로마의 휴일〉을 넣는 감독들이 몇이나 될까.

더 재미있는 리스트는 결코 무시하기 쉽지 않은 영화광인 안정효의 소설을 각색한 정지영의 영화 〈할리우드 키드의 생애〉에서 발견된다.

이 영화에서 최민수가 연기한 병석이 쓴 시나리오 〈가면고〉는 대사 전부를 몽땅 그가 지금까지 본 영화들의 자막에서 뽑아온 매쉬업mash up인데, 〈스파르타쿠스〉에서 시작되어 〈라스트 콘서트〉(!)로 끝나는 그기나긴 리스트는 어색하게 삽입된 몇몇 최신 영화들에도 불구하고 '추억의 영화' 팬의 행동, 취향, 관점의 전형성을 보여준다. 임권택의 리스트와 마찬가지로 병석의 리스트는 오로지 한국 '추억의 영화' 세대를 알고 있는 관객들만이 정확하게 이해할 수 있다.

아까 노인전용관과 시네마테크로 이야기를 시작했는데, '추억의 영화' 팬들과 일반 영화광들은 그리 쉽게 어울리지 못한다. 그래도 구 허리우드 극장에서는 둘을 갈라놓는 벽이 존재한다. 하지만 그런 벽이 없는 한국영상자료원에 옛 영화를 보러가는 관객들은 종종 두 세계의 날카로운 충돌을 목격한다. 익숙한 관객들이라면 심지어 그 충돌을 피하는 편법도 몇 개 알고 있다.

그런 갈등이 노골적으로 폭발했던 곳이 '충무로 꼰대 영화제' 또는 '대한민국 어버이 영화제'라는 별명으로 불렸던 서울충무로국제영화제였다. 물론 이 영화제의 파탄에는 집행위원회의 보수적인 정치 성향과 무능력이 한몫을 했다. 하지만 가장 큰 문제점은 경력만 봐도 멀쩡한 전문가여야 할 이들이 관객과 영화를 오로지 '추억의 영화'의 패러다임 안에서만 이해하려 했다는 것이다. 오래 전에 DVD로 정식 출시된 옛날 영화를 '추억의 영화'라고 틀어도 관객들이 찾을 거라 생각한 것만 봐도 문제점을 짐작할 수 있다. 그들은 자신들의 세계관에 심각한

145

구멍이 있으며 어떻게든 그것을 채워야 지금의 관객들과 대화가 가능하다는 생각을 하지 못했다. 그들은 그와 같은 진지한 행사를 가능하게 하는 것은 개인적인 추억이 아니라 그것을 지탱하는 진짜 역사라는 것을 영화제를 말아먹을 때까지 몰랐다.

지금까지 내가 한 이야기가 '추억의 영화' 팬과 90년대 이후 영화광들 사이에 넘을 수 없는 벽이 존재한다는 뜻으로 받아들여진다면 그건 내가 말을 정확하게 하지 못했기 때문이다. 이들 사이에는 다양한 스펙트럼의 관객들이 있다. 프랑스문화원의 뤼미에르 극장에서 16밀리 영화들을 보았던 세대가 있고, 일제 식민지 시대에 젊은 시절을 보낸, 지금은 거의 사라진 세대도 있다. 그리고 DVD가 보편화되고 시네마테크가 생기면서 접근 가능한 영화들이 늘어나자, 전형적인 '추억의 영화' 팬들과 전형적인 90년대 이후 영화광들 사이에 온갖 종류의 관객들이 생겨났다. 이들이 전형적인 '추억의 영화' 팬과 전형적인 90년대 이후 영화광이라고 해도 여전히 의미 있는 대화가 가능하다. 단지 어휘, 개념, 태도에 미묘한 차이가 있다. 네덜란드 사람들과 아프리칸스를 쓰는 남아프리카 공화국 사람들의 차이 정도라고 하면 될까. 그리고 대부분 갈등은 그 차이에서 발생한다.

여기서부터 정영일에 대한 이야기를 꺼내지 않을 수가 없다. 90년대 영화광들에게 정성일이 있었다면 '추억의 영화' 팬들에게는 정영일이 있었다. 정성일과는 달리 그는 비평가라기보다는 저널리스트였고 무엇보다 팬이었다. 경력에서부터 글에 이르기까지, 그는 거의 모든 면에서 완벽한 '추억의 영화' 팬의 대변인이었다. 그리고 그는 나에게 모범적인 '추억의 영화' 팬이 변화하는 세계와 어떻게 충돌하고 있는지를 보여주는 사례였다. 나는 그가 라디오 프로그램과 잡지 리뷰에서 서서히 꿈틀거리기 시작하는 '영화광' 세대에 대해 상당히 가시 돋친 발언을 던졌던 걸 기억한다. 나는 그가 제임스 카메론의 〈에일리언2〉와 같은 새로운 영화의 가치를 이해하는 데에 애를 먹었던 것을 기억한다. 〈정은임의 영화음악〉이 그런 것처럼, 그가 고정으로 참여했던 영화음악 프로그램이 인터넷으로 접근 가능한 데이터베이스로 남아 있다면 그건 정말로 흥미로운 타임머신이 될 것이다.

　나는 정영일과 이후 세대 영화광들의 본격적인 대화가 있었다면 얼마나 재미있었을까 생각해본다. 그의 나이, 인기, 지명도를 생각해보면 불가능하지는 않았다. 하지만 이런 종류의 상상이 대부분 그렇듯, 실현되어도 그리 재미는 없었을 것이다. 영화에 대한 태도와 관점의 확연한 차이 때문에 순탄한 대화는 어려웠을 것이고 결국 평행선을 그었을 가능성이 높다. 물론 이 역시 또 다른 상상에 불과하다. 그는 《키노》와 DVD가 나오기 7년 전인 88년에 세상을 떴다. 어렵게 구한 〈회의는 춤춘다〉 LD를 자랑하던 영화 수집광이었던 그의 모습을 아직도 기억하기에, 나는 그의 이른 죽음이 조금 아쉽다.

　'추억의 영화' 팬들은 죽어가는 세대이다. 지금 탑골공원을 찾는 노인들과 함께 그들도 사라질 것이다. 종로 거리와 '추억의 영화'에 젊은 시절의 향수를 갖고 있는 세대는 제한되어 있다. 대부분의 수도권 사

람들에게 종로는 어떤 가게를 들여놔도 촌스러워지는 마법의 공간이
며 '추억의 영화'는 이전의 의미를 잃어가는 표현이다. 〈레옹〉과 〈러브
레터〉를 보며 자기만의 추억을 쌓았던 세대는 나이가 들어도 그들과
다른 길을 갈 것이고 다른 공간에서 다른 방식으로 퇴적되거나 흘러
갈 것이다. 낙원상가 밑 국밥집 골목을 벗어날 때마다 나는 힙스터들
이 부글거리는 2, 30년 후의 종로를 상상해본다. 그때가 되면 지금의
실버영화관도 다른 무언가가 되어 있겠지. 그것이 무엇이건 지금의 영
화관 모양에서 크게 벗어나지 않은 공간이 되어 있길 바라본다.

그리고 민망한 농담들

1

앞에서 말했지만, 나는 비흡연자이고 술도 거의 마시지 않고 커피도
그리 가까이 하지 않는 편이다. 정부가 허용한 3대 마약으로부터 자유
롭다는 말인데, '자유롭다'라는 말을 맞게 쓴 건지 모르겠다. 술을 잘
마시지 않는 건 알코올 한두 잔만 들어가도 반항하는 내장을 갖고 있
기 때문이고, 커피를 잘 마시지 않는 이유는 와이파이 + 자리값을 하
기 위해 시킨 아메리카노 한 잔에도 미친 듯이 공회전하는 뇌를 갖고
있기 때문이다. 선택의 여지가 없다.

　　담배는 어떤가? 나는 술과 커피가 내 몸에 끼치는 영향에 대해서도

알고, 그 맛이 내 취향이 아니라는 것도 안다. 하지만 담배에 대해서는 확신할 수 없다. 나는 흡연자들이 남기는 흔적과 그들의 구취에 질색하긴 하지만 흡연 자체에 대해서는 같은 말을 할 수가 없다. 한 번도 시도해본 적이 없으니까.

나를 흡연으로 유혹한 사람들이 그렇게 없었을까? 지금은 다들 고인이 되거나 금연하고 있지만, 주변에 흡연자들이 좀 있긴 했다. 하지만 가족을 흉내 내는 건 재미없는 일이다. 마찬가지 이유로 흡연자인 친구를 따라 할 생각이 든 적도 없다. 보편적으로 멋있는 무언가가 되려고 노력했던 적이 없었던 나에게 그건 무의미한 시도였다.

그나마 나를 유혹했던 건 대부분 허구의 인물이었다. 자립적인 독서를 시작하면서 나는 당연히 셜록 홈즈를 통과했다. 코카인과 니코틴 중독자인 깡마른 남자. 그와 함께 나는 19세기 말에서 20세기 초중반을 커버하는 수많은 탐정들을 거쳤는데, 그들은 대부분 '남자들의 취미'에 중독된 중년 남자들이었고 그중 상당수가 골초였다. 엘러리 퀸, 쥘 매그레와 같은 사람들. 하지만 이들은 모두 취향이 고급이거나 구식이라 대부분 파이프나 엽궐련을 피웠다. 모방할 생각도 없었지만 기회도 없었다.

영화는 보다 유혹적이었다. 특히 툭하면 주인공 얼굴의 반이 담배 연기에 가려져 있던 클래식 할리우드 시절의 흑백영화들. 하지만 난 그들을 보는 것만 좋았다. 적어도 영화 속 담배 연기는 텔레비전 스크린을 뚫고 나오지 못하고 지저분한 담배꽁초를 처리해야 할 필요도 없었으니까. '멋있어' 보이고 싶어 하는 청소년들에게 그들이 큰 유혹일수도 있었다는 것, 그런 유혹을 단 한 번도 경험해본 적이 없는 내가 그런 것에 대해 말을 할 자격이 없다는 것도 안다. 하지만 나처럼 담배 연기 속의 베티 데이비스나 진 티어니를 오로지 피사체로만 즐기는 사람들도 상당수라는 것을 알아주었으면 한다. 하긴 툭하면 여자주인공에게 담배를 물려 멋들어진 장면을 연출하는 작가 새라 워터스도 비흡연자란다.

소설, 영화 전체를 다 합쳐서 나에게 가장 유혹적인 흡연광고는 토마스 만의 《마의 산》이었다. 어렸을 때 뜻도 제대로 이해하지 못하면서 꿀꺽꿀꺽 집어삼킨 그 책에서 나에게 가장 인상적이었던 부분은 한스 카스토르프와 베렌스 고문관이 서로의 담배에 대해 이야기하는 장면이었다. 셜록 홈즈나 베티 데이비스의 담배가 괴팍함과 글래머러스함을 그리기 위한 액세서리에 불과했다면 그들의 대화는 흡연이라는 행위가 가진 감각적 쾌락의 밑바닥까지 보여주었다. 이런 장면들이 조금만 더 많았다면 나도 흡연자가 될 수 있었을까? 아니, 역시 그 정도까지는 아니었을 것 같다. 그러기엔 난 너무 게을렀고 또 게으르다.

여기까지는 다음 이야기와 별 상관이 없다. 그냥 나는 이 주제에서 내 위치가 어디인지 알려주고 싶었을 뿐이다.

텔레비전에 담배가 나오지 않은 지 10년이 넘어간다. 정확히 언제부터 그랬는지는 알 수 없다. 2003년 7월 20일자 《경향신문》에 난 국립암센터 박재갑 원장의 인터뷰를 읽어보면, 꾸준히 방송국과 신문사에 협조문을 보내고 모방 심리의 위험성을 알린 그의 공이 크다고 한다. 그럴 수도 있겠다. 그러나 그게 사실이라도 구체적으로 어떻게 진행되었는지 인터넷 검색만으로는 확인하기 어렵다.

청소년의 모방 심리를 자극하지 않기 위해 텔레비전 드라마나 뉴스에 흡연 장면을 넣지 않는 것은 충분히 있을 수 있는 일이다. 방송국에서는 공익을 위해 방영될 드라마의 이야기와 소재를 통제할 권리가 있다. 정말로 꼭 흡연 장면을 보여주어야만 말이 통하는 뉴스도 거의 없을 것이다. 이는 전 세계적인 추세이기도 하다. 심지어 21세기로 무대를 옮긴 〈셜록〉의 주인공 베네딕트 컴버배치도 드라마 안에서 담배를 피우지 않는다. 대신 그는 니코틴 패치를 붙인다. 주인공의 흡연은 대부분 부수적인 것으로, 정말로 스토리에 필요한 경우는 많지 않다.

문제는 이 흡연 장면이 영화, 그것도 과거의 영화에 속해 있는 경우이다. 대부분 텔레비전은 주인공이 담배를 피우면 블러 처리[18]를 한다. 그것도 처음부터 끝까지 그러는 것이 아니라 주인공이 담배를 들고만 있을 때는 그냥 있다가 필터가 입술에 닿는 순간 화면 처리를 한다. 그 때문에 시청자들은 텔레비전에서 하는 영화를 볼 때마다 어처구니없는 숨바꼭질을 하게 된다. 주인공이 담배를 꺼내는 순간부터 시작되는

151

18 ____ 블러 처리와 모자이크 처리는 다르다. 한국 텔레비전에서 하는 것은 대부분 모자이크가 아니라 블러다. 모자이크는 화면을 격자무늬로 가리고, 블러는 화면을 흐릿하게 한다. 정확한 단어로 정확한 정보를 전달해야 할 의무가 있는 기자들이 이런 기초적인 단어들도 섞어 쓴다는 게 나로서는 납득하기 어렵다.

이 게임은 텔레비전 안에서 전개되는 진짜 드라마의 몰입을 방해한다. 일단 첫 번째 담배 블러가 뜨는 순간부터 사람들의 시선은 오로지 담배로 향한다. 주인공이 과연 그것을 입에 물 것인가. 무는 순간 블러가 뜰 것인가.

과연 이런 것이 시청자들의 모방 심리를 제한하는 데에 도움이 될까? 나 같은 비흡연자에겐 별 영향을 끼치지 않을 것이다. 하지만 피울 준비를 하고 있는 청소년들과 흡연자들에게 이런 담배 블러 쇼처럼 흡연 욕구를 자극하는 것은 없다. 담배 블러는 스트립쇼이다. 당연히 다 보여주는 것보다 더 유혹적이다.

상식적으로 생각하면 흡연 장면의 제거는 새로 만드는 드라마에만 제한하는 것이 맞다. 담배의 위험성을 몰랐던 옛날 사람들이 멍청한 짓을 했다면 그냥 그들이 멍청했다는 걸 보여주자. 그런 건 블러 처리해도 가려지지도 않고 가려진다고 해도 어떤 긍정적인 효과를 내지 못한다. 그걸 도대체 왜 하는가. 도대체 왜? 그냥 위에서 하라고 해서?

담배 말고 내 신경을 거스르는 것은 칼이다. 텔레비전에서는 언젠가부터 칼이 무기로 쓰이는 순간 블러 처리가 되었다. 가정주부가 침입자와 맞서기 위해 식칼을 들어도 블러가 된다. 칼이 무서운 흉기가 될 수 있다는 건 모두가 안다. 하지만 그렇다고 해서 칼 자체가 블러가 되어야 할 이유는 없다. 모두가 그 폭력적인 맥락을 아는데 칼만 화면 처리로 가린다고 해서 달라지는 게 있을까? 칼이 그렇게 무서운 거라면 왜 사극에서는 칼을 블러 처리하지 않는 걸까? 그걸 보고 눈 가리고 아웅한다고 한다. 그리고 이런 것들이 몇 년째 당연하게 여겨지고 있다면 우리나라에서 '눈 가리고 아웅'이 당연한 것으로 여겨지고 있다는 뜻이다.

3

한국드라마를 그렇게 자주 보는 편이 아닌데, 최근 들어 보거나 봐야 하는 작품 수가 조금 늘었다. 그 때문에 한국드라마에서 당연시하는 습관 중 하나가 미칠 정도로 신경을 긁는다는 것을 다시 한번 깨달았다. 간접 광고를 막기 위해 화면을 블러 처리하는 것 말이다.

드라마가 아닌 일반 버라이어티 프로그램에서 이는 큰 문제가 되지 않는다. 〈런닝맨〉의 경우, 시청자들은 수백 명의 사람들이 동원되는 거대한 방송현장을 보고 있다는 것을 안다. VJ들은 툭하면 화면 속으로 들어오고, 출연자들은 스태프들에게 말을 건다. 간접 광고를 막는 스티커나 블러 효과는 그런 환경에서 자연스럽게 어울린다. 자동차 번호판을 가리는 블러 효과도 이렇게 보면 이해해줄 수 있다. 텔레비전에서 본 유재석의 차 번호를 나쁜 목적으로 이용해먹는 사람들이 있을지 누가 알겠는가. (정작 그 나쁜 목적이 무엇인지는 당장 생각나지 않지만 그건 순전히 범죄 방면에 상상력이 부족한 나의 문제이다.)

드라마는 버라이어티 프로그램과 전혀 사정이 다르다. 그들의 목적은 시청자들이 믿을 수 있는 가상세계를 창조해내는 것이다. 이런 경우 블러 효과는 드라마에 심각한 손해를 끼친다. 그것보다 더 끔찍한 것은 상표를 가리기 위해 동원되는 테이프나 스티커들이다. 아무리 배우들이 진심을 다해 연기를 한다고 해도 입고 있는 옷에 스티커가 붙어 있다면 자연스럽게 사람들의 시선은 스티커로 간다. 사람들은 그들이 보는 그림 속에서 가장 부자연스럽고 이상한 것을 찾기 마련이니까. 오히려 홍보 효과를 내는 것이다. 어떤 경우는 그런 효과를 내기 위해 일부러 그러는 게 분명하다. 그게 사실이라면 제발 그림을 망치는 대신 정직하게 일을 하자.

이런 스티커들과 블러 효과들은 모든 드라마들을 리얼 버라이어티화시킨다. 진지하게 볼 수가 없는 것이다. 사실 〈논스톱〉과 같은 시트콤에서는 이를 작정하고 이용하기도 했다. 이 프로그램에서는 상표를 가리기 위해 NON STOP의 앞부분을 잘라낸 NON이라는 스티커를 대량 인쇄해 사용했는데, 이것들이 계속 늘어나다보니 그 자체로 개그가 되어버렸다. 하지만 상표 위에 테이프를 붙인 커피를 진지하게 들고 있던 〈그 겨울, 바람이 분다〉의 배우들은 그런 농담을 하고 있는 게 아니었을 것이다.

둘을 비교한다면 블러보다 스티커가 더 끔찍하다. 블러는 적어도 그림이 손상되지 않은 원본이 어딘가에 존재한다는 환상을 준다. 하지만 스티커와 테이프는 대책이 없다. 이것은 그냥 농담일 뿐이다. 물론 정도의 차이만 있을 뿐, 블러도 농담인 건 마찬가지다. 요새는 정도가 심해져서, 자동차가 나오는 모든 장면에서 차의 로고를 가려버리는데, 이건 시청자들을 아기 취급하는 것이다.

대안은 없을까? 전화번호와 같은 것은 몇 개를 미리 구입해서 방송사에서 공유할 수도 있을 것이다. 그건 자동차나 자동차의 번호판도 마찬가지이다. (할리우드영화의 팬들은 거의 단역 배우처럼 자주 등장하는 몇몇 자동차와 그 번호에 익숙해져 있다.) 붙였다 뗄 수 있는 상표나 스티커를 대량으로 만들어 공유하는 방법도 있을 것이다. 그렇다면 오로지 한국드라마에서만 존재하는 가공의 맥주나 음료수 브랜드가 나올 수도 있다. 물론 가장 좋은 방법은 그런 데에 그렇게 예민하게 굴지 않는 것이지만, 그건 한동안 어려워 보이니 차선책에 대해 조금 진지하게 생각해보자는 것이다. 예를 들어 얼마 전에 방송한 〈직장의 신〉에서 미스 김이 포크레인을 모는 장면을 보자. 제작진은 그 포크레인의 로고를 테이프로 붙여서 '문제'를 해결했는데, 그럴 거라면 흙을 조금 더 묻힌다든지, 하는 방법이 있지 않았을까. 이런 식으로 아이디어는 무궁무진하게 나올 수 있다.

그러나 이 멋진 아이디어들은 시청자에 의해 제동이 걸린다. 얼마 전 트위터에서 현장 작업자의 이야기를 들은 적이 있는데, 극 중에서 전화번호가 노출되자 항의하는 전화가 폭주해 VOD를 내린 적도 있었다고 한다. 그 외의 다른 노출 때문에 항의하는 전화도 많다고 하니, 어느 순간부터 많은 시청자들은 블러와 스티커로 덕지덕지 엉망이 된 드라마의 그림에 길들여졌고 그것들을 자발적으로 요구하기 시작했다는 말이 된다. 스스로를 별 의미도 없는 화면 처리의 노예로 삼기 시작한 것이다.

이는 편의점 직원이 "다 합쳐서 4천원이십니다"라고 하지 않았다며, 무례하다고 욕을 퍼붓는 얼간이 고객들이 늘어난 것과 비슷하다고 보면 된다. 아직 그 수는 많지 않을 것이다. 하지만 그들을 무서워하느라 전국의 모든 서비스업 종사자들이 "4천원이십니다!"를 외쳐대는 지금의 상황을 보라. 정상을 정상으로 보지 않고 얼간이들의 말을 다 들어주다가는 방송 환경만 더 나빠질 뿐이다. 임시방편은 잠시만 좋다. 장기적으로 상식적인 해결책이 따라야 한다.

보다 예민한 시선으로

며칠 전 EBS 다큐멘터리영화제 행사의 일부였던 〈그레이스 리 프로젝트〉 상영회를 보기 위해 코엑스에 갔었다. 어땠냐고? 가지 말고 다음날 방영분을 녹화해서 보는 게 나을 걸 그랬다. 영화는 좋았지만 상영회는 최악이었다. 4:3 화면비율의 영화를 16:9 비율로 상영했던 것이다. 놀랍게도 주최 측의 어느 누구도 그게 잘못이라는 것을 모르는 것 같았다. 뒤에서 화면비율에 대한 항의가 있었음에도 불구하고 프로젝터를 손보는 사람이 단 한 명도 없었던 것이다.

한심한 일이지만, 디지털 상영회에서 이런 일은 굉장히 자주 일어난다. 이번 부천영화제 상영작이었던 〈공포의 미로〉는 정반대였다. 16:9임이 분명한 영화인데도 위아래로 길쭉하게 늘린 4:3화면으로 상영되었다. 몇십 분 동안 화면 테스트를 하고 자막 위치까지 정했지만 어느 누구도 그 화면이 비정상적으로 일그러졌다는 사실을 눈치채지 못했다.

이들은 모두 눈 뜬 장님들인가? 연예인 얼굴이 조금만 부어 보여도 경락 마사지를 받아야 한다느니, 다이어트를 해야 한다느니 하며 호들갑을 떠는 사람들이 상영 내내 찐빵처럼 부풀어 오른 얼굴들을 보면서 당연하다고 생각한 것이다. 그것도 국제 영화제에서. 계획대로 그레이스 리가 정말로 초청되어 그 상영회를 봤다면 어땠을지 생각만 해도 끔찍하다.

그렇다면 왜 내가 그 말도 안 되는 화면을 보면서 항의를 하지 않았냐고? 경험이 있기 때문이다. 몇 년 전 모 영화제에서 일그러진 영화를 트는 걸 보고 담당자에게 항의를 한 적 있었는데, 그 사람 말이 이랬다. "제가 보기엔 괜찮은 것 같고. 다른 사람들도 불평이 없잖아요." 이래서 나는 한국 학생들의 수학 성적이 세계 몇 위라느니 하는 말을 믿지 않는다. 이 나라는 기하학적 사실이 머릿수로 결정되는 곳이다. 이런 상황에서 화면비율이 어쩌느니 하는 말이 먹히기나 할까?

아직도 나는 이 둔감함을 이해하지 못한다. 화면의 노골적인 일그러짐을 인식하는 데엔 전문가의 식견이 필요치 않다. 정상적인 눈과 뇌만 있으면 눈치챌 수 있다. 따라서 난 이 나라의 멀티미디어 환경에 사람들의 감각과 뇌를 파괴하는 무언가가 숨겨져 있는 게 아닌가, 의심한다. 어떻게 봐도 이건 정상이 아니다.

여기서 중요한 건 둔감함의 원인이 아니라 그 둔감한 사람들이 어디에 있느냐이다. 모든 사람들이 모든 것에 다 예민할 필요는 없다. 하지만 특정 위치에서는 예민함이 필수이다. 이 경우 영화제 담당자들이 해당된다. 정상적인 비율의 화면을 영사하기 위해서는 화면이 일그러져 있다는 사실 정도는 인식해야 한다. 그것도 못한다면 나침반도 못 보는 사람에게 여객선 선장 자리를 맡기는 격이다.

일그러진 화면 때문에 사람이 죽거나 다치지는 않는다. 정상적인 감각을 가진 사람들을 스트레스와 분노에 시달리게 할 뿐이다. 둔감한 사람들, 정확히 말하면 예민함이 필수인, 보다 중요한 위치에 있으면서도 일반인들과 비슷하게 둔감한 사람들은 얼마든지 있다. 영국 요리사 제이미 올리버가 항의 차원에서 가져간 끔찍한 영국 학교 급식을 먹고 "이 정도면 괜찮은데"라고 말했던 고위 관료가 기억난다. 영국 학교 식단 개선을 위해 필요한 사람은 제이미 올리버인가, 아니면 그 평범한 혀의 공무원인가? 과연 평범한 사람들 수준의 예민함을 기준으로 해서 이 나라의 인권과 평등에 대한 의미 있는 토론이 가능할까? 과연 평범한 것이 언제나 면죄부가 될까?

질문이 거창해질수록 답변은 어렵다. 하지만 디지털 프로젝터 상영 문제라면 비교적 쉽게 해결할 수 있다. 일단 화면의 일그러짐을 눈치챌 수 있는 눈 뜬 사람들을 뽑으면 된다. 그런 사람들이 모자라 어쩔 수 없이 청맹과니들을 모아 작업을 해야 한다면 프로젝터의 사용법이라도 가르치라. 어려울 것 전혀 없다. 사용서를 먼저 보고 기계의 명령에 따라 버튼 몇 개만 누르면 끝이다. 그렇게 쉽다.

내가 지금까지 겪은 최악의 디지털 상영? 〈블레어 윗치〉의 다니엘 마이릭이 만든 〈썸머 솔스티스〉라는 영화가 있었다. 정상적으로 틀면 이렇게 보이는 2.35:1 비율의 영화이다.

2.35:1 비율

그런데 수입사에서는 텔레비전을 위해 이 화면의 양쪽을 잘라내 4:3으로 만든 팬앤스캔 버전을 가져와 16:9로 늘려 틀었다. 그러니까 이렇게 보인다.

16:9 비율[19]

---

19 ____ 100퍼센트 정확한 사진은 아니다. 수퍼 35밀리로 찍은 와이드스크린 영화의 팬앤스캔 버전 영화가 대부분 그렇듯 당시 내가 봤던 영화는 위아래의 영상 정보가 조금 더 많았을 가능성이 크다. 하지만 왜곡된 정도는 다르지 않다.

동네 멀티플렉스에서 이런 걸 돈 받고 틀고 있는 걸 보고 얼마나 어이가 없었는지 모른다. 하지만 더 어이가 없었던 건 저렇게 일그러지고 잘려나간 화면을 보면서도 뭐가 잘못되었는지 모르고 머리를 긁적이던 극장 직원이었다. 그보다 더 어이가 없는 건 이 글을 읽고 있는 여러분들 중에서도 비교 사진을 갖다 놓지 않았다면 그림이 뭐가 잘못되었는지 몰랐을 사람들이 상당수라는 거다. 다들 왜 이래?

자, 그럼 영화관에 대해 이야기해보자

1

'영화관'이라는 단어와 마주칠 때 내 머릿속에 가장 먼저 떠오르는 곳은 한국에 있지 않다. 태어나서 단 한 번도 들어간 적이 없는 곳이고 지금은 더 이상 영화관도 아니다. 그곳은 시카고에 있는 바이오그래프 극장으로, 1934년 7월 22일 은행 강도 존 딜린저가 여기에서 〈맨해튼 멜로드라마〉라는 영화를 보고 나오다가 FBI 요원이 쏜 총에 맞아 죽었다. 그의 일생을 다룬 마이클 만의 〈퍼블릭 에너미〉가 지금은 공연장으로 쓰이는 이곳의 일부를 예전 모습으로 재현했는데, 내가 이 영화를 보러 간 가장 큰 이유도 바로 그 극장 내부를 보기 위해서였다.

나는 존 딜린저에게 그렇게까지 큰 관심은 없다. 하지만 그가 이 영화관에서 윌리엄 파웰, 머나 로이, 클라크 게이블 주연의 영화를 보고 나오다 죽었다는 이야기를 들었을 때부터 나는 이곳에 대해 상상하는 것을 멈출 수가 없었다. 현장 사진에서 'Iced Fresh Air'라는 광고 현수막이 영화 간판 밑에 달려 있는 걸 본 뒤로는 더욱 그랬다.

헛소리처럼 들린다는 것은 나도 안다. 하지만 설명할 수 있게 시간을 조금만 더 주기 바란다. 바이오그래프 극장에 대한 집착은 소위 '미국 영화관'에 대한 내 판타지와 관련되어 있다. 미국 극장이라고 특별할 거라고 생각했던 건 아니다. 특히 1934년이라면 환경은 지금보다 더 나빴을 것이다. 사운드는 형편없었을 것이고, 위생도 별로였을 것이며, 여름이라 더위를 피해 극장으로 외출한 다른 관객들의 체취도 상당했을 것이다. 하지만 그곳은 내가 '미국영화'를 통해 보아왔던 바로 그곳이었다. 당시 내가 '미국 영화관'에 대해 품고 있었던 이미지들이 바이오그래프 극장이라는 이름을 듣는 순간 한 극장에 수렴된 것이다.

현대 음악을 다룬 다큐멘터리 〈Leaving Home〉에서 호스트인 사이먼 래틀은 일본 현대음악 작곡가 다케미츠 도루에 대해 언급한 적 있다. 그는 다케미츠 도루가 영화광이었고, 서구인들에겐 당연한 생활의 일부였던 것을 영화의 이미지를 통해 처음 접했다는 사실을 지적했다. 예를 들어 그는 바람에 날리는 커튼을 영화로 처음 보았다. 그가 젊었을 때 일본에는 커튼이 있는 집이 거의 없었기 때문이다!

나에게 '미국 영화관'은 다케미츠의 '바람에 날리는 커튼'이었던 셈이다.

단 한 번도 직접 경험한 적 없는 공간에 대한 향수란 유치하지만 이치에 맞는다. 대부분의 문화 활동을 번역물을 통해 해왔던 나 같은 사람에겐 더욱 그렇다. 예를 들어 나는 아직도 일인칭 소설을 보면 '나'를 언제나 콧수염을 기른 통통한 영국인 중년 의사로 상상하고 거기서 다음 단계로 옮겨간다. 말할 필요도 없이 셜록 홈즈 소설의 부작용이다.

'미국 영화관'이란 내가 꾸준히 보아왔던 클래식 할리우드 영화의 감상을 완결 짓는 곳이었다. 나는 이런 영화들을 배가 통통한 브라운관 텔레비전으로 보았고 이들이 진짜 극장에서 어떻게 보였는지에 대해 아는 바가 없었다. 당연히 상상력을 동원해야 했고 그 상상력의 소스는 다시 그 영화들 속에서 나올 수밖에 없었다. 내 머릿속에서 영화와 영화 속 영화관, 영화 속 영화관에서 보는 영화는 끊임없이 이어지며 빙빙 돌았는데, 여기서 논리적으로 빠져나올 수 있는 길은 없었다. 그냥 중간에 끊는 수밖에.

마침내 미국에 갈 기회가 생겼다. 흐트러진 정신을 바로잡고 가장 먼저 간 곳은 당연히 영화관이었다. 하지만 한 발 늦었다. 내가 갔을 때 미국의 영화관들은 슬슬 현대화되어가고 있었다. 영화관 구조도 바뀌고 있었고 멀티플렉스도 슬슬 등장하고 있었다. 거기서 온갖 영화들을 필름으로 보았지만 내가 그곳에서 '옛날 영화들'을 본 극장들은 내 상상 속 영화관의 조건을 만족시켜주지는 못했다. 하긴 내 기대란 타임머신을 타고 가기 전에는 성취될 수 없는 것이었다. 런던 베이커 거리에 가면 셜록 홈즈를 만날 수 있을 거라는 기대와 다를 게 뭔가.

'미국 영화관'에 대한 내 판타지 중 하나는 '개봉 영화가 아닌 옛날 영화를 틀어주기도 하는 곳'이라는 것이었다. 한국 극장에서 옛날 영화를 본 적이 없었다는 것은 아니다. 〈사운드 오브 뮤직〉, 〈벤허〉, 〈바람과 함께 사라지다〉는 모두 극장에서 본 영화들이다. 하지만 아무래도 융통성은 부족했다. 〈명화극장〉이나 비디오로 볼 수 있는 옛날 영화들을 극장에서 본다는 판타지는 여전히 남아 있었다. 이런 판타지를 자극했던 건 당연히 '미국영화들'이다. 예를 들어 오리지널 〈플라이〉를 보면서 비명 지르는 80년대 아이들이 나오는 〈루카스〉 같은 영화.

프랑스문화원이라는 대안이 있었다. 하지만 영어 자막이었고 16밀리였다. 여기저기 생겨난 시네마테크는 불법으로 복사한 비디오에 자막을 입혀 틀어주던 곳이었다. 뒤늦게 생겨난 영화제 같은 행사에서도 결국 자막 입힌 영상을 보려면 비디오를 거쳐야 했다. 필름 상영 행사가 하나둘 생겨나기 시작했지만 붙박이로 붙은 영어 자막만 볼 수 있었고 영어 영화는 자막 없이 상영되었다. 88년 서울올림픽 때 행사 작품 중 하나였던 소련영화 〈차이코프스키〉는 심지어 영어 자막도 없이 상영되었다고 하는데 과연 그 영화를 이해하고 본 관객이 몇이나 되었을까.

필름에 박히지 않은 자막이 필요했다! 이 문제를 해결해줄 사람은 아무도 없는가?

이 문제점이 정확히 언제, 누구에 의해 해결되었는지는 나도 모른다.

오래 전 어떤 잡지에서 영화제와 관련된 엔지니어 아무개의 이름을 보았던 것 같기도 하다. 하지만 이 글을 쓰기 위해 영상자료원을 포함한 기타 전문가들에게 물어봐도 그가 누구인지는 알아낼 수 없었다. 내가 말할 수 있는 것은 어느 날 갑자기 자막기라는 발명품이 나타났다는 것이다. 프로젝터에 연결된 컴퓨터로 화면 구석에 자막을 쏘아주는 프로그램. 분명 독창적인 발명품은 아니었을 것이다. 하지만 이 발명품은 국내의 필요에 의해 자생적으로 태어났던 것 같다.

왜 아무도 자막기라는 발명품이 한국 관객들의 영화 감상에 끼친 영향에 대해 이야기하지 않는지 나로서는 알 수 없다. 20여 년에 가까운 세월 동안 자막기는 영화제와 시네마테크를 분주하게 오가며 영화와 관객 사이를 연결해주었지만 결코 완벽한 발명품은 아니다. 세로 자막은 읽기 불편하고 화면 구석에 뿌옇게 깔린 자막 자리는 몰입을 방해한다. 4K 상영기가 들어온 뒤로 화면이 밝아 자막이 잘 안 보인다는 이유로 화면 바깥 오른쪽에 자막을 쏘는 경우도 잦아졌는데, 이러면 마스킹 문제도 생길 뿐만 아니라 관객들은 자막과 화면 사이를 분주하게 오가느라 집중을 하지 못한다.

짜증이 난 나는 해외 영화제에서 어떤 자막기를 사용하는지 묻고 다녔다. 지금 가장 보편화된 것은 스크린 밑에 따로 자막을 넣을 수 있는 공간을 마련하는 것이다. 이렇게 되면 영어 자막이 미리 달려 있는 영화라고 해도 가로 자막을 달 수 있고, 오른쪽에 세로 자막이 있는 것보다 훨씬 수월하게 읽을 수가 있다. 슬픈 일은 우리나라에 이런 공간을 넣어줄 수 있는 상영관이 거의 없다는 것이다.

슬슬 '영화의 전당'이라는 상영관 욕을 할 때가 되었다. 이곳은 아시아 최대 영화 축제라고 자찬하는 부산국제영화제를 위해 설계되었다. 그런데 그런 건물이 설계되고 지어지는 동안 어느 누구도 화면 손상 없는 가로 자막의 필요성에 대해 생각하지 않았던 것이다! 그 사람들 중 상당수는 뻔질나게 해외 영화제를 돌아다니기 때문에 자막 문제가 얼마나 중요한지 모를 수가 없었는데도 그랬다. 그들의 무심함 때문에 관객들은 여전히 뿌옇게 한쪽을 가리거나 화면 구석 저 멀리 떨어져 읽기 힘든 세로 자막의 포로가 되어야 한다.

이 상황이 개선될 수 있을까? 이미 지어진 상영관에서 이를 해결할 방법은 거의 없다. 영어 영화는 어떻게 가로 자막으로 돌린다고 해도 영어 자막이 깔린 다른 언어권 영화는 대안을 찾기가 힘들다. 새로 짓는다는 시네마테크 상영관은 제발 여기에 신경 써주기 바랄 뿐이다. 아직 존재하지 않는 이 극장은 언젠가부터 내 소원을 모두 들어줄 꿈의 영화관이 되어버렸다.

3

이제 개봉작이 아닌 고전영화를 보는 것은 그리 어려운 일이 아니다. 여러분이 시간이 남아도는 백수라면, 그리고 수도권이나 부산과 같은 대도시에 살고 있다면 별별 영화들을 다 찾아볼 수 있다. 내가 어렸을 때 그렇게 꿈꾸었던 '미국 영화관' 판타지의 일부가 실현된 것이다. 무

165

슨 영화를 볼까, 하고 인터넷을 뒤지다가 서울시네마테크나 한국영상
자료원으로 가서 세르지오 레오네의 〈석양의 갱단〉이나 유현목의 〈김
약국의 딸들〉 필름 상영을 보고 오는 기분은 그래서 남다르다.

언젠가 나는 시네마테크 친구들 영화제의 마지막 날 영화를 보고
나오다가 로비에 잔뜩 쌓여 있는 녹슬고 일그러진 필름 캔들을 보고
울컥한 적 있었다. 난 사람에겐 냉담하면서 무생물에게는 쉽게 감정이
입을 한다. 하지만 그들을 보고 초서의 인용구를 슬쩍 비틀어 "가거라,
작은 캔이여!"라고 웅얼거렸을 감상적인 사람이 분명 나 말고 있었을
것이다. 그들은 몇십 년 전 다른 나라의 영화인들이 피땀 흘려 찍은 이
미지와 소리를 품에 안고 세계를 누비는 늙은 여행자들이었다.

이제 그들의 여정도 얼마 남지 않은 것 같다.

2014년 시네마테크 친구들 영화제에서 가장 두드러졌던 변화는 디
지털 복원판이 대폭 늘어났다는 것이었다. 이런 행사에 불려 들어오
는 영화 필름의 평균 화질이 결코 좋다고 할 수 없었으니 이는 좋은 뉴
스였다. 실제로 존 부어먼의 1981년작 〈엑스칼리버〉와 같은 영화의 디
지털 화질은 결코 이전 필름 화질과 비교할 수 있는 게 아니었다. 아마
이런 경향은 계속 늘어날 것이다. 필름 상영은 꾸준히 줄어들 것이고
디지털 상영이 그 자리를 밀어내겠지.

분명 전체적으로 상영되는 영화의 화질과 음질은 좋아진다. 하지만
과연 이것이 최선이라고 할 수 있을까? 아직 나는 디지털 상영이 필름
이미지를 온전히 구현하고 있다는 생각이 안 든다. 특히 필름 입자가

거친 영화일 경우 더욱 그렇다. 나는 〈대부〉 1, 2의 디지털 복원판을 극장에서 보았고 3부작을 모두 블루레이로 갖고 있는데, 볼 때마다 이건 아닌 것 같다는 생각이 든다. 텔레비전 화면으로 볼 때는 그래도 괜찮을지 몰라도 영화관에서 보는 건 사정이 다르다.

〈대부〉처럼 필름 입자 문제가 없다고 해도 뭔가 아니라는 생각이 드는 건 다른 영화들도 마찬가지다. 나는 이번 시네마테크의 친구들 영화제에서 〈유령과 뮤어 부인〉을 보았는데, 아쉽게도 디지털 상영이었다. 화질은 흠잡을 데 없었고 관객들 반응도 좋았지만 이건 내가 영화관에서 기대했던 상영은 아니었다. 나는 이미 이 영화의 블루레이(그리고 DVD, 디지털 파일, 영화 음악 앨범 2종, 원작소설, 관련 서적 기타 등등)를 갖고 있다. 이 정도 해상도의 디지털 상영을 볼 생각이라면 집에서 봐도 별 문제가 없다. 내가 굳이 영화관에서 찾은 것은 1940년대 관객들이 극장에서 경험했던 것과 일치하지는 않더라도 유사한 경험을 하기 위해서였다. 하지만 필름 상영을 통해 그런 경험을 할 기회를 아슬아슬하게 놓친 것이다.

디지털 상영은 바꿀 수 없는 추세이다. 하지만 이것이 극장에 좋기만 한 일인지는 알 수 없다. 고전영화의 블루레이가 있다면 나는 굳이 그 영화를 보기 위해 시네마테크를 찾지 않을 것이다. 지금 우리 집에서 사용하고 있는 VOD 서비스는 끔찍하기 그지없지만 (화질은 엉망이고 화면비율은 범죄 수준이다.[20]) 정상적인 세계라면 그래도 개선책이 따를 것이고, 그렇게 된다면 고전영화 상영관의 필요성은 더 줄어들 것이다. 167

20 ___ 화면비율에 관해서는 데이비드 보드웰의 블로그에 있는 〈Filling the box: The Never-Ending Pan & Scan Story〉를 참고하라.

지금은 홈시어터가 돈이 많이 드는 소수의 도락이지만 언제까지 그럴 거라는 생각도 들지 않는다. 영화광들은 여전히 어두운 극장에서 다른 관객들과 함께 영화를 보는 즐거움에 대해 이야기하지만 솔직히 극장은 편리함보다 불편함이 더 많은 곳이다. 종종 영화관에서 영화를 보는 행위 자체가 나의 '미국 영화관' 판타지처럼 과거의 괴상하고 희미한 향수로 남는 미래를 목격하고 죽을 것 같다는 불길한 예감이 든다.

당신은 완성된 영화를 보고 있습니까?

1

내가 언제나 신기하게 생각하는 것은 영화제나 시사회를 뻔질나게 드나드는 저널리스트들 중 극장 환경에 대해 이야기하는 사람이 거의 없다는 것이다. 그 때문에 어렸을 때 영화 잡지를 통해 해외 영화제 행사에 대한 정보를 접했던 나는 종종 궁금해서 미치는 줄 알았다. 도대체 칸영화제에서는 어떤 자막을 어떻게 트는 거지? 왜 기자들은 여기에 대해 이야기하지 않는 거지?

평론가들이 극장 환경에 대해 이야기하지 않는 것도 마찬가지로 이상했다. 원칙적으로 따진다면 평론가의 글은 영화 자체에 집중해야 한다. 여기까지 이해 못 하는 건 아니다. 하지만 극장 환경이 감상에 방해가 될 정도로 열악하다면 사정은 다르다.

극단적인 예로 2004년에 문을 닫은 코아아트홀을 들 수 있다. 90년 대 영화광들은 당시 거기서 〈희생〉 같은 아트하우스 영화들을 처음 접 했기 때문에 이곳을 감상적으로 기억하는데, 거긴 결코 영화관이 되 어서는 안 되는 곳이었다. 시야는 앞좌석 관객의 머리와 양쪽 기둥 때 문에 꽉 막혔고 무엇보다 화면비율에 신경을 안 썼다.

1990년 이 극장에서 찰리 채플린의 〈황금광시대〉를 봤던 것을 기 억한다. 이 영화는 당시 나온 모든 영화들이 그랬던 것처럼 1.37:1 비 율이었고 채플린의 영화는 화면 구성이 그렇게 다채로운 편이 아니다. 이런 영화를 코아아트홀 같은 곳에서 틀면 어떻게 되는지 아는가? 영 화 내내 목이 잘려나간 채플린을 보게 된다. 과장이 아니다. 당시 그 극장에서 영화를 본 관객들은 롱샷 장면에서 채플린의 얼굴을 볼 수 없었다. 이슈화되어야 마땅했다. 하지만 당시 이 문제를 언급한 매체는 없었다. 배우의 머리가 잘려나가는 건 사소한 일이었나보다. 원래 1.37:1 화면비율을 살릴 수 있는 상영관은 드물었다고? 그럼 더욱 관 객들에게 알려주어야지. 설마 아무도 화면비율 문제에 대해 신경을 쓰 지 않았던 건 아니겠지?

물론 영화 저널리스트들도 영화관 환경에 대해 가끔 이야기하긴 했 다. 하지만 불평하는 건 대부분 소프트웨어적인 문제였다. 그들은 비 가 내리는 필름과 잘려나간 엔드 크레딧에 대해서는 아주 가끔 불평 했지만 극장 구조 때문에 왜곡된 화면비율에 대해서는 거의 이야기하 지 않았고 음향 시설에도 무관심했다.

이건 심각한 문제이다. 영화는 텔레파시를 통해 우리에게 직접 전달되는 것이 아니다. 반드시 극장이라는 중간 단계를 거친다. 마치 극장이 존재하지 않는 것처럼 말하는 것은 자신과 독자 모두에 대한 기만이다. 예술로서의 영화와 상영 조건은 결코 분리될 수 없는 것이기 때문이다. 나쁜 상영 조건은 그런 것에 둔감한 관객에게조차 영향을 끼친다. 대부분 그들은 영화가 나빴기 때문이라고 생각하겠지만 사실 나쁜 건 영화가 아니라 극장일 때가 많다.

관객들의 둔감함에 점점 신경이 쓰이기 시작한 건 내가 언론 시사회에 다니기 시작한 뒤부터였다. 그건 동네 근처에 멀티플렉스 상영관이 나타났던 시기와 겹쳤다. 그 때문에 고민이 시작된다. 왜 몇십 분만 걸으면 갈 수 있는 상영관에서 영화를 볼 수 있는데 굳이 시내까지 나가야 하지? 그리고 그렇게 고생해서 간 시내 극장의 환경이 왜 동네 극장보다 안 좋지?

이때 가장 짜증이 났던 건 역시 화면비율의 문제였다. 우선 서울극장 2관과 중앙극장 1관처럼 발코니 구조로 된 상영관들은 툭하면 와이드스크린 화면의 양쪽을 잘라먹었다. 멀쩡한 70밀리관을 때려 부수고 멀티플렉스로 변신한 대한극장 역시 화면 잘라먹는 게 끔찍한 수준이었다. 서울극장 2관은 음향도 나빠서 〈여고괴담 4-목소리〉처럼 음향효과가 중요한 영화는 다른 영화관에서 다시 보았을 때에야 이야기가 온전히 이해될 정도였다.

이 정도면 당연히 더 나은 상영관에 대한 요구가 따라야 한다. 평론가나 영화 저널리스트들은 미래 관객들을 위한 카나리아이며, 카나리아 역할을 제대로 하려면 최대한 완벽한 환경에서 감상해야 마땅하기 때문이다. 그런데 그들은 꿀 먹은 벙어리였다. 그냥 배우 얼굴 보고 줄거리만 따라가면 되는 게 아니냐는 식이었다.

특히 화면비율 문제는 내 머리로는 온전히 이해할 수 없었다. 이건 결코 양쪽 화면 정보의 일부가 날아가는 문제가 아니었다. 화면비율을 고르면서 작가는 자신의 영화를 담을 캔버스를 선택한다. 1.85:1 화면 비율의 영화와 2.35:1 비율의 영화는 각각의 비율을 통해 다른 이야기를 한다. 2.35:1 화면을 2:1 정도로 잘라버리면 날아가는 건 영상정보뿐만이 아니다. 감독이 선택한 구도와 풍경 자체가 박살나는 것이다. 당연히 중요한 문제다. 하지만 영화 저널리스트들에게 극장은 그냥 없는 것이었다.

그나마 희망이 보였다. 감독들이 직접 불평의 목소리를 내기 시작했던 것이다. 그 뒤로 당장 문제가 개선된 건 아니지만 나는 그 때문에 기자 간담회 때 대한극장 상영관에 대한 문제 제기를 던졌던 〈YMCA 야구단〉의 김현석 감독을 여전히 좋게 기억한다.

최근 몇 년 동안 시사회장의 문제가 점진적으로 해결되기 시작했다. 우선 필름 상영에서 디지털로 옮겨갔다. 둘째로 상영관이 바뀌었다. 서울극장은 시사회장으로서 역할을 포기했고 왕십리 CGV와 롯데시네마 건대입구와 같은 새 상영관이 자리를 물려받았다. 두 극장 모두 2.35:1 상영관이 없는 것이 거슬렸지만…… 아, 이 이야기는 조금 뒤에 하기로 하자.

디지털 상영이 보편화되면서 그동안 나를 괴롭혔던 수많은 문제들이 해결되었다. 대부분 관객들은 벌써 잊었거나 눈치도 못 채고 넘어갔을 테니 필름 상영 당시 관객들이 성의 없는 극장에서 어떤 그림을 보았는지 설명하기로 하겠다.

우선 초점이 맞지 않았다. 영사기사가 무신경해서 그런 경우도 많지만 화면 오른쪽에 있는 세로 자막에 초점을 맞추어야 하기 때문이다. 그 때문에 배우들의 얼굴은 붕 떠 있고 오른쪽 화면만 또렷한 그림을 두 시간 동안 봐야 한다. 그림도 일그러진다. 왼쪽을 바닥으로 해서 옆으로 누운 사다리꼴이 된다. 물론 구조문제가 있는 상영관이라면 심지어 그 사다리꼴도 양쪽이 잘려나간다.

이런 그림을 몇십 년 동안 불평 하나 없이 봐왔으니 우리나라 관객들의 인내력과 무신경함은 대단하다고밖에 할 수 없다. 정지영의 〈할리우드 키드의 생애〉를 보면 미군 극장에서 '원판' 필름을 보고 나와 우쭐거리는 영화광 아이들이 나온다. 영화에서는 이를 우스꽝스러운 잘난 척으로 그리지만 그 극장의 화질은 정말로 상당수의 일반 한국 상영관보다 좋았을 것이다. 필름의 화질 여부를 떠나 저렇게 의도적으로 화질을 떨어뜨리는 핸디캡이 없었을 것이기 때문이다.

디지털 상영이 보편화되면서 이 문제 대부분은 해결되었다. 더 좋았던 건 화면비율 문제도 해결되었다는 것이었다. 2007년, 서울극장 2관에서 〈밀양〉을 봤던 때가 기억난다. 앞에서 말했듯 구조 문제가 만만치 않았던 극장이었는데, 디지털로 상영한 밀양은 필름 영화들과는 달리 완벽한 화면비율을 보여주었다. 그 때문에 가장자리에 가느다란 회색 띠가 보이긴 했지만 난 그게 오히려 좋았다. 앙리 카르티에 브레송 사진 가장자리의 검은 띠처럼 감독이 의도한 그림을 정확하게 보여준다는 증거처럼 보였으니까. 심지어 디지털 상영이 가능해지면서 많은 상영관에서는 제대로 볼 수 없었던 1.37:1 영화들도 (거의) 정상적인 상영이 가능해졌다. 〈로렌스 애니웨이〉나 〈잠 못 드는 밤〉과 같은 영화들이 나올 수 있었던 것도 순전히 디지털 상영 덕택이다. 위에서 말했던 것처럼 다 좋기만 한 것은 아니었고 아직도 종종 필름 상영이 그립긴 했지만 그 정도면 엄청난 진보였다.

적어도 한동안은 그랬다.

2

아까 하려다가 만 이야기를 마저 하기로 하자. 멀티플렉스가 늘어나면서 생긴 문제점은 와이드스크린 상영관의 비중이 순식간에 뚝 떨어졌다는 것이었다. 아니, 이 말도 이상하다. 90년대까지만 해도 대한민국 영화 관객들은 와이드스크린관밖에 몰랐다. 서울극장 2관처럼 화면비율에 문제가 있는 상영관도 의도만 따진다면 와이드스크린관이었다. 그런데 멀티플렉스 상영관과 함께 1.85:1 상영관이 바이러스처럼 늘어나기 시작한다. 나는 당시 영화를 자주 보는 관객들이 새로 개장한 대한극장에 갔다가 어리둥절해하며 불평했던 걸 기억한다. "극장이 이상해요. 와이드스크린 영화를 틀 때 위에서 막을 내려 화면을 줄이더라니까!"

일단 정지하고 용어 정리를 하라는 편집자의 요구가 들린다. 간단히 설명하면 다음과 같다. 와이드스크린의 기본 화면비율은 2.35:1이다. 극장과 영화마다 약간의 차이는 있지만 대부분 이 정도 비율을 의도한다. 〈트랜스포머3〉과 같은 와이드스크린 영화는 이런 영화관에서 기본 세팅으로 상영한다. 하지만 〈변호인〉처럼 1.85:1인 영화를 상영할 경우 양쪽에서 커튼을 쳐서 화면을 좁힌다. 1.85:1 상영관은 반대이다. 〈변호인〉은 기본 세팅으로 상영하고, 〈트랜스포머3〉과 같은 영화를 상영할 때에는 가림천을 내려 화면 위를 가리고 2.35:1의 길쭉한 화면을 만든다.

1.85:1 상영관이 늘어난 건 거의 속임수와 같은 이유 때문이었다. 이런 상영관에서는 두 비율의 영화가 모두 화면을 꽉 채우는 것처럼 보인다. 와이드스크린관에서 1.85:1 영화를 틀 때는 상대적으로 화면이 좁아 보인다. 그러나 사실 달라지는 것은 없다. 어느 상영관이건 기본 세팅이 아닌 영화는 손해를 보고 더 작게 보인다. 작은 공간 안에 상영관을 꾸역꾸역 밀어 넣으려는 욕심도 작용하는데, 이건 거의 조삼모사식 자기기만이다. (이에 대해서는 밑에서 설명한다.)

하여간 둘을 비교하면 1.85:1 상영관의 문제가 더 크다. 가장 큰 문제점은 여기서 2.35:1 영화를 상영할 때 키스톤 현상이 더 심해진다는 것이다. 용어 설명 하나 더. 키스톤 현상이란 영사기의 기울기 때문

커튼

2.35:1 상영관에서 1.85:1인 〈장화, 홍련〉을 상영할 때

가림천

1.85:1 상영관에서 2.35:1인 〈혹성탈출〉을 상영할 때

에 스크린에 영사되는 그림이 위가 좁은 사다리꼴이 되는 것을 말한다. 위에서 내린 가림천 밑으로 영사해야 하기 때문에 그에 맞추어 영사각을 조금 더 내려야 하니, 이 현상이 더 심해지는 건 당연한 일이다. 그림이 밑으로 내려가니 최적의 그림을 볼 수 있는 자리가 앞으로 당겨지고 그 때문에 최적의 그림을 볼 수 있는 자리와 최적의 사운드를 들을 수 있는 자리가 어긋나는 현상도 있다. 물론 나는 키스톤 현상 때문에 영화를 참고 볼 수 없을 정도라면 극장 구조 자체에 문제가 있고 그런 문제는 같은 상영관에서 1.85:1 영화를 틀 경우에도 마찬가지일 거라고 말하고 싶지만 그런 현상이 있는 건 사실이다. 하지만 와이드스크린 상영관에서는 영사 각도를 바꾸는 일 자체가 없다. 모든 게 더 단순하고 안정적인 것이다.

내가 도저히 이해할 수 없는 건, 이런 1.85:1 상영관의 잠식이 멀티플렉스의 성장과 함께 이루어졌다는 것이다. 원론상 멀티플렉스는 다양한 비율의 상영관을 갖출 수 있는 장점이 있다. 그렇다면 1.85:1 상영관과 2.35:1 상영관의 비율은 최근 만들어지는 영화 비율을 계산해서 그에 맞추어 정하는 것이 정상일 것이다. 하지만 대한민국 멀티플렉스 영화관은 반대로 갔다.

생각하면 할수록 어이가 없다. 80년대까지만 해도 1.85:1 비율의 영화는 상당히 많은 편이었다. 비디오 대여점의 전성기였고, 2차 시장을 위해 4:3 화면비율로 잘라도 티가 덜 나는 1.85:1 화면비율이 선호되었기 때문이다. 요새 같으면 당연히 시네마스코프였을 〈배트맨〉이나

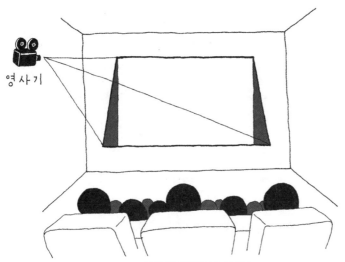

영사기

1.85:1 상영관의 일반적인 키스톤 현상

가림천

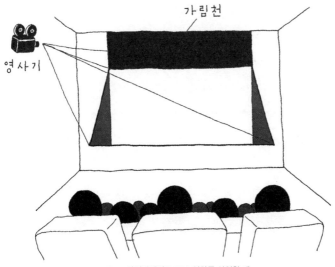

영사기

1.85:1 상영관에서 2.35:1 영화를 상영할 때

〈아웃 오브 아프리카〉와 같은 영화들이 1.85:1로 만들어졌던 이유도 여기에 있다. 그리고 10년 전까지만 해도 한국영화는 대부분 1.85:1이었다. 〈살인의 추억〉, 〈장화, 홍련〉, 〈지구를 지켜라〉와 같은 영화들을 보라. 당시에 2.35:1 화면을 즐겨 쓰는 감독은 박찬욱 정도였다. 하지만 지금은 할리우드, 한국영화를 모두 봐도 2.35:1의 비율이 압도적이다. 여전히 〈변호인〉, 〈수상한 그녀〉, 〈설국열차〉와 같은 1.85:1 영화들이 걸리긴 하지만 그들은 소수이다. 심지어 디지털화 이후 저예산 독립영화들이 와이드스크린 비율을 선택하는 경우도 늘어나는 중이다. 지금 상태라면 일반 멀티플렉스 영화관의 2.35:1 상영관 비율을 반 이상 올려도 그 상영관들은 오로지 2.35:1 영화만 틀게 될 것이다. 아까 조삼모사라고 했던 것을 기억하는가?

바로 이런 변화의 시기인데도 대한민국 멀티플렉스는 나 몰라라 하면서 몽땅 1.85:1 상영관으로 갈아탔던 것이다. 이게 청개구리가 아니면 뭐가 청개구리인가. 영화관에서 영화 상영을 기다리며 위에서 내려가는 가림막을 보면 짜증이 났다. 이게 무슨 어리석은 낭비인가. 커다란 화면이 장점인 시네마스코프 영화를 보러 왔는데 극장에서 화면을 꽉 채우는 그림을 볼 수 있는 건 광고밖에 없다니.[21]

그런데 이랬던 내가 지금은 그 가림막을 보면 반가워서 박수까지 칠 지경에 이르렀다. 그동안 무슨 일이 있었던 걸까.

---

21 ___ 사실 대부분의 상영관에서 굳이 가림막을 올리고 내리는 이유는 단 하나, 광고를 풀스크린으로 틀기 위해서다. 역시 기형적인 우선순위의 위반이다. 이런 경우 차라리 가림막을 그대로 내린 채 두고 광고를 작은 화면으로 트는 것이 이치에 맞는다. 물론 이건 임시방편에 불과하다. 전주국제영화제 상영관인 전주시네마타운에서는 1.85:1 상영관의 위를 아예 검은 천으로 막아 2.35:1

2012년 가을, 이전에는 매드나인이라는 독립상영관이었고 그때는 MMC 부천이라는 이름으로 불렸으며 지금은 부천 메가박스를 거쳐 부천 CGV가 된 영화관에서 〈인시디어스〉를 보았다. 보고나서 이 영화관이 게을러졌군, 이라는 생각이 저절로 나왔다. 1.85:1 상영관에서 2.35:1 영화를 틀면서 마스킹을 하지 않았던 것이다.

마스킹이 뭐냐고?

이미 위에서 반쯤 설명을 했다. 극장에서 마스킹masking이란, 상영관의 화면비율이 영화의 기본 세팅과 맞지 않는 영화관에서 가림천과 커튼으로 스크린 가장자리를 가려 비율을 맞추는 것을 말한다. 내가 고른 MMC 부천에서는 〈인시디어스〉를 상영했을 때 가림천을 내리지 않았다. 당연히 위와 아래에 회색 레터박스letterbox가 떴다.

영화가 상영되는 동안 레터박스 때문에 도저히 집중을 할 수 없었던 나는 나가면서 다시는 이 극장을 찾을 일이 없다고 생각했다. 매드나인 때부터 나름 정이 든 곳이었지만 이런 상태를 계속 유지한다면 도리가 없었다. 이게 망해가는 극장 라인에 속한 작은 상영관의 변덕이어서 그나마 다행이라고 생각했다.

2개월 뒤, 이제 기자 시사회 상영관이 된 왕십리 CGV에서 크리스티안 문주의 〈신의 소녀들〉을 보러 갔다가 똑같은 문제와 마주쳤다. 뭔가 심상치 않았다.

그 뒤로 나는 CGV에 속한 수많은 상영관들이 거의 동시에 마스킹 179

상영관으로 만들었는데, 이곳에는 정상적인 2.35:1 상영관이 갖추고 있는 커튼이 아예 없었기 때문에 영화제에서 부쩍 늘어난 1.85:1 영화 상영 조건이 엉망이었다. 여기에 대해서는 다음 글을 참고.

을 포기했다는 사실을 알게 되었다. 전부는 아니었다. 영등포나 여의도와 같은 상영관들은 아직까지 양심이 있었다. 하지만 다른 극장들은 가림천과 커튼을 내리는 게 귀찮아진 모양이었다. 홈페이지로 들어가 극장에 따졌다. 이런 답이 돌아왔다. "트렌드인데요. 고객님이 이해해주시죠." 아니, 무슨 트렌드를 회사에서 멋대로 정해서 상영관에 돌리나? 트렌드의 뜻이 뭔지 알고는 있는 거야?

왜 이들이 이러는지는 알고 있었다. 필름 상영 때 마스킹은 필수였다. 영화 필름은 불필요한 여분의 정보를 담고 있기 마련이고 이 가장자리를 커튼이나 검은 천으로 가려서 정리해주어야 한다. 이걸 게을리 하면 종종 우스꽝스러운 일들이 일어난다. 만약 여러분이 영화 상영 중 배우 머리 위에 붐 마이크가 떠 있는 것을 보았다면 십중팔구 그건 극장이 마스킹을 제대로 하지 않았다는 뜻이다. 분명 극장에서 붐 마이크를 본 영화인데 DVD로 보았을 때 붐마이크가 보이지 않는다면 그건 감독이 CG 같은 것으로 제거했기 때문이 아니라 DVD는 감독이 직접 프레이밍을 체크한 영상을 담고 있기 때문이다.

하지만 디지털로 와서는 굳이 그럴 필요가 없어졌다. 필름과는 달리 디지털 상영은 꼭 필요한 화면만을 보여준다. 그러니 마스킹을 하지 않아도 감독이 의도한 원래 화면 구성은 보존된다. 아하. 그럼 가림천을 내리지 않아도 되겠네?[22]

누가 이 아이디어를 처음 냈는지 몰라도 나는 그가 〈딜버트〉에 나오는 악마머리 상사와 같은 얼굴을 하고 있을 거라고 생각한다. 이 뒤

22 ___ 마스킹 문제의 가장 짜증나는 점은 굳이 이렇게 화질을 희생하면서 마스킹을 안 해야 할 설득력 있는 이유가 없다는 것이다. '트렌드 운운'은 거짓말이다. 포커스 문제나 키스톤 현상을 다 합쳐도 떨어지는 화질을 변호해주지는 못한다. 기기 고장이나 가림막 교체 문제는 당연히 극장 측에서 짊어져야 할 부담이다. 그런데도 계속 이런다면 순전히 '귀찮아서'라고 볼 수밖에 없다. 그리고

로 CGV에서 벌어진 일은 〈딜버트〉의 일주일 분량 에피소드와 거의 비슷한 스토리를 따르고 있기 때문이다. 위에서 누군가 멍청한 의견을 냈는데 아무도 신경을 쓰지 않는 동안 덜컥 받아들여지더니 브레이크 없이 폭주한다. 그냥 CGV 안에서만 폭주하는 것이 아니다. 2013년부터는 롯데 상영관의 상당수와 메가박스 일부도 이 자칭 '트렌드'를 따르기 시작했다.

아마 이쯤에서 여러분은 물을 것이다. 바로 위에서 감독이 의도한 화면 구성이 그대로 보존된다며? 도대체 뭐가 문제야?

그건 레터박스가 결코 검은색이 아니기 때문이다. 의심이 들면 한번 극장에서 관찰해보라. 영화관에서 레터박스란 흰색 스크린에 영사기에서 나온 빛이 직접 닿지 않는 상태를 말한다. 아무리 빛이 닿지 않는다고 해도 그곳은 결코 검은색이 되지 않는다. 영화 속에는 검정이 존재하지 않는다. 적어도 영화관 스크린 위에서는 그렇다. 다스 베이더의 망토, 목성 궤도의 모놀리스, 오드리 헵번의 블랙 드레스 모두 회색이다. 다양한 종류의 회색들이 검정인 척 연기를 하고 있는 것이다. 이 회색들의 가면무도회를 정리해줄 수 있는 것은 오로지 진짜 검정뿐이다. 하지만 제대로 마스킹을 하지 않는다면 이 회색들은 순식간에 경계선을 넘어버린다.

스크린이 완벽하게 검은색이 되는 경우는 단 하나. 불이 완전히 꺼져 있고 영화도 상영되지 않을 때이다. 하지만 상영되는 영화 자체가 조명인 것이다! 요새는 3D 상영 때문에 은으로 떡칠을 한 스크린이

그 귀찮음이 고집이 된 것이겠지. 극장 측으로부터 제대로 된 답변을 들을 수 없는 것도 이 때문이 아닐까.

레터박스

2.35:1인 〈혹성탈출〉을 마스킹하지 않았을 때

많은데 이런 건 당연히 더 많은 빛을 반사한다. 위아래로 희미한 조명 등을 켜놓은 것과 같은 상황인 것이다. 당연히 화면의 콘트라스트는 심하게 망가진다. 가끔 인터넷에서 엔드 크레딧 때 불을 켠다고 투덜거리는 이야기를 듣는데, 그 사람들이 어떻게 저 레터박스는 참고 견디는 건지 모르겠다. 저건 영화 상영 내내 불을 켜놓고 있는 것과 같다! 암실 효과는 영화관의 기본 조건이 아닌가?

〈설국열차〉를 예로 들어보자. 이 영화는 드물게 1.85:1로 찍었는데, 2.35:1 상영관인 부산 CGV 센텀시티에서는 양옆에 커튼을 치지 않았다. 이 영화는 전반부의 화면이 굉장히 어두우며 종종 완전히 암전이 된다. 이런 경우 영화관은 의도하지 않게 화면을 왜곡해버린다. 봉준호는 4:3 화면비율을 선택하지 못한 걸 아쉬워하며 1.85:1을 대안으로 택했다. 그건 그가 무대가 되는 열차의 공간을 양옆이 좁고 갑갑한 그림으로 그리고 싶어했다는 뜻이다. 하지만 암전이 되는 순간 영화의 '회색'은 순식간에 화면 밖으로 넘어가버리고 영화는 2.35:1의 와이드스크린 비율이 된다. 감독이 구상한 것과 전혀 다른 그림이 되는 것이다. 〈설국열차〉의 암전은 극단적인 예다. 이런 현상은 어둠이 중요한 호러영화 같은 장르에서 비슷한 문제를 일으킨다. 어두운 그림이 레터박스 경계선 너머로 넘치면서 화면비율이 바뀌고 콘트라스트가 떨어진다. 한마디로 질이 떨어지는 화면을 보고 있는 것이다.

그런데도 이게 '트렌드'라고? 그럼 왜 그 트렌드는 한국에만 있는 것일까?

이유는 단 하나. 클레임이 오지 않기 때문이다. 하긴 대부분 관객들이 이를 눈치채지 못하는 건 이해가 된다. 영화라는 게 모든 관객들에게 그렇게 중요한 건 아니니까. 하지만 그건 영화가 아닌 거의 모든 것들에 해당된다. 대부분의 소비자들은 기본적인 것만 인식하며 종종 그보다도 둔하다. 나 역시 내 관심 영역인 영화관을 벗어나면 많은 곳에서 그런 소비자일 것이다. 하지만 그렇다고 해서 소비자를 봉으로 취급해도 된다는 말일까? 전문가라면 어디서건 최선을 다하는 것이 상식 아닌가? 엉터리 계산에서 나온 잘못 설계된 상영관이 그득한 것만해도 문제가 심각한데, 최소한 그 안에서라도 제대로 틀어야 하는 게 아니냔 말이다. 이런 것들이 그들에게 정상으로 보인다면 그건 그들의 눈에 심각한 장애가 있다는 말이다. 장애가 있다는 것 자체는 부끄러워할 일이 아니지만, 그래도 영화 일을 해서는 안 될 것이다.

소비자의 클레임이 없다면 그들을 대신할 매체들이 움직여야 한다. 하지만 이런 일이 벌어지기 시작한 지 1년이 넘었는데도 영화 저널리스트들은 조용하다. 2013년 말 《씨네21》에서 극장에 대해 다루면서 마스킹 문제를 짧게 언급하고 넘어가긴 했는데, 처음부터 끝까지 잘못된 정보로 범벅이 된 글이라 차마 인용도 못 하겠다. 그 기사가 어떻게 데스크를 통과했는지 이해가 안 된다.

어떻게 해야 할까? 나는 내가 할 수 있는 일들을 했다. 칼럼을 써서 알리고 매체를 통해 계속 문제를 제기했다. 하지만 그런다고 왕십리 CGV나 롯데시네마 건대입구의 상영 조건이 바뀔 리는 없다. 왕십리 CGV의 경우는 마스킹을 안 하기 시작한 것과 거의 동시에 극장 알바들에게 시사회 관객 환영 서비스를 시작했는데, 이 우선순위가 완전히 바뀐 선택에 치가 떨릴 지경이었다.

지금 나는 10여 년에 걸친 습관을 허문 상태이다. 왕십리 CGV와 롯데시네마 건대입구에서 스코프 영화를 상영하는 기자 시사회는 포기했다. 롯데시네마 애비뉴엘과 동대문 메가박스는 아직 정상적인 상영관이라 간다. 아직 마스킹을 해주는 영등포 CGV나 얼마 안 되는 일반 상영관도 이용한다.

그렇게 시사회를 포기한 첫 영화가 전도연이 마르티니크 섬의 여자

교도소에서 고생하는 〈집으로 가는 길〉이었다. 왕십리 CGV의 시사회에 갔다면 전도연이 참여한 기자 간담회를 볼 수 있었겠지만 화면은 끔찍했을 것이다. 그 영화에서 이모개 촬영감독은 전도연의 작은 몸을 침대에 눕히고 길쭉하고 좁다란 와이드스크린의 화면 안에 감금한다. 하지만 왕십리에서는 불만 꺼져도 프레임으로 만들어진 감옥의 위아래가 뻥 뚫려버린다. 그런 걸 봐서 뭐 하나.

〈집으로 가는 길〉의 원래 화면   마스킹을 하지 않은 〈집으로 가는 길〉 상영 화면

나는 이걸 나만의 파업이라고 생각한다. 이게 언제 끝날 수 있을지 모르겠다. 내가 이를 박박 갈며 이 글을 쓰고 있는 것도 그 파업을 끝내기 위한 노력이다. 이렇게 심술궂게 참말만 하는 대신 조금 장식을 붙일 걸 잘못했나? 영화 산업의 국가 경쟁력이 떨어진다거나, 뭐, 그런 말 말이다.

한국 사람들은 그런 말을 좋아하지 않는가.

4

원래 이 글은 앞에서 끝났다. 하지만 마스킹 문제에 대해서 설득력을 높이기 위해서는 약간의 저널리스트적 접근법을 추가해야 할 필요가 있다. 나와는 어울리지 않는 영역이지만 정말 일을 해야 할 사람들이 안 하면 어쩔 수 없지.

가장 어이없고 슬픈 뉴스는 영화의 전당과 같은 공공상영관도 마스킹을 포기했다는 것이다. 부산국제영화제 때문에 세계의 눈이 쏠려 있는데 최선의 상영을 고려하기는커녕 멀티플렉스의 게으름을 따라간다? 심지어 메인관인 하늘연극장은 구조상 마스킹이 불가능하다는데, 이게 어떻게 말이 될 수 있는지 한번 설명을 해보라.

물론 상영관 마스킹 문제는 다른 영화제에서도 끔찍하다. 예를 들어 2014년 부천국제영화제에서는 제대로 된 와이드스크린 상영을 한 곳이 단 한 군데도 없었다. 그나마 상영이 가능했던 부천시청 상영관에서도 마찬가지였다. 부천의 경우 영화제의 성격상 화면이 어두운 호러영화가 많은데, 이것들이 몽땅 화질이 망가진 채 상영되었던 것이다. 부산영화제도 나을 게 없었다. 그나마 영화의 전당은 빗발치는 항의를 받아들여 2014년 하늘연극장과 야외상영관을 제외한 다른 상영관에서 다시 마스킹을 했지만 멀티플렉스관 대부분은 방치된 채였다.

해외로 눈을 돌려볼까. 이런 식의 기형적인 상영이 유행하는 곳은 한국밖에 없다는 점을 밝히고 싶다. 심지어 CGV도 미국 체인에서는 마스킹을 한다. 질 낮은 서비스를 감당해야 하는 건 언제나 국내 소비자들이다.

다음은 이 나라의 이런 상영 환경이 정상적인 상식을 가진 전문가들에게 어떻게 보이는지 확인할 차례다. 지금 차기작 〈분노의 유인원〉을 준비 중인 진원석 감독을 통해 팀 리그를 소개받아 한국 상영관의 이러한 경향이 과연 정상처럼 보이냐고 물었다. 알라모 드래프트하우스 시네마 체인[23] 대표인 그가 상영관 조건에 대해 무게 있는 의견을 들려줄 전문가라는 점은 모두가 동의할 것이라 믿는다.

그의 답변은 다음과 같다.

"I think it is lazy and pretty much inexcusable. Installation and proper use of basic masking is a one of the basics of operating a cinema. You can understand when theaters don't have masking for classic 1.66 or 1.33 films as they are rarely shown, but 1.85 and 2.35 must be masked correctly every time."

"제 생각에 그건 게으르고 변명의 여지가 없는 일입니다. 기본적인 마스킹의 설치와 활용은 영화관 운영의 기초입니다. 1.66:10이나 1.33:1 비율의 고전영화를 틀 때 제대로 된 마스킹을 하지 못하는 것은 이해할 수 있습니다. 하지만 1.85:1과 2.35:1 비율의 영화는 반드시 정확하게 마스킹을 해야 합니다."

마스킹 안 하는 것이 '트렌드'라고 주장하던 CGV 직원에게 이 답변을 들려주고 싶지만 그 직원이 무슨 책임이 있겠는가. 다 덜떨어진 윗사람들 잘못이지.

다행히도 마스킹을 안 하는 정책에 대해 맞서는 시도도 있다. 얼마

23 ___ 맞다. 극장에서 문자질하던 마돈나를 출입 금지시킨 바로 그곳이다.

전에 흥행 1위를 기록한 김한민의 〈명량〉 팀은 왕십리 CGV에서 시사회를 하기 전에 극장 측에 마스킹을 해달라고 꾸준히 요구했지만 받아들여지지 않았다. 시사회에서 마스킹을 했다고 해도 일반 상영관에서는 무시했을 테니 바뀐 것은 별로 없었겠지만.

보다 바람직한 소식은 제작자협회와 촬영감독조합이 공동연대해서 마스킹 문제를 공론화하기로 했다는 것이다. 이 책이 편집되는 동안에도 나는 계속 글을 수정하며 공문을 기다리고 있다. 공론화된다고 갑자기 모든 게 정상화되지는 않을 것이다. 하지만 창작자들이 꾸준히 문제점들을 지적하고 반영을 요구한다면 어떤 변화가 올지 누가 알랴.

그러니, 좌절하지 말자.

야만의
한가운데에서

꿈은 인간이 처음으로 본 영화다

꿈은 인간이 처음으로 본 영화다. 뤼미에르 형제가 영사기를 발명하기 몇만 년 전부터 인간은 꿈을 통해 우리가 지금 영화에서 보는 모든 것들을 접했다. 시간 편집, 슬로모션, 움직이는 카메라, 배경음악, 흑백 영상, 특수효과로나 가능한 현실의 왜곡, 심지어 인터랙티브interactive(스토리가 정해져 있는 것이 아니라 관객이 스스로 전개의 중요한 순간마다 어떻게 진행시킬지를 선택하는 것) 기능까지.

당연한 일이지만, 영화가 발명되자 사람들은 이 매체를 완성하기 위해 꿈을 모방했다. 사람들은 영화가 연극보다 사실적인 장르라고 생각하지만 그건 사실이 아니다. 아무리 비현실적인 배경에서 양식화된 대사를 읊는다고 해도, 연극은 실재하는 공간에 실재하는 사람들을 보여준다. 하지만 영화는 난도질당하고 추상화된 시공간 안에 존재하는 배우들의 유령을 보여준다. 우리는 유령의 집에 들어가는 것과 같은 이유로 영화관을 찾는다. 현실을 보기 위해 영화를 보는 사람들은 없다. 그들이 고른 영화가 '사실주의' 영화라고 해도 마찬가지다.

예상 외로 영화를 통해 꿈을 그리기는 어렵다. 무성영화 시대에 만 레이나 살바도르 달리와 같은 초현실주의자들, 로베르트 비네와 같은 표현주의자들이 시도를 했다. 그러면서 몇몇 인상적인 작품을 내놓기도 했다. 하지만 인간 두뇌 속의 꿈을 끄집어내 스크린에 이식하려는 목표에는 도달하지 못했다. 대부분 그것은 무의식을 모방하려는 의식의 시도였고, 관객들에게 그런 시도는 과해 보였다. 영화는 이미 꿈이다. 거기에 또 꿈의 차원을 더해야 할 이유가 있는가.

꿈을 제대로 그리는 영화 예술가들은 대부분 꿈 자체를 그대로 그리지 않는다. 알프레드 히치콕의 〈현기증〉을 보라. 영화 전체가 미친 악몽이지만, 그는 여기에 초자연적인 해석을 내리지도 않고, 꿈을 대입하는 데에도 소극적이다. 실제로 주인공 스코티가 꿈을 꾸는 장면은 이 영화에서 가장 산문적인 설명 장면이다. 할리우드 정신분석 유행의 부작용이랄까. 정신분석을 본격적으로 도입한 그의 다른 영화인 〈스펠바운드〉나 〈마니〉가 〈북북서로 진로를 돌려라〉나 〈사이코〉보다 훨씬 산문적인 이유도 위와 같다.

우리 시대의 영화감독 중 꿈을 가장 잘 다루는 인물은 누가 뭐라고 해도 데이비드 린치이다. 일반적인 이야기꾼이 현실세계로부터 시작한다면, 그는 처음부터 꿈으로 시작한다. 그의 영화는 출구 없는 미로이며, 해답 없는 미스터리이다. 〈스펠바운드〉의 히치콕이 살바도르 달리의 그림으로 장식된 그레고리 펙의 꿈을 통해 미해결 살인사건을 해결하려 했다면, 린치는 자신이 만들어낸 악몽으로 무언가를 해독할 생각이 없다. 꿈은 그 자체로 존재하며 미스터리는 해독되지 않을 때 아름답다. 당연히 그에게는 현실과 꿈의 경계선도 없다. 이 둘을 분리한다면 꿈은 어쩔 수 없이 현실에 종속되리라. 하지만 경계가 파괴되면 지배자는 현실이 아니라 꿈이다.

꿈을 꿈답게 그리는 유일한 방법은 현실세계의 꿈을 모방하기를 포기하는 것이다. 크리스토퍼 놀란의 〈인셉션〉이 그 가능성을 보여준다. 이 영화가 나왔을 때, 사람들은 그 창의성과 테크닉에 경탄하면서도, 놀란이 만들어낸 꿈이 별로 꿈 같지 않다고 불평했다. 당연하지! 놀란은 처음부터 실제의 꿈을 모방할 생각이 없었다. 그가 만들어낸 꿈은 놀란의 세계를 위해 만들어진 철저한 인공물이었다. 비정상적일 정도로 엄격하게 시간과 공간을 제어하는 특별한 규칙을 따르는 그 비현실적인 발명품 때문에 〈인셉션〉이라는 영화 전체는 더 꿈과 같아졌다. 애당초부터 그런 꿈을 설계한다는 아이디어부터가 꿈인 거다.

영화 속에서 꿈은 엄격하게 기능성을 따를수록 더 진짜 꿈에 가까워진다. 전설적인 할리우드 고전 〈오즈의 마법사〉를 보라. 여기서 꿈은 지루하고 산문적인 캔자스 시골 마을과 화려한 테크닉컬러로 그려진 마법의 나라 오즈를 구분하기 위한 담 이상의 기능은 없다. 지그문트 프로이트도, 칼 융도, 기타 정신분석학의 퀴즈도 없다. 하지만 허리케인을 타고 날아다니다가 오즈의 나라에 불시착한 도로시 게일이 흑백 집에서 벗어나 오색찬란한 동화 세계로 나왔을 때의 경이를 꿈이 아닌 다른 어떤 단어로 표현하려나?

이제 영화와 영화 속의 꿈은 현실세계의 꿈에도 영향을 끼친다. 태초의 인간이 꾸었던 꿈은 현대인이 꾸는 꿈과 다르다. 현대인들은 이미 영화를 통해 꿈을 어떻게 재단하는지 알고 있기 때문이다. 가까운 미래에 꿈은 현실세계의 지배를 받을 것이다. 이미 원하는 꿈을 꿀 수 있도록 도와주는 발명품들이 여럿 나와 있다. 비교적 단순한 기계들이며 성능도 의심스럽지만, 곧 꿈꾸는 우리의 두뇌를 우리만의 영화관 겸 놀이터로 만들 날도 머지않았다. 말장난처럼 들리지만 그것은 더 이상 '꿈'이 아니다. 우리는 가상현실에 대해 알고 있고 그들에 관한 영화와 소설을 보았고 그를 통해 다가올 미래를 준비한다. 아마 그 세계는 필립 K.딕과 파울 페르후번이 〈토탈 리콜〉에서 보았던 세계와는 다를 것이다. 하지만 여기서 중요한 건 디테일이 아니라, 중심 아이디어이다.

이런 미래가 온다면 우리의 꿈은 어떻게 될 것인가. 지금까지 꿈은 우리를 우리로 만들고, 우리만을 위해 우리가 만들어내는, 우리만의 것이었다. 꿈을 통해 우리 두뇌는 휴식을 취하고 앞으로 닥칠지도 모르는 위험에 대비했고 영감을 얻었다. 이 꿈들 대부분은 무섭고 불쾌하다. 과학은 이들을 소프트코어 포르노처럼 달콤하고 안전한 판타지로 대치해줄 수 있다. 꿈의 자리를 특별히 만들어진 기성품이 대신하는 것이다. 하지만 그 발명품으로 우리의 삶이 더 나아질까?

괴상한 동물들의 낙원

위트 스틸먼의 〈디스코의 마지막 나날들〉을 보면, 극 중 캐릭터 한 명이 미국 환경운동이 〈밤비〉에서 비롯되었다고 주장하는 장면이 나온다. 기억하시는지? 〈밤비〉는 미국영화 사상 가장 충격적인 장면을 담고 있다. 밤비 엄마가 사냥꾼의 총에 맞아 죽는다! 말하는 예쁜 동물을 기대하며 극장을 찾은, 베이비부머 세대의 순진무구한 미국 어린이들이 받았을 충격을 상상해보라.

애니메이션에서 죽어가는 동물을 보는 건 끔찍한 일이다. 그건 실사영화에서 사람들이 죽어나가는 걸 보는 것보다 더 무시무시하다. 서부영화에서 주인공의 총에 맞아 죽는 악당들은 죽어도 싸다. 하지만 어떻게 커다란 눈망울을 반짝이며 귀여운 아기 목소리로 말하는 동물들을 죽일 수 있을까? 이런 경우, 우린 결코 객관적일 수 없다. 그들은 모두 인간 아기의 모습을 어느 정도 반영하기 때문이다.

디즈니는 이런 동물들을 위한 이상적인 유토피아를 그리는 것으로 유명하다. 그들의 영화 속 무대는 여호와의 증인들이 꿈꾸는 지상낙원과 비슷한 곳으로, 온갖 종류의 귀여운 동물들과 예쁜 여자주인공이 친구로 지내며 어느 누구도 서로를 잡아먹지 않는다.

이것이 가능한가? 그럴 리가 없다. 아무리 귀여워도 육식동물은 사냥을 해야 한다. 초식동물만 존재하는 곳이라면 숲은 쑥대밭이 된다. 아니, 디즈니 세계에서는 그런 일이 없을지도 모른다. 그 세계에서 동물들이 섹스를 한다는 건 상상하기 어려우니까. 아마 디즈니 세계는 귀여운 어린 동물들만 늘 일정한 머릿수를 유지하며 영생을 누리는 곳일지도 모르겠다.

디즈니 세계에서도 그 경계선이 위태롭게 흔들리다 깨어질 때가 있다. 〈밤비〉는 그중 가장 유명한 예지만 오히려 정직해서 괜찮다. 디즈니 영화의 동물 묘사가 가장 불쾌할 때는 이 경계선을 놓고 실험을 할 때이다. 내가 생각하기에 가장 소름끼치는 디즈니 동물 묘사는 도널드 덕 단편인 〈Truant Officer Donald〉에 나온다. 이 영화에서 도널드 덕의 말썽쟁이 조카 삼총사인 휴이, 루이, 듀이는 닭(또는 칠면조?)을 굽다가 그 통구이된 고기들을 허수아비 삼아 화가 잔뜩 난 삼촌 도널드 덕으로부터 탈출하는데, 그것들을 조카들로 착각한 도널드는 자신이 그 아이들을 태워 죽였다고 착각하고 공포에 떤다. 도널드 덕의 착각도 무시무시하지만, 인간 옷을 입은 작은 오리 새끼들이 자기만한 크기의 통닭을 먹는 장면은 더욱 소름끼치지 않는가?

그에 비하면 〈인어공주〉는 그냥 괴상하다. 바다 밑 궁전의 음악가인 바닷가재 세바스찬은 에어리얼 공주를 따라 지상 세계로 올라왔다가 그만 해산물, 다시 말해 어패류의 시체가 잔뜩 널려 잘려지고 분해되는 부엌에 도착한다. 세바스찬은 그 학살 현장을 보고 공포에 질리지만, 물속 세계의 주민이라면 그런 학살에 익숙한 게 당연하지 않을까? 그게 무섭다면 〈인어공주〉의 어류 주인공들은 도대체 뭘 먹고 사느냔 말이다.

하긴 채식주의자 상어들이 나오는 〈니모를 찾아서〉와 같은 영화들도 있었다. 〈라이언킹〉은 '서클 오브 라이프'를 예찬하는 영화지만 우린 주인공 심바가 영양과 같은 초식동물들을 사냥하는 모습을 본 적이 없다. 영화 내내 그의 주식은 벌레다.

이것은 디즈니만의 문제점이 아니다. 우린 모두 자연에 대해 모순되는 태도를 취하고 있고 그것들은 대부분 양립 불가능하다. 한번 보자. 195

1. 우린 자연을 사랑한다. 신데렐라나 잠자는 숲 속의 공주가 동물 친구들을 사랑하듯.

2. 하지만 우리가 사랑하는 자연은 일종의 확장된 정원이다. 우린 습관적으로 인간이 그 자리를 떠나면 '평화로운 자연'이 유지될 것이라고 믿는다. 하지만 평화로운 자연이라는 것이 말이 되는가? 약탈과 살육과 고통과 식육을 떠나 자연이 존재할 수 있는가? 아마 심바가 사자들의 왕이 된 세계에서는 가능할지 모르겠다. 하지만 모든 사자들이 벌레를 대체 식량으로 선택한다고 해도 여전히 벌레들은 죽는다.

3. 우리가 생각하는 '자연보호'에는 조건이 있다. 그건 그 보호 과정이 우리의 안락과 쾌락을 깨뜨리지 않는 조건에서 진행되어야 한다는 것이다. 모순되는 생각일지 모르지만, 우린 그걸 당연하다고 생각한다. 우린 직접 동식물을 가공하는 대신 완성품을 슈퍼마켓에서 사오기 때문이다. 도널드 덕의 조카들이 자기랑 별 다를 게 없는 닭고기를 그렇게 당연히 구워 먹었던 것도 그것들이 누군가의 시체라는 인식이 없었기 때문이다.

이건 굉장히 괴상한 논리로, 기계화된 정갈한 문명사회를 사는 인간들만이 이 비틀린 사고를 유지할 수 있다. 하지만 내가 누굴 비난하겠는가? 나 역시 귀여운 아기 동물들을 좋아하고 자연이 파괴되는 것을 슬퍼하지만 채식주의자는 아닌데.

아무것도 사랑하지 않는 것보다 낫다

얼마 전 내 홈페이지의 게시판에 회원 한 명이 길고양이가 된 오드 아이 터키시앙고라의 사진을 올린 적 있다. 그 회원은 어떻게든 고양이를 구출하려 했지만 사진을 찍는 동안 겁에 잔뜩 질려 달아나더란다. 갑자기 가슴이 먹먹해졌다. 부잣집에서 호강하며 살아야 할 녀석이 어쩌자고 저렇게 더러운 꼴로 차 밑에 박혀 있는 거지? 나는 지금도 진심으로 그 고양이가 구출되어 누군가의 집에서 여생을 보내길 바란다. 그건 모두에게 이익일 것이다. 암만 봐도 길고양이가 되기에는 너무 비싼 녀석이다.

그 고양이의 모습에는 감동적인 구석이 있었다. 마치 〈왕자와 거지〉 같다고 할까? 혁명으로 쫓겨나 유럽을 떠도는 러시아 귀족을 보는 것 같기도 하다. 하긴 터키시앙고라 같은 놈들이 길고양이로 남아 적응에 성공한다는 것 자체가 드라마다. 하지만 나는 녀석이 지금까지 겪은 일에 대해 알지 못한다. 길에 버려진 지 며칠 되지 않은 놈이고 구출되지 않으면 일주일 뒤에 도태되어 굶어 죽을지도 모르지.

슬슬 나 자신이 조금 우습게 보인다. 왜 나는 이 터키시앙고라 고양이에 집착하는가? 녀석이 험악한 길거리 세계에서 약자이기 때문에? 그렇기도 하겠다. 저런 아이들이 어떻게 거리 생활에 적응하겠는가. 길 가는 사람들도 위험하겠지만 이미 영역권을 확보한 동료 길고양이들은 더 위험할 것이다. 이들 사이에서 경쟁력을 얻고 살아남는 건 거의 불가능해 보인다. 동정받을 만한 이유가 충분하다.

그러나 진짜 이유는 따로 있다. 그건 내가 위에서 장황하게 열거한 변명보다 훨씬 간결하지만 산문적이고 건조하다. 내가 녀석을 더 동정하는 것은 녀석이 길거리를 자유롭게 싸돌아다니는 잡종 고양이들보다 더 가치 있는 존재로 보이기 때문이다.

정말 그런가? 그게 그렇다. 가치라는 것이 원래 그렇게 절대적인 것은 아니다. 신석기시대엔 어느 누구도 금이나 다이아몬드를 귀중하다고 생각하지 않았을 것이다. 개와 고양이도 마찬가지다. 가축이 되기 전에 그들은 그냥 사냥감이나 방해꾼에 불과했을 것이다. 사냥 동료가 되고 쥐를 잡으면서 인간과 공생을 시작하자 이전과는 다른 의미가 추가된 것이다. 그러다 몇몇 괴팍한 취향을 가진 사람들이 이들의 유전자를 개량하기 시작했고 여기에서 또 다른 가치가 만들어진다.

우린 스스로 가치를 만든다. 종종 그것이 뒤에 풀칠을 한 종이 딱지에 불과한 우표를 몇 억짜리 보물로 만드는 것처럼 괴상한 결과를 초래하긴 하지만 그 괴상함 역시 주관적인 관점의 반영일 뿐이다. 길가에 버려진 터키시앙고라 고양이 역시 마찬가지이다. 그 고양이의 다소 비정상적인 외모는 수백 년에 걸친 전문가들의 노력과 돈이 투자된 결과이다. 길거리에 돌아다니는 녀석들과 차원이 다르다. 당연히 더 관심의 대상이 되어야 한다.

그러나 이런 식으로 계산하는 건 뭔가 이치에 맞지 않는 것 같다. 물론 난 여전히 버려진 터키시앙고라 고양이에게 동정심을 느끼고 그 상황을 비극적으로 묘사한다. 하지만 나는 그 고양이가 종종 우리 집을 찾아오는 노란색 길고양이 새끼보다 특별히 더 소중한 존재라고 생각하지 않는다. 그래야 할 이유가 없다. 말이 나왔으니 하는 말인데, 비교적 자유로운 삶을 사는 것처럼 보이는 길고양이들의 운명도 버려진 터키시앙고라 고양이보다 특별히 나을 것이 없다. 그들은 대부분 차에 치여 죽거나 쥐약을 먹고 죽거나 간신히 살아남는다고 해도 소금기 많은 음식찌꺼기를 먹다 신장염에 걸려 고통스럽게 죽는다. 슬프고 비참하지 않은가? 그럼에도 불구하고 여전히 터키시앙고라 고양이의 미래가 걱정되니 정말 헷갈리는 것이다.

인간들의 동물 사랑에서 재미있는 것은 우리가 그들을 노골적으로 차별한다는 것이다. 우리는 소나 양의 고기를 먹는 걸 당연하다고 생각하면서 말고기나 개고기를 먹는 것에 대해서는 거부감을 느낀다. 생태계를 파괴하고 쓰레기를 뒤집어엎으니, 우리 입장에서 쥐보다 특별히 나을 것도 없지만, 우리는 길고양이를 쥐처럼 죽이려 하지 않는다. 동물보호론자들은 보다 객관적이어야 할 것 같지만 그들도 마찬가지다. 종종 그들은 먹이사슬 위에 있거나 더 예쁜 동물이 다른 동물에 비해 더 보호받을 가치가 있다고 믿는 것처럼 행동하는 것 같다.

계속 이죽거릴 수도 있지만 그러지는 않으련다. 나는 이런 현상이 그냥 당연하다고 생각한다. 해탈을 하지 않는 이상 우리는 세상 모든 것들을 공평하게 사랑할 수 없다. 무조건적인 사랑이란 없으며 사실 사랑이라는 것 자체가 그 대상을 세상 모든 것들과 차별한다는 뜻이다. 우리가 개나 고양이를 차별하는 것이 그렇게 이상한가? 전혀 그렇지 않다. 그들은 우리와 몇만 년 동안 함께 공생하며 서로의 진화에 영향을 끼쳐왔다. 길고양이가 야생화되었다고 해도 오래된 종족의 기억이 쉽게 지워지는 것은 아니다. 아무리 우리가 객관적인 설명과 근거를 들이대며 이런 편견에 저항하려 해도 이는 쉽게 파괴되지 않을 것이며 나는 그것이 다행이라고 생각한다.

좋게 보자! 우리가 모두를 공평하게 사랑할 수 없다고 해도, 최소한 무언가를 사랑한다는 것은 아무것도 사랑하지 않는 것보다는 낫다. 개와 고양이에 대한 편애는 자연스러운 것이며 무의미하지도 않다. 적어도 그 사랑에 최소한의 책임감이 따라준다면 말이다. 게다가 이런 식의 활동과 인식은 우리와 공존하는 다른 생명체들에 전파될 수 있다. 어딘가에서 시작할 수밖에 없다면 가장 가까운 것에서부터 시작하는 건 당연하다.

생각나는 게 하나 있다. 언젠가 나는 전철을 타고 가면서 하얀 말티즈 강아지의 사체가 철로 근처에 버려져 있는 걸 본 적 있다. 잠자는 것처럼 옆으로 누운 채 죽어 있는 강아지의 목덜미에는 새나 쥐가 뜯어 먹은 것 같은 뻘건 구멍이 뚫려 있었다. 그걸 보면서 나는 울컥했는

데, 그건 죽은 개가 말티즈여서도 아니고 사체의 상태 때문도 아니었
다. 순전히 녀석의 목에 감겨 있는 핑크색 리본 때문이었다. 바람에 나
부끼는 그 리본은 깨어진 약속의 증거 같았다.

우리가 공룡을 잊는다면

나는 원래 내 영화 리뷰에 다른 사람들이 어떤 반응을 보이건 크게 신
경 쓰지 않는다. 어차피 모든 사람의 의견이 다 같을 수는 없는 거고
모두가 내 글을 좋아할 수도 없다. 만약 내가 모든 사람들 맘에 드는
글만 쓴다면 난 참으로 쓸모없는 종자일 것이다.

하지만 몇년 전 내가 쓴 〈다이노소어〉 리뷰를 보고 공룡 이름 나열
하며 아는 척한다고 토를 달았던 아무개 씨의 발언에 대해서는 그냥
넘어가고 싶지 않다. 그래, 나는 티라노사우루스와 카르노타우루스를
구별할 줄 안다. 그런데 과연 그걸 내 리뷰에 반영했다고 해서 잘난 척
을 하는 것일까? 아니, 그 정도 공룡 이름을 아는 것은 상식이 아니냔
말이다. 도대체 그 아무개 씨는 어린 시절에 공룡 이름도 외우지 않고
뭐 하고 놀았나? 그 사람이 어린 시절을 그렇게 따분하게 보낸 것은
내 탓이 아니다.

다행히도 아직 세상에는 공룡을 사랑하는 수많은 아이들이 있다.
궁금하다면 장난감 가게 공룡 코너 앞에 잠시만 서 있어보라. 난 얼마

전 영화 시사회를 기다리는 동안 잠시 들어갔던 코엑스 아쿠아리움 기념품 가게에서 다음과 같은 광경을 목격했다.

남자아이 1: 트리케라톱스! 트리케라톱스! (맨 앞에 있는 모형을 꺼내 흔들면서) 트리케라톱스!

아빠(로 추정되는 남자) 1: 안 돼! 내려놔!

　(끌려간다)

남자아이 2: 티라노사우루스! 우와, 웅, 웅, 웅!

엄마(로 추정되는 여자) 1: 그만! 이제 공룡하고 바이바이!

　(끌려간다)

여자아이 1: 와아, 트리케라톱스다.

엄마 2: 이제 집에 공룡 많잖아. 트리케라톱스 집에 있잖아. 가자!

　(끌려간다)

남자아이 3: 알로사우루스다, 아빠, 아빠, 알로사우루스, 아빠아 아아아아!

아빠 2: (대사 없음)

　(끌려간다)

　(무한 반복)

다행이지 않은가. 아직 세상은 크게 망하지 않았다. 나는 자기 이름도 제대로 발음하지 못하면서 공룡들의 혀 꼬부라지는 라틴어 학명을 유창하게 읊어대는 그들이 정말로 자랑스럽다.

이 아이들의 공룡에 대한 관심은 언제까지 가는 걸까? 얼마 전에 나는 모 온라인 서점에서 키워드로 '공룡'을 입력해봤다. 그 많은 책들 중 성인용 책은 한 줌도 안 나온다. 공룡과 관련된 책을 찾으려면 과학 서적 코너가 아닌 어린이 코너로 가야 한다. 공룡은 전적으로 어린아이들의 세계에 속해 있다. 어쩌다가 이렇게 된 것일까.

어른이 되어 공룡을 잊는 게 뭐가 그렇게 딱한 일이냐고? 한번 여러분이, 아니 세상이, 공룡을 통해 배운 것이 얼마나 많은지 생각해보라. 대부분 사람들은 공룡에 관심을 가지면서 1억이라는 숫자를 배운다. 나만 해도 어렸을 때 1억보다 작은 숫자는 숫자 같지도 않았다. 아이들이 지질학과 고생물학, 지구과학에 관심을 갖는 것도 모두 공룡 때문이다. 끊임없이 변화하고 개조되는 공룡에 대한 이론을 보면서 과학이라는 것이 종교와는 달리 꾸준히 변화하고 발전한다는 사실 역시 배운다. (말이 나왔으니 하는 말인데, 더 이상 브론토사우르스라는 공룡이 존재하지 않는다는 걸 알고 있는가? 이 말에 놀라 기겁하는 사람들도 꽤 될 거다.) 공룡 이야기는 문학적이기도 하다. 아이들은 공룡을 통해 자연의 무자비한 법칙과 모든 힘 있는 자들에게 언젠가는 다가올 필연적인 종말에 대해 배운다. 이 거대한 동물들에 대해 잠시 관심을 쏟는 동안 아이들의 시공간은 엄청난 속도로 확장된다.

무엇보다 아이들은 공룡을 통해 우리가 사는 세계가 얼마나 연약한 곳인지 배운다. 나는 앞에서 현대 미국 환경론자들을 잉태한 것이 〈밤비〉에 나오는 밤비 엄마의 죽음 장면이라는 위트 스틸먼의 주장을 소개했다. 여기에 한 가지를 더 추가하고 싶다. 밤비의 죽음이 현대 환경론자들의 죄의식을 자극했다면, 그들이 품고 있는 궁극적인 공포를 잉태한 것은 바로 어린 시절에 보았던 공룡 다큐멘터리라고 말이다. 공룡의 멸망을 다루는 방식은 고생물학이 진화하면서 조금씩 바뀌었지만 공룡들이 갑작스러운 환경의 변화 속에서 처참하게 죽어가는 모습은 늘 그대로다. 이런 것들을 보면서 그들의 종말에 우리의 미래를 대입하는 것은 자연스러운 현상이다. 옛날 사람들이 생각했던 것과 달리 이런 환경의 변화는 우리의 도덕적 타락에 대한 징벌이 아니었다. 이런 변화는 언제든지 일어날 수 있다. 하늘에서 돌멩이 하나가 떨어져도 일어날 수 있는 일인 것이다. 물론 우리의 어리석음이 그 변화를 유발할 수도 있고. 원인이 무엇이건 변화는 고통과 죽음을 야기한다.

어른이 되어서도 공룡을 기억하는 사람들은 그와 관련된 모든 것들을 기억한다. 공룡을 잊는다면? 그와 함께 수많은 능력이 사라질 것이다. 수억, 수조의 시간을 기억하는 방법, 다가올 위기를 예언하고 그에 대비하는 방법, 거대한 자연 속에서 자신이 얼마나 무력한가에 대한 인식. 이 모든 것을 잊고 코앞만 간신히 보는 양복쟁이가 된 자칭 어른들이 세상을 망쳐놓을 걸 생각하면 소름이 끼치지 않는가? 얼마전 난 눈썹 하나 까딱 않고 '미래의 환경 문제는 후손들이 걱정할 문제다'라고 주장하는 한 남자에 대한 기사를 읽었다. 내기해도 좋지만 그는 스테고사우루스와 알로사우루스도 구별 못 할 거다.

나는 괴물들의 세계를 꿈꾼다

나는 네시의 팬이다. 스코틀랜드의 적막한 호수 속에 중생대의 괴물이 살아남아 근방 사람들의 문화와 전설에 영향을 끼쳤다는 아이디어는 얼마나 매력적인가? 난 정말로 네스호 어딘가에 그런 괴물이 살아 있기를 바란다. 살아 있길 바라는 건 네시뿐만 아니다. 나는 히말라야의 설인도 진짜였으면 좋겠고 콩고 어딘가에 산다는 공룡의 후손 모켈레음벰베도 진짜였으면 좋겠다. 백두산 천지 괴물에 대해서는…… 뭐, 그것도 있는 편이 좋겠지.

그런데 내가 종종 재미있어하는 사실이 하나 있다. 이런 괴물의 존재를 믿는 사람들 중 이들의 멸종을 걱정하는 사람들을 거의 찾아볼 수가 없다는 것이다. 네스호의 예를 들어보자. 이 호수에서 네시만 한 크기의 괴물이 살아남기는 쉽지 않다. 호수는 크지만 그런 괴물을 먹여 살릴 만한 먹잇감이 충분치 않다. 그리고 과연 네스호에 네시가 몇 마리 살고 있는 것일까? 그만한 크기의 괴물이 지금까지 공식적으로 발견되지 않았다면 수가 극히 적을 것이 분명하다. 실제로 네시가 존재했다고 해도 몇백 년, 아니, 몇십 년 전에 멸종했을 수도 있는 것이다! 왜 이런 생각을 아무도 안 할까? 비슷한 생각은 설인이나 모켈레 음벰베에게도 적용할 수 있다. 설인들이 정말 히말라야 어딘가에 살아 있었다고 해도 지구온난화와 관광객 때문에 극히 최근에 멸종했을 수 도 있지 않을까? 모켈레음벰베가 산다는 정글 역시 언제까지나 안심 할 수 있을까?

그런데도 은서동물의 추종자들은 거기에 대해 거의 생각하지 않는 다. 보이지 않는 것에 대한 믿음은 어느 순간부터 자연스럽게 종교화 된다. 그들은 그냥 존재할 수도 있는 보통 생명체가 아니라 절대로 존 재해야 하는 초자연적인 무언가가 된다. 실제로 그렇게 믿지 않는다 해도 자연스럽게 사고방식이 그렇게 흘러가게 된다. 하긴 나라도 네스 호 근처에 산다면 그렇게 생각할 것이다. 네시가 존재하지 않는 네스호 는 얼마나 심심하고 공허할 것인가? 아직도 수많은 사람들에게 네시 는 네스호의 존재 이유이다.

보이지 않고 존재를 입증할 수도 없는 괴물을 믿는 것은 생산적인 일일까? 때에 따라 다르다. 예를 들어 네시는 스코틀랜드에 상당한 관 광 수익을 가져다준다. 은서동물을 다루는 책을 쓰거나 관련 상품을 만들어 파는 사람들, 직접 찍은 흐릿한 사진을 파는 사람들 역시 금전 적인 이득을 본다. 하지만 대부분의 믿음이 그렇듯, 괴물들에 대한 믿 음은 믿음 자체가 대가이다. 우리가 사는 행성이 멸종에서 살아남은 공룡들이 호수 밑과 정글을 누비고, 몇십만 년 전에 진화의 가지에서 독립한 털북숭이 사촌들이 히말라야 산맥을 뛰어다니며, 외계에서 온

흡혈 괴물이 날아다니는 곳이라면 얼마나 근사한가? 일상의 산문성에 치여 죽을 지경이라면 그 정도 꿈은 꾸어도 되지 않을까? 부작용을 생각해보면 종교를 믿는 것보다 괴물을 믿는 게 더 낫다. 적어도 네시는 다른 믿음을 가진 사람들을 말뚝에 묶어 불에 태워 죽이라고 명령하지는 않는다. 같은 광신자라도 네시 광신자들은 세상에 끼치는 해가 훨씬 덜하며 대부분 자기 스스로만 망치고 끝난다.

아마 우리는 이득이 있어서가 아니라 우리의 원래 본성이 그렇기 때문에 괴물을 믿는 것일지도 모른다. 잊었는가? 인간이라는 동물은 아주 최근까지 괴물들의 세계에서 살았다. 자신을 노리는 천적이 구체적으로 어떤 존재인지 완전히 깨달을 수 없었고 고향인 아프리카를 떠나 세계 곳곳으로 흩어진 뒤로는 늘 새로운 천적을 만났다. 자신들을 노리는 괴물의 존재를 믿는 것은, 어떻게 보면 생존과 직결되는 것이었으리라. 우리를 매료시키는 괴물들이 대부분 육식성인 것도 그 때문일 것이다. 이전과는 달리, 다른 종의 공격으로부터 상대적으로 안전해진 지금의 비정상적인 상태에서 우리를 노리는 괴물들을 꿈꾸는 것처럼 당연한 일은 없을 것이다.

조금 더 상상을 연장해볼까? 우리가 괴물들을 꿈꾸는 진짜 이유는 괴물들이 존재하는 세계가 당연하기 때문일지도 모른다. 지구라는 행성에 '정상적인 상태'가 있었다는 주장 따위는 하고 싶지 않다. 온갖종이 폭발하듯 생겨난 캄브리아기의 대폭발이 전체 종의 90퍼센트가 사라진 페름기 말의 대멸종에 비해 특별히 더 정상적인 것이 아니듯. 207

하지만 인간이라는 종이 존재했던 짧은 시기 동안 우리가 정상성에 대한 하나의 기준을 세우고 거기에 우리의 정신을 맞추어왔다고 상상할 수는 있다. 다시 말해 우리가 괴물들을 꿈꾸고 그에 대한 이야기를 만드는 이유는, 그런 괴물들이 주변에 존재할 수 있을 정도로 다양한 종이 공존하는 세계가 '정상'이며 지금의 세계가 '비정상'이기 때문이다.

이런 식으로 이야기를 한없이 끌어갈 수 있다. 괴물들이 흥미진진한 것처럼 괴물들을 상상하는 인간의 마음 역시 흥미진진하기 마련이니까. 그러나 너무 흥미에 집착하지 말고 슬슬 여기서 이득과 의미를 찾아보자. 진실까지 찾을 필요는 없다. 어차피 우리가 거기에 도달할 가능성은 그리 높지 않으니.

괴물들을 꿈꾸는 마음으로 우리는 무엇을 할 수 있을까? 전설의 괴물들이 산다는 것을 핑계로 부근의 개발을 막을 수 있을지도 모른다. 농담 같다고? 아이슬란드에서는 요정들이 사는 바위를 파괴할 수 있다는 이유로 고속도로 개발 계획이 변경된 적 있다.[24] 다른 동네라고 그러지 말라는 이유가 어디 있을까?

가장 상식적이고 생산적인 길은 이런 괴물들에 대한 꿈을 아직까지 존재하고 진짜로 멸종 위기에 놓인 생물에 대한 관심으로 돌리는 것일지도 모른다. 태즈매니아 호랑이를 보라. 몇백 년 전까지만 해도 흔해빠진 동물이었던 게 멸종하자 지금은 호러영화에 나오는 괴물이 되었다. (이 역시 비유가 아니다. 태즈매니아 호랑이는 〈Dying Breed〉라는 호주 공포 영화의 소재이다.) 우리가 꿈꾸는 괴물들이란 멸종에서 살아남은 과거

208

24 ___ 나는 아이슬란드의 요정과 고속도로 이야기를 부천국제판타스틱영화제에서 상영했던 장 미셸 루의 2002년작 다큐멘터리 〈보이지 않는 세계 Enquête sur le monde invisible〉에서 처음 접했다. 2013년 12월 22일 연합통신 뉴스를 인용하면 다음과 같다. "최근 아이슬란드에서 수도 레이캬비크 외곽 가르다베르와 알프타네스 반도를 잇는 고속도로 건설 공사가 환경단체의 반대로

의 유령들이 아니라 지금 멸종 위기에 빠진 생물들의 미래를 예견하는 존재들일 수도 있다.

스타워즈의 세계에 과학이 있을까?

1

〈스타워즈〉의 세계에도 과학이 있을까?

얼핏 보면 말도 안 되는 말처럼 들린다. 〈스타워즈〉의 세계는 우리 세계보다 과학이 몇천 배는 발달한 곳이다. 그들은 자아가 있는 로봇과 초광속으로 비행하는 우주선을 가지고 있고 그 과학기술을 이용해 은하계 전체를 정복했다. 이 정도면 과학이 있는 것을 넘어 넘쳐난다고 봐야 할 것이다.

그런데도 나는 이 세계에 과학이 있다는 사실을 믿기 어렵다. 지금부터 그 이유를 설명할 테니 한번 들어보시라.

〈제국의 역습〉을 보던 중 이 질문이 처음으로 떠올랐다. 호스 행성을 가까스로 탈출한 루크는 동료들과 합류하는 대신 오비원 케노비의 환영이 말해준 것처럼 아버지의 스승 요다를 찾으러 대고바 행성으로 떠난다.

루크 스카이워커가 호스 행성에서 대고바 행성까지 가는 데에 이용한 탈것은 엑스윙이다. 저항군이 이용하는 전투기로, 팬이 아닌 독

209

중단됐다고 AP통신이 22일(현지시간) 보도했다. 환경단체 '용암의 친구들'이 도로 건설이 환경과 문화에 악영향을 끼칠 뿐만 아니라 '요정'의 보금자리에 영향을 미친다며 소송을 내 대법원 판결 전까지는 공사를 할 수 없게 됐기 때문이다." 장 미셸 루의 영화가 나온 지 10여 년이 지났지만 요정의 친구들은 여전히 맹렬하게 싸우고 있다.

자들은 〈스타워즈〉 세계의 스핏파이어 정도라고 상상하면 된다. 그런데 루크는 그 조그만 전투기를 타고 다른 태양계로 날아간 것이다. 대고바가 호스에서 얼마나 떨어져 있는지는 영화에 나오지 않는다. 하지만 이웃이 아님은 분명하다. 전쟁 중에도 제국이나 저항군의 관심이 미치지 않은 외딴 곳이기 때문이다. 그런데 루크는 연료 충전 한 번 하지 않고 호스 행성에서 대고바까지 날아갔다가 다시 레이아 공주와 한 솔로 일행이 있는 베스핀 행성까지 날아갔다. 모르긴 몰라도 수천 광년은 돌파했을 것이다. 그것도 하이퍼드라이브를 이용해 순식간에. 생각해보라. 엑스윙 하나로 이 엄청난 비행을 할 수 있다면 스타 디스트로이어와 같은 어마어마한 배는 얼마나 멀리까지 갈 수 있을까?[25]

그런데도 〈스타워즈〉 세계 사람들은 몇만 년이나 되는 역사가 흐르는 동안 오로지 자기 은하계 안에만 머물러 있었던 것이다. 그걸 어떻게 아냐고? 정말 그들의 세계가 다른 은하계까지 뻗어 있다면 〈스타워즈〉의 이야기는 다른 식으로 전개되었을 테니까. 〈제국의 역습〉 결말 부분을 보면 고향 은하계에서 꽤 멀리까지 벗어날 수는 있는 모양이다. 그러니까 은하계 전체를 보여주는 멋진 그림이 잡혔지. 하지만 그럼에도 불구하고 그들은 자기네 은하계를 떠나지 않는다. 도대체 왜?

당연히 이건 내가 처음 던진 질문이 아니다. (아마 이 글에서 내가 하는 이야기 대부분은 이미 팬덤 안에서 돌았을 것이다.) 영화가 커버하는 역사 이외의 시간대를 다루는 소설, 만화책, 게임의 '확장우주' 작가들도 여기에 대해 고민을 했다. '확장우주'의 세계관은 정식 역사가 아니라는 게

---

25 ___ 엑스윙과 같은 우주선이 R2와 같은 드로이드를 내비게이션 용으로 장착하는 것도 과학이 쇠퇴하고 있는 증거가 아닌가 싶다. 의외로 엑스윙의 제작사인 인컴사에서는 내장용 인공지능을 개발할 능력이 없는 게 아닐까?

최근에 분명해졌으니 언급하기 조금 조심스럽지만, 그들의 해결책은 'Hyperspace disturbance beyond the edge of the galaxy'라는 것이다. 거창한 이름이지만 풀어 쓰면, 그들도 잘 모르는 어떤 힘이 있어서 다른 은하계까지 가는 데에 방해가 된다는 것이다.

자, 생각해보자. 하이퍼드라이브가 발명된 뒤 이 장치는 두 가지 방향으로 사용되었을 것이다. 하나는 다른 태양계를 식민화하고 다른 종족과 교류하고 전쟁하는 실용적인 활용. 다른 하나는 순전히 과학적인 호기심을 만족시키기 위한 탐험. 그리고 후자는 전자보다 언제나 앞서기 마련이다. 그런데 몇만 년의 세월이 흐르는 동안 이 세계의 탐험가들은 "(아마도 고대문명이 만든) 뭔가가 은하계 밖으로 나가는 걸 막고 있어"라고 투덜거리면서 아무도 그 '뭔가'를 돌파하려 하지 않았던 것이다. 아니, 돌파하려고 하긴 했다. 제다이들을 동원해 포스로 뚫으려 했지만 실패했었단다. 그런데 '확장우주'의 역사를 계속 들여다보면 결국 유잔 봉이라는 외계문명이 이 장벽을 뚫고 은하계로 침입해온다. 그렇다면 질문을 던져보자. 유잔 봉이 할 수 있었는데, 왜 〈스타워즈〉 문명은 못 했을까? 그 몇만 년의 역사 동안 도대체 뭘 한 거야?

더 괴상한 건 포스의 존재이다. 포스는 존재하는 것이 분명하고 무생물과 생물에 무시할 수 없는 영향력을 끼치지만 아직 과학적으로는 규명되지 않은 힘으로 오로지 제다이처럼 훈련받은 몇몇 생명체들만 이를 통제할 수 있다.

비슷한 개념은 우리 세계에도 있다. 예를 들어 '기'와 같은 것이다. 하지만 둘은 같지 않다. '기'와는 달리 포스는 정의가 분명하고 이미 수만 년 동안 관찰되었다. 그렇다면 이것은 과학의 영역이어야 한다. 오래 전에 그 과학적 원리를 규명하고 통제하는 과학적 방법을 연구하고 활용했어야 한다. 포스 우주선도 나오고 포스 폭탄도 나오고 포스 컴퓨터도 나와서 제다이들이 오래 전에 쓸모없어졌어야 한다는 말이다.

그런데도 그들은 그걸 안 했다. 심지어 인간과 포스를 연결할 수 있게 도와주는 미생물인 미디클로리언을 발견했는데도. 과학이 있는 세계라면 제다이들이 미디클로리언 수치가 높은 아이들을 찾아다니는 대신 미디클로리언을 인공배양해서 주입하는 실험을 하고 있어야 한다. 물론 그 다음 단계는 미디클로리언이 어떻게 포스의 영향을 받는지를 연구해서 그 물리학적인 원리를 규명하는 것이다.

그런데 아무도 그런 걸 안 했다! 그러면서 몇만 년 동안 살아왔다!

과학이란 무엇인가. 다음 사전에 물어보니 '사물의 현상에 관한 보편적 원리 및 법칙을 알아내고 해명하는 것을 목적으로 하는 지식 체계나 학문'이란다. 다른 어떤 정의를 가져와도 달라지는 건 없다. 과학은 과정이다. 무언가 미지의 것이 존재하는데 그것의 정체가 무엇인지 이성적으로 밝히려는 노력이 없다면 그곳은 과학적인 사회가 아니다. 아무리 말하는 로봇이 나오고 은하계를 초광속으로 가로질러도 마찬가지다.

〈스타워즈〉의 세계를 다시 돌이켜보자. 과연 이 세계에 과학자가 얼마나 되나. 거의 없다! 그나마 그에 가까운 건 프리퀄 〈스타워즈2: 클

212

론의 역습〉에 나오는 카미노 행성인들인데, 이들도 클론 기술을 스스로의 연구를 통해 발견한 것 같지는 않고 기존 지식을 그냥 유지 개량한 것 같다. 은하계를 돌아다니는 〈스타워즈〉 정도의 문화에서 클로닝 기술은 애들 장난이어야 한다. 그런데도 클론 군대를 만드는 기술이 몇몇 행성만이 가진 비밀의 지식이라면 이 은하계의 문명은 도대체 어떻게 된 것인가?

여기에 나의 답이 있다.

나는 수만 년에 걸쳐 서서히 쇠퇴해가는, 또는 간신히 정상상태를 유지하고 있는 문명으로서 〈스타워즈〉 세계를 본다. 엔지니어들은 오로지 고대의 지식을 활용할 뿐이고 새로운 지식을 쌓으려는 어떤 시도도 없다. 왜 이렇게 되었는지 모른다. 내 생각엔 어느 순간부터 과학 지식이 인간 두뇌의 한계를 넘어섰고 이들은 이를 극복하려는 어떤 시도도 하지 않았던 것 같다.

그런 시도를 막은 것은 아마 종교였을 것이다. 그중 하나가 제다이 신앙일 테고. 지금과 같은 시대에 지구의 나이가 6천 년밖에 안 된다고 믿는 얼간이들이 위험할 정도로 많이 존재한다는 걸 생각해보라. 과학 업적이 쌓이는 것과 사회 구성원이 그 지식을 받아들이는 것은 별개의 문제다. 무지가 억지를 부리기 시작하면 온갖 일들이 다 일어날 수 있다. 아마 〈스타워즈〉의 세계도 그런 반과학적 흐름의 희생자가 아니었을까. 항성 간 우주여행을 할 수 있는 기술을 보유했음에도 불구하고 여전히 구닥다리 전쟁을 반복하는 것도 그 무지의 결과가 아니었을까.

수명이 긴 SF 시리즈의 문제점은 작품이 이어지는 동안 그 세계에 반영되었던 과학이나 선입견이 낡아버린다는 것이다.

여기서 과학 뒤에 선입견을 넣은 건 SF가 그렇게까지 과학적이기만 할 수는 없는 장르이기 때문이다. 예를 들어 〈스타트렉〉 오리지널 시리즈에서 미스터 스포크는 벌컨인과 지구인 사이에서 태어난 혼혈이다. 그 시리즈가 나왔던 60년대에도 두 외계 종족의 교배가 말도 안 되는 설정이라는 것은 알았다. 하지만 SF에서 그런 설정은 충분히 용납되었고 그 결과 미스터 스포크가 탄생했다. 시리즈가 3시즌으로 종결되었다면 이 설정은 그냥 구세대의 유물로 남았을 것이다. 하지만 애니메이션 시리즈, 영화 시리즈, 새 텔레비전 시리즈가 이어지면서 이 구닥다리 설정은 시청자들의 신경을 긁기 시작했다. 결국 작가들은 머리를 굴려 원래 은하계의 모든 종족은 한 뿌리에서 나왔다는 설명을 내놓았는데, 그래도 말이 안 되는 건 마찬가지다. 일단 지구에 남아 있는 진화의 증거들은 어떻게 설명할 건가. 결국 시리즈는 이 말이 안 되는 설정을 안고 끝까지 갈 수밖에 없었다. J.J. 에이브럼스의 새 〈스타트렉〉 시리즈에서도 이 문제는 해결되지 않은 상태이다.[26]

〈스타트렉〉보다 과학적일 것 같은 아이작 아시모프 박사의 《파운데이션》과 '로봇' 시리즈도 마찬가지다. 이 작품들도 4, 50년대에 오리지널 소설만 나왔다면 옛 시대의 미래 묘사려니, 하고 넘어갔을 것이다. 하지만 80년대에 새 시리즈가 나오기 시작하자 문제점이 발견되기 시

214

26 ___ 고대 해인 종족이 은하계에 문명의 씨를 뿌렸다는 어슐러 K. 르 귄의 '해인 유니버스' 시리즈도 같은 문제를 안고 있다. 르 귄은 외계문명이 화석까지 여기저기 심어두었다는 식으로 해결하려는 모양인데 그게 먹힐 리가 없지.

작한다. 하나만 예를 들면 오리지널 《파운데이션》과 '제국' 시리즈에서 은하 제국의 수도인 트랜터는 은하계의 중심에 있다. 당시만 해도 이건 그럴싸한 아이디어 같았다. 하지만 은하계 중심에 거대한 블랙홀이 있는 것이 분명해지자 아시모프는 후퇴할 수밖에 없었다. 트랜터는 이제 인간이 살 수 있는 은하계 별들 중 그럭저럭 은하 중심에 가까운 곳으로 옮겨졌다. 전보다 살기 좋은 곳이 되었지만 그래도 흥이 깨질 수밖에 없다.

트랜터 문제야 지엽적인 것이지만 은하백과사전과 로봇은 사정이 심각하다. 한마디로 아시모프 박사는 인터넷을 예언하지 못했다. 지금 와서 보면 파운데이션이 그토록 소중히 여기던 은하백과사전은 인터넷 우주의 위키피디아 정도로밖에 보이지 않는다. 여전히 중요하지만 그가 생각했던 것만큼 중요하지 않다. 그가 소중히 여겼던 인간형 로봇 역시 마찬가지. '로봇' 시리즈의 첫 작품인 《강철 도시》에 처음 등장했던 다닐 올리버가 은하계에서 가장 중요한 존재가 되는 '파운데이션/로봇' 크로스오버 단계에 이르면 인터넷 시대의 독자들은 당연히 궁금해할 것이다. 왜 그는 인간형 로봇 육체를 갑갑하게 여기면서 이를 포기하지 않는 건가. 그냥 클라우드 시스템으로 전환하면 되잖아.

상대적으로 과학에 의지하는 부분이 적은 〈스타워즈〉 시리즈도 비슷한 문제를 겪는다. 시리즈의 우주가 커지면서 생기는 모순의 문제는 앞에서 이야기했다. 하지만 더 큰 문제는 디자인에 있다. 프리퀄이 오리지널 시리즈의 랄프 맥쿼리 디자인을 포기하고 덕 치앙의 새로운 콘

셉트 디자인을 받아들이면서 문제가 생겼다. 덕 치앙의 디자인은 훌륭하다. 하지만 암만 봐도 그가 만든 세계는 맥쿼리의 우주선보다 이전 시대처럼 보이지 않는다. 더 신식이고 더 세련되고 번지르르하다. 공화국이 제국 시대로 접어들면서 급격한 기술적 퇴보가 있었을 거라고 상상하고 싶지만 그럴 리가 없다. 그런 세계에서는 세상이 망해도 군대는 최신식을 유지했을 가능성이 크다. 프리퀄의 우주에서 오리지널 시리즈로 이어지는 과학적 퇴보는 어떻게 해도 설명이 안 된다. 두 시리즈 사이엔 기껏해야 20여 년의 간극밖에 없다. 그리고 그 시기는 프리퀄 시리즈가 커버하는 세월과 크게 차이나지 않는다.

이와 같은 문제점은 대부분의 SF 프리퀄 시리즈에서 발견된다. 〈에일리언〉 시리즈의 프리퀄 역할을 하는 〈프로메테우스〉의 우주선 프로메테우스와 오리지널 〈에일리언〉 영화의 우주선 노스트로모를 비교해보라. 아무리 프로메테우스가 최첨단이고 노스트로모가 낡은 화물선이라고 해도 프로메테우스의 우주선이 몇백 년은 더 신식으로 보인다. 하긴 리들리 스콧에겐 대안이 없다. 프로메테우스를 노스트로모보다 더 구식으로 만들면 관객들이 안 믿을 테니까.

하지만 우리와 전혀 상관없는 먼 은하계를 다루는 〈스타워즈〉에는 두 세계를 만족스럽게 연결할 수 있는 대안이 있었다. 〈스타워즈〉의 세계가 7, 80년대에 조지 루카스가 그린 것처럼 구식 기계를 쓰는 낡고 쇠퇴한 우주라는 것을 인정하는 것이었다. 하지만 오리지널 시리즈를 포함한 모든 것들을 업데이트하려고 눈이 뻘갰던 당시 조지 루카스의 머릿속엔 그런 생각이 들어 있지 않았다. 그 결과 오리지널 팬들이 사랑했던 세계는 중간에 허리가 잘리고 팬에서 안티로 전향한 이들에게 프리퀄을 증오할 또 다른 평계를 만들어주게 된다.

얼마 전 나는 J.J. 에이브럼스가 트위터에 올린 밀레니엄 팔콘(스타워즈에 등장하는 우주선) 내부 사진을 보았다. 나는 디즈니가 에이브럼스를 고용해 〈스타워즈〉 속편을 낸다는 소리를 들었을 때부터 이들이 밀레니엄 팔콘의 인터페이스를 뜯어고치지 않을까 걱정이 태산이었다. 다행히도 사진에 나오는 밀레니엄 팔콘에는 그런 흔적이 보이지 않았다. 에이브럼스가 될 수 있는 한 CG를 줄이고 구식 특수효과를 고수할 거라는 뉴스도 아직까지는 좋게 들린다. 제발 그가 오리지널 3부작이 완성한 우주를 온전하게 이어가길 바랄 뿐이다.

매트릭스 제대로 읽기

1

워쇼스키 형제의 〈매트릭스〉만큼 21세기 영화판에 막강한 영향력을 휘두른 작품을 찾기는 쉽지 않다. 하지만 바로 그 때문에 많은 〈매트릭스〉 팬들은 기존 SF 장르 독자들이 영화에 보내는 덤덤하거나 냉소적인 반응에 울화통을 터뜨리는 경우가 많다. 내 개인 홈페이지의 게시판에서도 여러 번 있었던 일이다. 사실 장르 독자들의 이런 냉소엔 사람 속을 긁는 얄미운 면이 있긴 하다. 터줏대감의 심술이랄까.

이들의 심술을 이해하기 위해서는 간단한 교통정리가 필요하다. SF 문학계에서 사이버펑크 운동이 본격적으로 시작된 것은 1980년대 초반. 〈매트릭스〉가 할리우드 장르 세계에 사이버펑크 장르를 본격적으로 이식한 것은 1999년. SF 문학계에서 사이버펑크를 접고 그 다음을 모색하는 동안 영화계에서는 한물간 유행을 재활용하기 시작한 셈이다.

이 뒤늦음을 설명하는 것은 어렵지 않다. 80년대 사이버펑크 문학은 초보적인 퍼스널 컴퓨터들이 실생활에 잠입해 들어오고 상상력 풍부한 이론가들이 새로운 테크놀로지의 개념을 가지고 마구 사고실험을 벌이던 때에 만들어졌다. 굉장히 생산성이 풍부한 시기이긴 했지만 당시에 만들어졌던 이 장르의 소설들은 충분히 비주얼화될 수도 없었고 대중에게 '감'을 제공해줄 수도 없었다. 사이버펑크물의 고전인 윌리엄 깁슨의 《뉴로맨서》를 충실하게 영화화한다고 생각해보자. 시각적으로 무척이나 밋밋한 작품이 나올 것이다. 하지만 〈매트릭스〉가 나왔던 90년대 말은 대중이 새로운 테크놀로지의 개념에 익숙해질 대로 익숙해져 있었고 할리우드 역시 디지털 특수효과를 비교적 자유롭게 다룰 수 있었던 때다.

이 낡은 유행을 새 부대에 담아 리바이벌시킬 만한 풍토가 조성된 셈이었다. 〈매트릭스〉는 뒤늦게 나온 작품이라기보다는 노련한 서퍼처럼 두 번째 파도를 교묘하게 탄 작품이었다.

하지만 바로 그 때문에 당연히 기존 장르 독자들과 새로 생긴 〈매트릭스〉 팬들 사이엔 노골적인 간극이 존재할 수밖에 없었다. 새로 생긴 〈매트릭스〉 팬들이 영화가 주는 신선함의 연타에 얻어맞고 있을 때, 장르 독자들은 지금까지 나온 수많은 SF 작품들을 적당히 짜깁기해 자기만의 스타일로 완성해낸 안전한 장르물을 보고 있었다. 두 부류의 사람들이 보는 영화가 결코 같을 수는 없었다.

2

좋다, 그렇다면 〈매트릭스〉라는 영화가 무엇으로 이루어져 있는지 검토해보기로 하자.

가장 큰 덩어리는 '사이버펑크'라는 SF의 서브 장르이다. 윌리엄 깁슨, 브루스 스털링, 닐 스티븐슨과 같은 작가들에 의해 주도되고 80년대 장르 전체에 막강한 영향력을 행사했던 이 SF의 유행을 정의하는 방법은 여러 가지이지만 글로벌하고 쿨한 거리 문화의 분위기가 녹아 있는 하드SF라고 이해하면 대충 들어맞는다.

그렇다면 〈매트릭스〉는 뒤늦게 만들어졌지만 모범적인 사이버펑크물일까? 그 정도의 자격은 없는 것 같다. 이 장르를 규정하는 가장 중요한 요소인 하드SF의 면이 상당히 부족하기 때문이다.

교통정리 하나. 〈매트릭스〉가 핵심적으로 다루고 있는 가상현실이라는 소재는 종종 사이버펑크의 필수조건으로 착각되는 경우가 많은데, 사실 그건 첨단기술 집착적인 이 장르의 부산물에 가깝다. 가상현실을 다룬다고 해서 무조건 사이버펑크라고 부를 수도 없고 사이버펑크라고 해서 늘 가상현실만을 다루는 건 아니다. 어떻게 보면 〈매트릭스〉는 사이버펑크 영화라기보다는 사이버펑크 유행에서 흥미로운 소재와 쿨한 분위기를 빌려와 만든 좀 더 전형적인 장르물이라고 할 수 있겠다.

여기서 우리가 주목해야 할 건, 워쇼스키 형제가 사이버펑크 유행에서 직접적으로 소스를 끄집어 와 〈매트릭스〉를 만든 게 아니라는 것이다. 이 작품에는 일본 만화나 애니메이션의 영향이 굉장히 강하고 실제로 애호가들은 〈매트릭스〉 안에서 〈메가존 23〉이나 〈세븐 브리지〉와 같은 작품들의 구체적인 영향을 발견한다. 이런 작품들이 사이버펑크 운동의 영향을 받은 건 분명하고 사이버펑크 운동은 종종 동양문화에 대한 호기심과 애정을 품고 있으므로 이 배배 꼬인 순환을 푸는 건 조금 복잡하다. 워쇼스키 형제는 사이버펑크의 영향을 받은 일본 애니메이션이나 만화의 영향을 또 받았는데, 애초부터 그런 일본문화에 대한 애정은 사이버펑크의 기본 성격 중 하나였으니 말이다.

자, 슬슬 기존 장르 독자들의 냉소적인 반응이 이해되기 시작한다. 장르 독자들은 〈매트릭스〉라는 영화 자체에 대해 큰 불만은 없다. (적어도 1편은) 재미있는 영화이고 작가 겸 감독이라는 사람들이 매체와 장르를 이해하고 있는 것 역시 분명하기 때문이다. 영화는 평범한 이야기를 다루고 있기는 하지만 스타일 면에서 굉장히 독창적이기도 했다. 일본 애니메이션에서 이미지와 개념을, 홍콩 액션물에서 기술과 스타일을 빌려왔지만 워쇼스키 형제 이전에 어느 누가 그런 허풍을 상상이라도 해보았는가? 이 영화가 그 뒤 할리우드와 전 세계의 액션물에 끼친 영향은 결코 과소평가할 수 없다. 이들이 장르의 조각들을 긁어 모아 만들어낸 〈매트릭스〉라는 유기체의 쿨한 패션이 세상에 끼친 중요성 역시 인정해야 하고.

3

문제는 이런 영화의 신선함을 과대평가하는 대중과 주류 평론가들의 열광이다.

　한번 〈매트릭스〉에 대한 분석들을 검토해보기로 하자. 우리나라에만 해도 벌써 두 권이나 되는 〈매트릭스〉 관련 인문교양서들(《매트릭스로 철학하기》,《우리는 매트릭스 안에 살고 있나》)이 나왔으니 아무거나 꺼내 읽어보시길 바란다. 대충 훑어보았다면 간단한 대답을 해보시길. 그 수많은 글들 중 과연 티끌만큼의 독창적 사고를 담고 있는 작품이 단 하나라도 눈에 들어오는가? 아마 찾을 수 없을 것이다. 〈매트릭스〉에 대해 나온 모든 글들은 제목만 바꾸면 지금까지 나온 수많은 다른 SF 작품들에 그대로 들어맞으며 장르 독자들은 정말 그런 짓을 하며 유쾌한 시간을 보낼 수 있다. 이런 책들에서 정말로 중요한 것은 내용이 아니라 그 책들이 초보적인 현상을 반영한다는 데 있다. 즉 주류 학자들이 할리우드 SF영화를 텍스트로 삼아 자신의 이론을 설명하거나 (낡았지만) 그럴싸한 사고실험을 전개할 수 있다는 사실을 뒤늦게나마 인식했다는 것 말이다.

구체적으로 살펴보자. 많은 평론가들이 이 작품을 데카르트식 인식론의 비유로 이해한다. 하지만 가상현실과 인식론에 대한 끝도 없는 비유와 분석은 사이버펑크 이전부터 존재했으며 사이버펑크가 유행하던 80년대에 거의 완벽하게 교통정리가 되었다. 이들의 이야기를 반복하지 않고 새 이론을 모색하기는 쉽지 않다. 많은 평론가들이 이 작품에서 도교, 불교와 같은 동양문화의 흔적을 발견한다. 하지만 아까도 말하지 않았는가. 대부분의 사이버펑크 작가들은 언제나 동양문화에 매료되어 있었고 그건 그들이 버릇처럼 삽입하는 쿨한 설정의 일부였다. 많은 평론가들은 조셉 캠벨과 기독교 신화, 메시아 사상, 그리고 그들을 영화에 쑤셔넣는 원형적인 스토리에 대해 이야기한다. 하지만 SF/판타지 장르에서 이런 건 더 이상 분석의 대상도 되지 못한다. 이 장르에 속해 있는 모든 작가들이 캠벨을 읽었고 어떻게 하면 그 책을 지금 컴퓨터 앞에서 타자를 치며 만들어내는 대서사시에 대입할 수 있는지 알고 있다. 이건 50년대 미국 펄프 소설들을 프로이트 심리학에 맞추어 분석하는 것처럼 따분하다.(당시 웬만한 펄프 작가들은 대부분 정신분석학이 어떻게 돌아가는지 알고 있었고 그 요소를 비평가들을 위해 일부러 삽입했으니 결국 대부분의 그런 비평서들은 사지선다형 시험 정답지 같았다.) 장르에 대한 기초적인 지식만 가지고 있어도 이런 분석엔 레고 블록을 조립하는 것 정도의 지적 노동도 필요 없다. 결국 이들은 수십 년 동안 장르 안에서 끝도 없이 정리되어 거의 고등학교 전과서처럼 된 이야기를 신선한 척하며 또다시 이야기하는 것에 불과하다.

그것도 아주 기초부터 말이다.

4

물론 이런 비평들은 〈매트릭스〉라는 영화를 제대로 읽는 것도 아니다. 워쇼스키 형제가 가상한 관객은 분명 이런 장르 컨셉에 대한 지식을 가지고 있는 사람들일 것이 분명하기 때문이다. 반복해서 말하지만 〈매트릭스〉의 진짜 가치는 진지하고 새로운 텍스트로 존재하는 것이 아니라 기존 장르 도구들을 이용한 위트 넘치는 포스트모던한 게임이라는 데 있다.

이런 터줏대감들의 짜증은 〈매트릭스〉라는 시리즈의 유익함을 증명하는 것이기도 하다. 〈매트릭스〉의 가장 중요한 점은 이 작품이 순수한 SF가 아니라 할리우드 주류영화라는 데 있다. 만약 〈매트릭스〉가 쿨한 스타일로 치장한 SF 전과서라면 바로 거기에 집중해야 하지 않을까? 우린 이 작품을 지금까지 축적된 SF적 사고들이 일반 관객과 만나는 통로쯤으로 여길 수 있지 않을까? SF는 늘 소수의 오락이었고 그 안에서 발생한 수많은 사고실험과 토의들은 늘 팬덤 안에 갇혀 있다. SF 애호가들은 특별한 과학적 도약이 있을 때마다 3류 장르물의 조건반사적 비명 소리를 반복하는 매스컴과 대중을 비웃으면서도 (모두가 입을 모아 마치 싸구려 SF소설에 나오는 복제인간들처럼 아무런 생각 없이 "아악, 과학자들이 신의 섭리를 위반하려고 한다!"를 외쳐댔던 '복제양 돌리' 때를 생각해보라!) 정작 그들이 지금까지 생산한 철학적 결론들이 그 싸구려 비명 소리에 묻혀 아무 쓸모없이 방치되는 것들을 끝도 없이 봐야만 했다. 〈매트릭스〉는 짜깁기 영화이고 허세가 반인 작품이지만 적어도 장르가 생산해낸 다양한 사유들을 비교적 명쾌하게 요약해서 보여줄 줄은 알았다. 결과는 비교적 생산적이었다. 아까 나는 〈매트릭스〉 교양서들을 놀려댔지만, 그 어쩔 수 없는 진부함을 빼면 그 책들도 참고서로 꽤 쓸 만하니 말이다. 적어도 SF 장르를 본격적으로 탐구할 생각이 없는 독자들에게 〈매트릭스〉와 이 책들은 유익할 것이다.

우리가 세상 모든 장르와 책들을 탐구할 수는 없는 법이다.

5

〈매트릭스〉 시리즈의 쇠락은 바로 내가 위에 언급한 〈매트릭스〉의 기본 성격과 관련 있다. 〈매트릭스2: 리로디드〉와 〈매트릭스3: 레볼루션〉이 전편과 같은 매력을 갖춘 작품이 아닌 가장 큰 이유는 자신의 성공과 영향력에 도취된 워쇼스키 형제가 〈매트릭스〉가 얼마나 작고 경박하며 가벼운 영화인지 까맣게 잊어버렸다는 데 있었다.

발랄하고 유쾌한 장르 전과서였던 첫 번째 〈매트릭스〉와 달리 이 작품의 후속편들은 그들이 속해 있는 우주를 지나치게 과대평가한다. 〈리로디드〉의 장광설은 필요 이상으로 진지하게 여기지 않고 본다면 일종의 심심풀이 장르 게임으로 이해해줄 수 있다. 하지만 〈레볼루션〉의 심각한 액션과 결말에 도달하면 관객도 머리를 긁적이게 된다. 이 영화엔 그런 심각함과 현실의 무게를 지탱할 만한 독창적인 기반이 전혀 존재하지 않기 때문이다. 아마 어떤 식으로 만들었어도 그 영화가 가진 심심함에서 벗어나지 못했을 것이다.

〈매트릭스〉가 직접 창조해냈고 전 세계에 직접적인 영향을 끼친 단 하나의 요소는 이 영화의 스타일이었다. 전편이 좋은 영화였던 건 스타일이 우선이고 다른 작품들에서 적당히 잘라 빌려온 설정들이 기본적으로 그 스타일에 핑계를 대주는 도구였기 때문이었다. 하지만 그게 뒤집혀 설정들이 전면에 나서기 시작하자 시리즈는 풀어지기 시작했다. 엄청 공을 들였지만 밋밋하고 전형적인 로봇 전쟁으로 끝나버린 〈레볼루션〉은 첫 편의 쿨한 재미도, 〈리로디드〉의 경박한 철학적 유희도 제공해주지 못한다. 어느 순간부터 추가된 진지함이 영화의 등뼈인 스타일을 날려버렸고, 돈은 잔뜩 들였지만 이전만큼의 개성은 없는 기성품 SF의 이미지가 진지함과 결탁해버렸으니.

자신의 성공의 비밀을 이해하지 못하고 부푼 자의식에 빠진 채, 있지도 않은 깊이와 무게에 깔려 질식해버리는 건 성공적인 시리즈 크리에이터들의 어쩔 수 없는 운명인가? 조지 루카스, 크리스 카터, 조스 위든이 이미 빠져버렸던 이 함정에 워쇼스키 형제도 말려든 모양이다. 지나친 인기와 팬들의 과잉기대를 비난해야 하는 건지. 얄미운 SF 터줏대감들은 순진한 팬들에게 자업자득이라고 놀려대겠지만 말이다.

가능한 꿈의 공간들

바이킹 1호가 화성에 착륙했을 때의 일이다. 바이킹이 보낸 사진들을 검토하던 나사의 과학자가 'B'라는 대문자가 보인다고 소동을 일으킨 적이 있다. 물론 정말 거기에 'B'라는 글자가 새겨진 돌이 굴러다녔던 것은 아니었다. 그저 그림자가 만들어낸 무늬를 보는 사람들의 두뇌가 그렇게 읽은 것에 불과했다. 실망스러운 일이었지만, 당시 그곳에 있었던 칼 세이건에게 그 소동은 남달랐다. 어렸을 때 에드가 라이스 버로즈의 애독자였던 그는 버로즈의 대표작 《화성의 공주》에서 화성이 바숨Barsoom이라는 이름으로 불렸던 것을 기억했다. 세이건에게 그 회상은 달콤하고 매력적이었을 것이다. 적어도 어렸을 때 그가 버로즈를 읽었던 경험은 그를 과학자로 만들어 바이킹 착륙 때 나사 과학자로 참여할 수 있게 했던 수많은 원동력 중 하나였다.

우리에겐 수많은 화성이 있다. 그중 하나는 우리가 사는 우주에 존재하는 실제 화성이고 여기에 대해서 내가 할 수 있는 말은 그리 많지 않다. 하지만 그 실제 화성은 우리가 아는 화성의 극히 일부에 불과하다. 지동설이 보편화되고 우리가 아는 지금의 행성이라는 개념이 완성된 이후 지구인들은 끊임없이 화성을 꿈꾸었다.

그 꿈은 퍼시벌 로웰이 화성의 운하를 홍보하면서 폭발했다. 19세기와 20세기를 살던 수많은 사람들은 화성의 붉은 사막에 환상적인 운하를 건설하는 화성 문명을 꿈꾸었다. 그중 가장 유명한 것은 물론 허버트 조지 웰즈의 소설《우주 전쟁》이다. 위에서 언급한 버로즈의 화성 시리즈와 로웰의 화성 운하 가설이 물거품이 된 20세기 중반에 집필된 레이 브래드베리의《화성 연대기》도 있다. 몇만 년의 역사를 가진 고대문명이 만든 아름다운 운하와 건축물들, 그리고 그곳에서 문명의 여명을 맞는 가냘픈 존재들. 이 이미지는 정말로 끝내준다. 직업상 어쩔 수 없이 최신 과학 이론을 따라야 하는 게 과학소설가의 임무인데도, 나는 여전히 이런 화성을 무대로 한 이야기를 쓰고 싶고…… 실제로도 썼다. 물론 그러기 위해 어쩔 수 없이 그런 화성이 존재하는 평행우주를 억지로 만들어야 했지만.

놀랍게도 아직 그 화성은 죽지 않았다. 한동안 사람들을 들뜨게 했던 화성의 얼굴을 기억하시는지? 최근 근접 사진이 찍힌 뒤로 인기가 많이 시들긴 했지만, 고대의 화성 문명이 인간과 비슷하게 생긴 엄청나게 커다란 조각상을 만들었고 그것이 지구의 고대문명과 연결되어 있다는 가설은 거절하기 미안할 정도로 매력적이었다. 이건 모두 꿈의 여파이다. 〈반지의 제왕〉 팬들이 미들어스를 꿈꾸듯 우리는 꿈속의 화성을 꿈꾼다. 실제의 화성이 꿈을 배반했다고 해서 어떻게 꿈을 버리랴.

이런 꿈의 공간은 화성만이 아니다. 어렸을 때 베리야예프의《달세계 여행》이야기를 읽고 매료되었던 기억이 난다. 그때 그 작품이 그렇게 좋았던 건, 베리야예프가 상상하고 꿈꾸었던 달이 우리가 아는 달과는 전혀 다른 곳이었기 때문이다. 브래드베리의《화성 연대기》에 나오는 고대문명의 유적처럼, 고대생물의 화석들이 발견되고 주먹만 한

227

보석들이 굴러다니는 베리야예프의 달은 꿈의 영역이었다.

이런 식의 예는 무궁무진하다. 어떻게 보면 이런 꿈의 영역은 우리의 눈과 귀가 완전히 닿지 않는 곳에서는 자연발생적으로 일어나는 것 같다. 아직 항해술이 충분히 발전하지 않았고 미지의 영역이 지도 대부분을 차지할 때 사람들이 그 빈 곳을 채우기 위해 동원했던 것은 상상력이었다. 그들은 그들이 아는 세계 너머를 '괴물이 사는 곳'이라고 간결하게 정의한 뒤 멋대로 그곳에 사는 괴물들을 그려 넣었다. 지구 지도가 모두 채워지자 사람들은 상상력을 투영할 새로운 공간을 찾기 위해 다른 행성으로 시선을 돌린 것이다.

이 꿈의 세계에도 종류는 있다. 브래드베리처럼 적당히 과학을 무시하고 멋대로 상상력을 펼치는 사람들도 있고 아서 C. 클라크처럼 당시까지 알려진 과학지식을 총동원해 믿음직한 세계를 만들어낸 사람들도 있다. 하지만 양쪽 모두 환상의 영역에서 허구의 존재를 창작해내는 과정이라는 사실은 달라지지 않는다. 최근에 국내에 번역 출간된 클라크의 단편전집을 한번 읽어보시라. 당시 과학 지식이 총동원된 하드SF지만 그들 중 정말로 현실화된 것은 드물고 사실로 밝혀진 것도 생각보다 적다. (클라크의 소설이 예언이라면 태양계 거의 모든 곳에서 생명체들이 발견되어야 한다.) 그런 면에서 그의 이야기는 레이 브래드베리의 소설과 기본적으로는 다른 게 없다. 하지만 알게 뭐람! 거대한 기구로 목성 대기를 떠돌며 역시 거대한 기구와 같이 생긴 목성 생명체와 조우하는 〈메두사와의 만남〉은 목성에 생명체가 없다는 것이 밝혀진 뒤에도 사랑받을 것이다. 클라크는 끝끝내 지구를 벗어나지 못했지만 그 정교한 환상을 통해 태양계를 정복했다.

슬슬 태양계를 벗어나볼까? 태양계를 떠나면 꿈꾸기는 더 쉬워진다. 화성이나 금성과 같은 실제 행성은 그래도 우리가 지킬 수밖에 없는 규칙들을 요구한다. 하지만 초광속 여행으로 도달할 수 있는 미지의 행성이라고 뻥을 치면 거의 모든 것이 가능해진다.

사실 그 거의 모든 것들이 가능한 세계는 생각보다 재미없다. 〈스타워즈〉에 나오는 다양한 행성들을 보면 왜 그런지 알 것이다. 자유로운 상상의 공간으로서 미지의 행성을 꿈꾸는 사람들의 상상력은 생각보다 편협하다. 어차피 영화란 지구에서 찍을 수밖에 없고 주인공들 역시 지구인들일 수밖에 없다. 그러다 보면 지구인들이 온전한 모습으로 편안하게 행동할 있는 공간만을 탐구한다. 적당한 중력에 (중력이 약한 곳은 환영이지만 강한 곳은 곤란하다.) 적당한 온도에 (아주 추운 건 상관없지만 아주 더운 건 좀 곤란하다.) 괴상한 모양이지만 너무 괴상하지 않은 생명체가 좀 살고 있어야 한다. 그러다 보니 이런 행성들은 대부분 지구 정도의 다양성에서 크게 벗어나지 못한다. 다양하더라도 지구처럼 춥고 지구처럼 열대우림이고 지구처럼 사막이다. 거의 일주일에 한 번씩 새로운 행성을 탐사해야 하는 〈스타트렉〉 시리즈의 경우는 그 때문에 거의 민망할 지경이다. 왜 델타 분면에 있는 미지의 행성이 캘리포니아 해변처럼 생겼고 거기 사는 외계인들은 코에 실리콘 장식을 단 할리우드 백인 배우들처럼 생겼는가.

229

그 영역 안에서도 재미있는 공간들은 존재한다. 사실 아주 재미있는 공간을 만들기 위해 특별히 지구인의 상상력의 영역을 벗어날 필요는 없다. 프랭크 허버트의 《듄》에 나오는 모래 행성 아라키스나 어슐러 K. 르 귄의 《어둠의 왼손》에 나오는 겨울 행성 게센은 지구의 사막과 극지의 풍경을 그대로 따와 다른 행성에 거대한 스케일로 푼 곳들이지만 바로 그렇기 때문에 그곳에는 어떤 신화적인 힘이 있다.

생각해보면 화성이 우리에게 그렇게 매력적인 곳이었던 것도 그곳이 지구와 은근히 비슷했고 그 유사성이 극도로 확대된 곳이었기 때문인지도 모른다. 우리는 모르는 것에 대한 꿈을 꿀 수 없다. 독자들을 자신의 꿈속으로 끌어들이려면 그들이 넘어올 수 있는 익숙한 환경을 제시해야 한다.

사실 이건 너무 손쉬운 일반화이긴 하다. SF의 영역을 조금만 더 깊이 파도 단순한 지구의 모사를 넘어서는 세계는 쉽게 찾아볼 수 있다. 할 클레멘트의 《중력의 임무》에 나오는 백조좌 61번 행성 메스클린은 어떤가? 질량이 목성의 16배이고 17분 45초의 주기로 자전하기 때문에 원심력의 차이로 중력 가속도가 665g에서 3g 사이를 넘나들며 수소로 호흡하고 메탄과 암모니아를 신진대사의 기본으로 삼는 생명체들의 세계. 전갈처럼 생긴 외계종족이 지나치게 지구인처럼 행동하는 것은 맥이 좀 풀리긴 하지만 클레멘트가 한 줌의 천문학적 정보를 통해 재창조한 이 꿈의 영역은 우리가 지구에서 쌓은 경험의 한계를 가볍게 넘어선다. 일단 물리학의 지식을 이용해 우리를 경험의 영역에서 해방시키면 온갖 가능성들이 쏟아져 나온다. 클레멘트가 만든 중력의 지옥과 같은 세계는 로버트 포워드의 《용의 알》에 나오는 중성자성에 비하면 천국처럼 가볍다. 그 세계에 시간의 척도가 우리의 100만 배나 되는 생명체가 살고 있다는 이야기는 했던가?

물론 아무리 끔찍하고 괴상한 세계라도 생명체가 살아야 한다. 이건 일종의 함정일지도 모른다. 우리는 아무리 독특하고 매력적인 환경의 세계라고 해도 생명체가 존재하지 않으면 흥미를 잃는다. 그런 면에서 클레멘트나 포워드의 세계 역시 우주에 자신을 투영하고 자신과 비슷한 것을 찾는 익숙한 게임에서 벗어나지 못하고 있다. 단지 그 게임을 아주 고단수로 해치우고 있을 뿐이다. 물론 제대로 게임을 하는 이들은 단순한 녹색 메이크업을 하고 뾰족한 귀를 단 할리우드 배우들보다 더 낯설고 괴상한 존재들을 만든다.

자연의 경이에 지치면, 여기에 약간의 인공물을 더하면 된다. SF 팬덤에서는 이런 것들을 농담 삼아 Big Dumb Object(BDO)라고 부른다. 아서 C. 클라크는 《라마와의 랑데뷰》에서 느릿느릿한 속도로 항성 간 공간을 헤엄치는 속이 빈 원통형의 인공세계 라마를 상상했다. SF작가는 아니지만 물리학자 프리먼 다이슨은 자신이 살고 있는 항성계의 태양을 완벽히 둘러싸 항성에서 나오는 복사 에너지를 완전히 사용하는 기계문명을 상상했다. 그가 고안해낸 이 거대한 구조물 다이슨 스피어 dyson sphere는 밥 쇼의 《오비츠빌》, 래리 니븐의 《링 월드》를 포함한 수많은 SF소설에 영향을 주었으며 외계문명을 찾는 몇몇 과학자들 중에는 심각하게 다이슨 스피어가 발산했을 수도 있는 적외선 복사체를 찾는 사람들도 있다. 물론 이런 인공물은 '미지의 공간에서 생명체를 만난다'는 게임을 극도로 과장시킨 결과이다. 하긴 어쩌겠는가. 여행이란 미지의 장소를 찾아나서는 과정이기도 하지만 미지의 누군가를 만나는 과정이기도 하다. 그것이 진짜 여행이건, 상상 속의 여행이건.

이런 여행은 종종 극단적인 스케일로 과장되기도 한다. 올라프 스테이플돈의《스타 메이커》나 폴 앤더슨의《타우 제로》와 같은 작품들에서 독자들은 눈 한 번 깜빡일 동안 우주의 전 역사가 지나가는 것을 목격한다. 밤하늘의 별만 봐도 인간의 왜소함을 느끼고 위축되는 이들에게 이런 SF작가들의 허풍은 멀미를 유발시킨다. 하지만 일단 게임이 시작되었다면 끝까지 가야 한다.

다시 현실세계로 돌아오자. 지금까지 SF의 영역에서 다른 행성을 꿈꾸던 사람들의 한계는 명백했다. 그들은 태양계 내의 행성에 대해서는 조금 알았지만 그 너머의 행성에 대해서는 아는 것이 거의 없었다. 하지만 그동안 세상은 바뀌었다. 이제 태양계 밖의 행성이 발견되는 것은 뉴스도 아니다. 그것은 우리가 가지고 있는 지도에서 빈 곳이 사라지고 있는 것이며 다시 말해 우리가 상상력과 약간의 과학 지식만을 가지고 떠났던 꿈의 세계가 조금씩 잠식되고 있다는 뜻이다. 아마 그 행성들의 대부분은 옛 SF작가들이 생각했던 것만큼 컬러풀하지는 않을 것이다. 하지만 그중 하나라도 우리의 꿈의 기준에 맞는 세계가 발견된다면, 그리고 그 세계에 대해 우리가 충분히 의미 있는 정보들을 얻을 수 있다면, 우린 그를 통해 지금까지 꾸었던 것과는 전혀 다른 새로운 꿈을 꿀 수 있을 것이다.

영구동력 발명가의 드라마

이런 건 부끄러워서 남에게 잘 이야기하지 않는데, 난 영구동력 발명가들의 팬이다. 정말 일이 안 풀려 열불이 터질 때 내가 자주 하는 일들 중 하나는 구글을 열고 영구동력 발명가들의 홈페이지를 찾는 것이다. 이 광명한 시대에 더 이상 없을 것 같지만 아직도 자기 발명품을 봐달라고 선전하는 사람들이 꼭 있다. 솔직히 그들의 발명품 원리를 심각하게 들여다보고 연구할 생각은 없다. 그들이 그냥 거기에 있는 것으로 족하다. 그들이 사기꾼이어도 상관없다. 우린 상자 속에 들어간 여자 조수를 둘로 자르는 마술사의 트릭이 가짜라는 걸 알지만 그래도 여전히 마술을 즐긴다.

매력적이지 않나? 정말 영구기관이 존재한다면 세상이 어떻게 바뀔지 생각해보라. 우린 석유가 떨어질까봐 걱정하지 않아도 된다. 식량 문제, 지구온난화, 사막화, 식수 문제, 양극화 문제 모두 그 순간부터 해결된다. 전에는 돈 때문에 불가능했던 환상적인 프로젝트가 가능해진다. 무한히 발생하는 에너지를 이용해 우주로 나갈 수도 있고 심지어 우주의 종말을 막고 신이 될 수도 있다. 환경 문제? 해결 끝이다. 나

233

는 가끔 하늘에 픽 나타나 우리를 놀래키고 사라지는 UFO가 막대자석 두 개와 다람쥐 쳇바퀴로 구성된 영구기관으로 움직이고 있을지도 모른다고 상상한다. 이런, 실수로 고백해버렸군. 난 영구기관뿐만 아니라 UFO, 네스호의 괴물, 히말라야의 설인, 아틀란티스 고대문명의 팬이기도 하다. (7, 80년대 어린이 잡지가 어떻게 멀쩡한 애를 망쳐놨는지 보라.)

조금 더 솔직히 말해볼까? 난 그들 중 누가 정말로 뭔가를 발견할지도 모른다고 생각한다. 그런 일이 전에 없었던 건 아니다. 백 년 전까지만 해도 막 정립된 에너지보존법칙이 박살날지도 모른다는 소문이 돈 적 있었다. 우라늄이니 라듐이니 하는 원소들의 특이한 성질이 밝혀지기 시작하던 무렵이다. 물론 정말로 당시 보존법칙이 붕괴되었던 건 아니다. 하지만 우린 그 연구의 결과로 핵발전소를 세우고 히로시마와 나가사키에 폭탄을 떨어뜨렸다. 그와 같은 일이 어디선가 또 일어날지 누가 알랴. 실제로 보존법칙을 깨뜨리지는 않지만 그래도 그와 거의 맞먹는 무언가가 발견된다고 생각해보라.

이건 정말 엄청난 희망으로, 인터넷에 자기 발명품을 올리는 아마추어 발명가들에 의해 그와 같은 새로운 길이 열릴 가능성은 거의 없다고 봐야 한다. 특히 요즘 같은 시대엔. 하지만 그렇다고 그런 꿈도 꾸지 말라는 법은 없다. 내가 어떻게 그들을 평가하겠는가? 요새 나오는 영구기관들은 19세기에 만들어진 장난감과는 사정이 다르다. 솔직히 도면을 봐도 난 모르겠다. 그들이 들고 나오는 주장들, 이미 만들어지고 있다는 발명품의 이야기들은 점점 환상적인 무엇이 되어가고 비전문가들이 홀랑 넘어갈 만한 이론들도 엄청 많다. 이들에게 보존법칙이 어쩌고 하며 반박해보라. 쉽게 안 넘어갈 것이다. 이미 그들은 그런 질문에 대해 답변하는 방법을 알고 있다. 그렇다고 다음 단계로 넘어가자니…… 지금까지 나온 과학 지식과 논리만으로 모든 걸 해결할 수 있다면 왜 세상이 이 모양 이 꼴이겠는가.

그래도 "난 정말 영구기관을 발명했어요! 난 전문가가 아니지만, 그래도 물리학자인 내 아들이 발명을 인정해줬어요! 수많은 전문가들이 내 발명품을 보고 놀랐어요! 다들 보존법칙과는 맞지 않지만 그래도 기계가 작동한다고 놀라더군요! 하지만 주류 과학자들은 내 발명이 보존법칙과 맞지 않는다고……"라는 하소연이 뜨면 가슴이 먹먹해진다. 사실 이들에겐 선택할 길이 별로 없다. 대부분의 특허청에서는 영구기관에 대해 까다롭기 때문에 그들의 권리는 인정받지 못한다. 그렇다고 대기업에 사정하자니 그들 역시 믿어주지 않는다. 결정적으로 그들은 대부분의 경우 자기네들이 무엇을 잘못한 것인지 이해하지 못한다. 이건 엄청난 실존적 드라마로, 왜 이런 소재로 아카데미용 감동 영화가 만들어지지 않았는지 아직도 이해가 가지 않는다. 혹시 이미 나왔는데 내가 모르는 것이 아닐까?

그러나 그들에게도 희망은 있다. 대한민국이라는 나라가 있기 때문이다.

얼마 전 서울 메트로에서는 지하철 환기구의 바람을 이용한 풍력발전 설비를 고안했다고 밝혔다. 이게 어떻게 움직이나? 전동차가 달릴 때 생기는 주행풍이나 환기장치 가동으로 생기는 바람으로 풍차 모양의 소형 발전기를 돌려 전기를 만드는 것이다. 얼핏 보기엔 버리는 에너지를 재활용하는 것처럼 보인다. 하지만 환풍기의 원래 목적과 기계의 효율을 생각해보자. 조금만 들여다봐도 이것이 전형적인 구식 영구기관의 논리를 따르고 있으며 그 단점을 고스란히 안고 있다는 게 보인다. 이걸 이해하고 설명하기 위해 프리고진이나 테슬라를 불러올 필요도 없다. 척 봐도 발전기를 돌리기 위해 모터를 돌리는 꼴이다. 정상적인 시스템에서라면 누군가가 분명 지적을 했을 법도 한데, 이 아이디어는 채택되어 신문에 실렸다. 영구기관이니 보존법칙이니 하는 말들이 나온 건 그 뒤의 이야기이다. 뭐야, 그럼 우리나라 매스컴의 과학 기자들은 그동안 무엇을 한 거지?

놀라운 건 그 뒤에도 이 사업은 계속되고 있다는 것이다. 사업자 측 대답이 놀랍다. "손실에 대해선 고려해보지 않았지만 발전에서 나오는 에너지가 더 많을 것이다." "실제로 되냐 안 되냐가 중요한 거지 물리학 법칙(열역학 제2법칙)은 생각할 필요 없다." 이건 현대 영구기관 발명가들의 에티켓에도 어긋나는 것이다. 나중에 자기네들이 보존법칙을 뛰어넘을 거라고 주장해도 일단 보존법칙이 뭔지 알고 있다는 것 정도는 보여주어야 하는 게 아니냔 말이다. 그 다음에 프리고진이나 테슬라를 끌어들이는 게 순서다.

나는 여전히 영구기관 발명가들을 사랑한다. 그들은 나에게 웃음을 주고 환상을 심어주며 미스터리와 감동적인 드라마를 제공한다. 하지만 내가 그들을 좋아하는 것은 그들의 기계를 검증해주며 그들로부터 우리를 보호해주는 시스템이 존재하고 있기 때문이다. 그 시스템이 제대로 기능하지 않는다면 나로서는 걱정할 수밖에 없다. 그것은 우리가 사는 세상에서 이성과 논리가 제대로 작동하지 않고 있다는 증거이다. 지난 1년 동안 우리가 겪은 온갖 끔찍한 일들이 상황증거라면 이건 직접증거이다. 심지어 우리가 아직 알 수 없는 신비한 이유로 서울메트로가 이 프로젝트를 성공시킨다 해도 사정은 달라지지 않는다.[27]

야만의 한가운데에서

○

재난은 필연이다. 우리가 아무리 완벽한 준비를 한다고 해도 재난은 일어난다. 그 재난을 극복한다고 해도 결국 다음 재난이 있을 것이며 결국 우리는 종말을 가져올 마지막 재난과 마주칠 것이다. 개인의 단위로 보면 그것은 자신의 죽음이다. 더 큰 단위로 보면 그것은 정부의 붕괴, 국가의 몰락, 행성의 죽음, 최종적으로 우리가 속해 있는 우주의 죽음이다.

우리는 재난 이야기를 하거나 듣는 것을 좋아한다. 그것은 미래의 재난을 대비하기 위해서이기도 하고 재난 자체의 공포를 즐기기 위해서이기도 하다. 둘은 모순되지 않는다. 실제로 자신이 고통과 공포를

237

---

27 ___ 이 칼럼이 나온 뒤, 결국 서울 메트로는 지하철 풍력발전을 포기했다. "이 기술을 '창의경영 사례'로 발표했던 서울메트로는 과학계에서 '열역학 제2법칙을 무시한 발상'이라고 비판하자, 이달 초 사업 일체를 접었다."(한겨레, 2008년 11월 26일자)

겪는 것과, 남의 고통과 공포를 상상하는 것 사이에는 엄청난 차이가 있다. 후자는 쾌락이다. 만약 그런 쾌락이 존재하지 않았다면 우리가 재난 이야기의 습득을 통해 필요한 정보와 경험을 얻는 것은 불가능했을 것이다.

대부분 이야기꾼은 자신이 만든 재난과 참사의 이야기를 이 다양한 층위 중 절묘하게 쾌락을 자극하는 곳에 놓는다. 〈요한계시록〉은 종말 이야기꾼의 변태스러움이 어디까지 갈 수 있는지 보여주는 모범이다. 너희들은 언젠가 고통스럽게 멸망할 것이다. 하지만 우리는 (알 수 없는 신비한 방법으로) 거기서 빠져나와 영생할 거야. 수많은 종교들이 다양한 수준의 종말론을 활용하는 것도 이해가 간다. 자신이 다치지 않는 한 자기 말을 듣지 않는 이웃의 고통과 죽음만큼 통쾌한 것은 없다. 원시 기독교 시절 신자들은 계시록이 예언한 미래가 그들이 죽기 전에 올 것이라 믿었으므로 기대의 쾌락과 그 이후의 실망 모두 상당히 컸다.

미래에 대해 이야기하는 것이 당연한 장르인 SF가 등장하자마자 사람들이 종말 이야기부터 만들기 시작한 건 이상한 일이 아니다. 세계 최초의 SF작가로 여겨지는 메리 셸리부터가 종말론 이야기의 창시자였다. 셸리의 장편 《최후의 인간》은 역병으로 전 인류가 멸망하는 21세기 말을 무대로 삼는다. 그 뒤로 이 장르에 속한 작가들은 인류를 멸망시킬 수 있는 온갖 방법들을 고안해냈다. 핵폭탄, 전염병, 우주적 재난, 기타 등등. 여전히 이런 이야기의 작가들은 자신의 변태성을 즐기고 있지만 심각한 공포 역시 그 뒤를 따른다.

이제 우리는 우리가 사는 행성의 표면 정도는 얼마든지 날려버릴 수 있다는 것을 안다. 우리는 우리가 살고 있는 행성의 안전이 하늘에서 떨어진 돌멩이 하나에도 붕괴될 수 있을 정도로 허약하다는 걸 안다. 주일학교에 다니지 않는 아이들에게 백악기의 공룡 멸망은 최초의 재난 이야기다. 그리고 백악기의 하늘에는 불쌍한 공룡들을 구원해줄 신 따위는 존재하지 않았다.

그러는 동안 꾸준히 현실의 재난이 일어난다. 신의 손을 거친 건 아니겠지만 소돔과 고모라에서 무슨 일이 일어나긴 했다. 베수비오 화산의 폭발은 폼페이를 묻어버렸다. 흑사병이 유행해서 유럽 인구의 절반이 죽었다. 타이타닉이 침몰하고 액슨 발데스가 좌초하며 어딘가에서는 비행기들이 떨어진다.

여전히 사람들은 죽음과 공포의 이야기를 좋아한다. 이런 재난은 이야기꾼과 책만 있을 때에도 쫄깃한 이야깃거리였다. 하지만 영화가 등장하고 특수효과들이 개발되면서 사람들은 더 이상 책을 보며 억지로 그 광경을 상상할 필요가 없어졌다. 윈저 맥케이가 애니메이션 테크닉을 실험하며 시도했던 것 중 하나가 루시타니아호의 침몰을 재현하는 것이었다. 이제 재난의 무대는 우리의 머릿속이 아니라 스크린이다. 노아의 홍수가 일어났고, 소돔과 고모라가 재현되었고, 폼페이는 수없이 멸망했으며, 샌프란시스코는 불바다 속에 붕괴되었다. 그러는 동안 미니어처와 광학 합성은 컴퓨터 그래픽에게 자리를 내주며 더 이상 현실과 영화 속 시각효과는 구별이 어려워진다. 제임스 카메론의 〈타이

239

타닉〉 때만 해도 컴퓨터가 만들어낸 디지털 스턴트 더블들은 티가 났다. 하지만 지금은 우리가 보고 있는 것들 중 무엇이 진짜인지 구별해내기가 어렵다. 무언가 가짜 같아서 보면 진짜이고 그 반대의 경우도 만만치 않게 자주 일어난다.

그리고 점점 스펙터클이 드라마를 넘어선다. 이제 더 이상 사람들의 고통은 중요하지 않다. 지루한 일상에서는 볼 수 없는 구경거리가 더 중요하다. 이제 사람들은 폭발과 함께 튕겨나가는 컴퓨터 그래픽 스턴트 더블의 안전을 걱정하지 않는다. 우린 그것이 단 한 번도 실제 인간의 육체를 빌린 적 없는, 0과 1로만 이루어진 이진법의 환영이라는 것을 안다.

여전히 우리가 사는 세상의 어딘가는 재난의 무대이다. 하지만 이제 뉴스에 나오는 실제 화면과 영화 속 CG를 구별하기가 어렵다. 오히려 실제 화면이 가짜 같고 흐릿하다. 저 화면 구석에서 움직이는 것은 CG인가 아니면 진짜 사람인가. 사람이라면 그는 지금 고통을 느낄까.

1

세월호가 침몰했던 지난 4월 16일 온라인 경제매체 〈이투데이〉에서는 "타이타닉, 포세이돈 등 선박사고 다룬 영화는?"이라는 제목의 기사를 올렸다. 아직 배에 남아 있는 승객들의 생존 여부도 확인되지 않은 상황에서 '진도 여객선 침몰 사고로 사망자가 발생하는 등 유족과 관계자들의 비통함이 전해지고 있는 가운데 대형 선박 사고를 다룬 영화들이 새삼 화제를 모으고 있다'라는 내용의 전형적인 물타기 기사가 떴고 이는 곧 네티즌의 매서운 비판을 받았다. 결국 편집자가 공식 사과를 하며 기사를 내리는 것으로 마무리되었지만, 아직도 이 기사는 검색어를 노린 낚시 기사를 양산하는 '어뷰징abusing'의 대표적인 사례로 인용된다.

하지만 여기서 우리가 주목해야 할 것은 인터넷 매체가 비극적 사건을 이용해 검색어 장사를 하려 했다는 것이 아니라, 기사가 작성되고 제목이 붙고 데스크를 통과해 인터넷에 올라가는 동안, 어느 누구도 이것이 도를 넘어선 행위라는 것을 알아차리지 못했다는 것이다. 그렇다고 그 기사를 올린 것이 잘못된 행위라는 사실 자체는 바뀔 수 없지만 여기엔 그들이 그것이 잘못이라는 사실을 잠시 잊어버릴 만큼 자연스러운 무언가가 있었다.

그것은 바로 이야기를 하고, 이야기를 찾고, 이야기를 듣는 본능이다. 세월호 참사가 일어나자 수많은 사람들은 사망자를 애도하고 살아 있을지 모르는 사람들을 걱정하면서도 머릿속으로는 이 비극을 설명하기 위해 거의 자동적으로 선박사고와 관련된 이야기를 찾기 시작했다. 〈이투데이〉가 먼저 기사를 내 폭탄을 맞지 않았다면 다른 누군가가 〈타이타닉〉과 〈포세이돈〉 이야기를 꺼냈을 것이고 그들 역시 〈이투데이〉가 당했던 것과 같은 비판을 받았을 것이다. 큰 사건이 일어났을 때 과거의 데이터베이스에서 레퍼런스가 될 수 있는 비슷한 이야기를 찾는 것은 모두에게 자연스럽다. 단지 이 경우에는 관련된 사람들의 상처를 자극하지 않기 위해 이성이 그런 본능을 억제하는 브레이크 역할을 해야 하는데, 이 브레이크가 모든 사람들에게 다 듣는 건 아니다. 그리고 이 경우엔 그 브레이크가 먹히지 않은 〈이투데이〉의 기사에 대한 강한 비난이 집단적인 브레이크 역할을 했다. 이야기꾼과 이야기 소비자로서의 본능을 이성이 누르지 못하는 사람들에게 더 강력한 브레이크가 제시된 것이다.

사람들은 더 이상 〈타이타닉〉과 〈포세이돈〉에 대해 이야기하지 않았다. 하지만 〈이투데이〉 사건 이후에도 이야기를 하고 찾고 들으려는 욕구는 멈추지 않았다. 상식적으로 조성된 애도의 분위기 속에서 '오락을 위한 허구'인 영화를 버리고 현실의 이야기를 찾기 시작한 것이다.

그 결과 사람들이 발견하고 그와 동시에 미친 듯이 인용했던 것이 2012년 1월 13일에 일어났던 코스타 콩코르디아호 좌초사건이었다. 희생자는 훨씬 적었지만 여러 모로 세월호 침몰과 비슷했던 이 사건은, 두 무책임한 선장의 유사성과 선원들의 대조적인 행동 때문에 화제가 되었다.

여기서 특히 흥미로운 것은 배에서 달아나려고 하는 프란체스코 스케티노 선장과 그에게 다시 배로 돌아가 선장의 책무를 수행하라고 명령하는 해안경비대 디 팔코 선장의 대화를 녹음한 파일이 국내에서 거의 라디오 드라마처럼 소비되었다는 것이다. 비슷한 사건을 다룬 건조한 뉴스와는 달리, 이 녹음 파일에는 분명한 캐릭터와 드라마, 선악 구도, 무엇보다 사람들의 공분을 자극하는 막장 요소가 있었다. 이 녹음 이후 스케티노가 결국 체포되었고 재판을 받으면 우리나라에서는 불가능한 2500년 형을 선고받을지도 모른다는 뉴스가 녹음 파일의 내용과 연결되자 이는 권선징악의 카타르시스로 연결되었다. 세월호 사건의 경우 올바른 단죄가 불가능할 것이라는 비관적인 예상이 떠오르자 이 라디오 드라마는 '권선징악이 가능한 전혀 다른 세계를 무대로 한 판타지'로까지 소비된다.

코스타 콩코르디아호의 사건은 실제로 일어났고 아직도 진행 중인 사건임에도 불구하고 허구처럼 소비되었다. 그러나 뒤늦게 유족들에 의해 공개된, 세월호 희생자들이 휴대폰으로 찍은 동영상은 그런 식의 단순한 감상이 불가능하다. 여기에는 자신의 상황을 허구의 영화나 드라마의 틀에서 이해하려는 시도와 자신의 목소리를 남기기 위해 주어진 유일한 매체인 카메라를 적극적으로 활용하려는 의지가 겹쳐져 있다. 학생들은 자신이 처한 상황을 그들이 이전에 본 영화에 맞추어 해석하기도 하고 생존의 가능성이 희박해지자 카메라를 향해 적극적으로 자신의 공포와 분노를 알리기도 한다. 그리고 그 일부는 랩과 같은 보다 적극적인 예술 행위를 취한다. 세월호 동영상은 단순한 현장의 기록을 넘어선다. 그 자체가 영상을 남긴 사람들의 유일한 표현 수단이며 그렇기 때문에 그중 일부는 어떤 의미에서 의도적인 영상 예술이기도 하다.

그 동영상 이후로는 비슷한 상황을 다룬 극영화의 경우도 이전과 같은 식으로 보기가 어렵다. 잔재주처럼 보였던 파운드푸티지foundfootage 243

(페이크다큐멘터리 형식으로 만들어진 영화)물도 이제 그렇게 가짜 같지 않다. 허구의 스타일과 표현법이 더 이상 현실로부터 분리될 수 없는 이 상황에서 우리는 어떻게 허구와 현실을 이해할 것인가. 스크린이나 모니터에서 펼쳐지는 고통과 공포를 이제 어떻게 받아들일 것인가.

2

〈이투데이〉 어뷰징 기사 소동 이후 금기시되었지만 세월호에 대해 생각하면서 〈타이타닉〉과 〈포세이돈 어드벤처〉(또는 그 리메이크 버전인 〈포세이돈〉)를 떠올리지 않는 것은 거의 불가능하다. 지금 우리 머릿속에 담겨 있는 해상 재난의 이미지는 이런 종류의 영화들을 통해 쌓은 것들이 대부분이다. 특히 〈포세이돈 어드벤처〉의 상황은 뒤집힌 선박 안에서 벌어진 일을 그렸다는 점에서 세월호와 부인할 수 없는 유사점이 있다. 에어포켓의 존재 유무에 대한 이야기가 돌고 생존자에 대한 낙천주의가 요구되었던 당시 〈포세이돈 어드벤처〉의 유령이 수많은 사람들의 머릿속을 말없이 떠돌고 있었을 가능성이 크다. 그 결과가 긍정적이었다고 말할 수는 없다. 하지만 마지막 남은 희망을 잡고 있는 사람들에게 결코 쉽게 떨쳐낼 수 없는 유령이었을 것이다.

　〈포세이돈 어드벤처〉이건, 〈타이타닉〉이건, 아니면 다른 무엇이건, 이런 종류의 재난이 일어날 때마다 우리의 사고에서 가장 큰 범위를 차지하는 것은 영화이다. 드라마도 점점 치고 올라오지만 아직까지 우리가 두 눈으로 보고 믿을 만한 스펙터클은 영화에서만 가능하다. 이들은 사실에 대입할 이미지를 제공할 뿐만 아니라 일어나야 할 일과 일어나지 말아야 할 일 모두에 대한 사례를 제공한다.

일상에서는 '영화 같은 일'에 대한 면역이 존재한다. 예를 들어 맨정신인 보통 사람들에게, 재벌 3세 본부장이 갑자기 나타나 자신과 사랑에 빠지는 일이 오직 드라마에서만 가능하다는 것은 스스로와 주변 사람들의 경험을 통해 알 수 있는 일이다. 하지만 세월호의 경우와 같은 대재난은 특별한 사건이기 때문에 우리 자신의 경험은 더 이상 도움이 되지 못한다. 어쩔 수 없이 우리는 유일하게 선택할 수 있는 대안인 허구를, 그것도 대부분 영화를 따른다.

현실에서 영화와 같은 일이 일어나건, 결국 일어나지 못하건, 영화는 여전히 이야기의 기준이 된다. 소설 역시 비슷한 기능을 수행할 수 있지만 영화와 경쟁하지는 못한다. 문장을 통해 묘사된 재난은 대부분 독자들에게 재난에 대한 정확한 이미지를 제공해주지 못한다. 독자들 중 소설 속에 문자로 암호화되어 저장된 시각정보를 완벽하게 해독할 만한 경험이나 지식이 있는 사람들은 극히 드물다.(예를 들어 잭 런던의 《바다의 늑대》가 19세기 범선에 대한 상당히 정확한 정보를 제공한다고 하지만 당시 범선이 어떻게 생겼는지도 잘 모르는 대부분의 독자들에겐 이해할 수 없는 전문 용어의 나열일 뿐이다. 결국 그 대부분의 독자들이 이해할 수 있는 것은 인간관계뿐이다.)

이런 영화들 중 상당수는 실제 사건에서 영감을 받거나 바탕을 두고 있기 때문에 현실과의 연결점을 무시할 수 없다. 특히 〈타이타닉〉의 경우는 제임스 카메론이 영화를 만들기 직전 타이타닉 침몰에 대한 상당한 수준의 연구를 했고 심지어 직접 탐사팀을 침몰지에 내려보내 잔해를 촬영했기 때문에 당시 사건에 대한 영상자료로 보더라도 정확하고 정보도 풍부하다. 문제가 있다면 이렇게 정확히 그려진 상황 묘사가 기승전결이 분명한 이성애 로맨스에 종속되어 있었다는 것이다. 〈타이타닉〉에서 진짜로 중요한 것은 재난의 원인과 침몰 과정과 그동안 발생한 사람들의 죽음이 아니라 그를 배경으로 한 로즈와 잭의 로맨스, 그리고 그를 통해 로즈가 택한 새로운 삶이었다.

〈타이타닉〉의 경우는 비교적 예외적이지만 (그렇다고 아주 드물다고 할 수도 없는 것이, 〈역사는 밤에 이루어진다〉나 50년대에 만들어진 〈타이타닉〉처럼 여객선의 침몰이라는 사건을 멜로드라마의 틀 안에서 그리는 작품들은 꽤 있는 편이다.) 보다 정통적인 재난영화들 역시 고정된 서사를 따르곤 한다. 예를 들어 90년대에 유행했던 자연재해 영화들은 대부분 다음과 같은 순서를 따랐다. ①재해의 징조가 있다. ②주인공이 그 사실을 지적하지만 상사를 포함한 어느 누구도 그 말을 듣지 않는다. ③그 결과 예고대로 재난이 일어나고 주인공은 살아남은 소수와 함께 살기 위해 투쟁하거나 재해를 막기 위해 노력한다. 이 외에 몇 가지 다른 변주가 있긴 하지만 그 수 역시 제한되어 있다. 이런 공식의 기승전결이 있는 이야기를 들려주는 것이 먼저이기 때문에 대부분 영화는 실제 재난에서 중요한 일부인 '무질서'에서 벗어난다.

246   주인공의 국적을 바꾸었을 뿐 비교적 충실하게 2004년 동남아시아

쓰나미 사건을 재현했던 〈더 임파서블〉 같은 영화도 당시 영화 속 주인 공과 같은 재난을 겪었던 사람들의 경험을 제대로 반영하지 못한다. 물론 그들이 쓰나미 희생자들 대부분과는 달리 중산층 서구인 관광객이 라는 것도 이유다. 하지만 모델이 된 가족이 '기승전결이 있는 영화와 같은 이야기'를 경험했기 때문에 선정되었다는 사실 자체가 더 중요하 다. 처음부터 영화를 위해 선택한 실화인 것이다. 영화가 재미와 정서적 만족을 추구한다는 목표에서 벗어나지 않는 한 이 갭은 피할 수 없다.

아이로니컬하지만 이 무질서한 현실세계에서도 사람들의 목표는 영 화로 봤을 때도 양질인 이야기를 완성하는 것이다. 책임을 밝히고 책 임이 있는 쪽을 정당하게 처벌하고 죽은 사람을 기억하고 살아남은 사 람들을 위로하는 것. 그리고 이들은 상식적인 대중영화의 가치관과 같 은 것을 공유한다. 이런 요구를 묵살하거나 왜곡하려는 시도에 대한 부정적인 반응 역시 일차적으로 그들이 대안으로 제시한 이야기에 만 족할 수 없었기 때문이다. 거기에는 제대로 된 권선징악이 존재하지 않으며 악역은 부족하거나 엉뚱하고 사건에 대한 설명도 부족하고 관 련된 사람들에 대한 공감 능력이 결여되어 있다. 이 과정 중 할리우드 영화를 포함한 대중 서사 장르는 여전히 우리가 추구해야 할 이상으 로 제시된다. 우리는 영화적 서사가 온전히 완성될 수 없는 세계에 살 고 있기 때문에 지침과 목표로서 영화의 존재 이유는 더욱 커진다. 심 지어 그런 것들이 영화에서 온 것이라는 걸 잊는다 해도.

3

할리우드 재난영화에서 심하게 부족한 것은 재난 이후의 묘사이다. 〈타이타닉〉만 해도 타이타닉의 침몰 이후 로즈의 일생은 알차기 그지 없다. 로즈는 가족과 약혼자를 버렸고 배우 일을 했고 결혼을 했으며 어머니가 되었다. 그것은 로맨스를 통해 제시된 영화의 내용과 주제(억압된 삶을 살고 있는 상류사회 여성이 노동자 계급 예술가와의 로맨스를 통해 새로운 삶을 살게 된다.)와 관련 있기 때문에 어쩔 수 없다. 하지만 수천 명의 죽음을 지켜보고 사랑하는 사람의 죽음을 목격하고 자기 자신도 목숨을 잃을 뻔한 사람이 평생 동안 악몽에 시달리며 얻었을 상흔에 대한 묘사가 이렇게 적다는 것은 이상한 일이다. 당시 침몰 사건에 대한 나이 든 로즈의 기억은 정확하지만 타이타닉의 승객들과 승무원들이 젊은 로즈와 잭을 보며 미소를 짓는 마지막 판타지 장면에서 보듯 그 기억은 로맨스의 기억에 부록처럼 추가된 감상주의에 지배되고 있다. 그냥 세월이 답이란 말일까.

재난 이후의 묘사가 부족하거나 얄팍한 것은 재난영화 서사 일반의 한계이다. 재난영화는 기본적으로 액션물에 속해 있지만 후일담은 전혀 다른 종류의 드라마를 필요로 하고 이 둘은 쉽게 하나로 연결되지 않는다. 재난영화는 재난의 징조에서 시작되어 재난이 사라지거나 극복되면서 끝난다. 하지만 재난을 극복하고 살아남은 사람들 대부분에게 재난은 이야기의 시작일 뿐이다.

48 재난 이후를 다룬 영화들은 존재한다. 피터 위어 감독의 1993년작

〈공포탈출〉은 재난 이후 외상 후 스트레스 장애(Post-traumatic stress disorder)를 그린 여러 영화들 중 하나이다. 이 영화에서 제프 브리지스가 연기한 건축가 맥스는 불시착한 비행기에서 살아남았다. 영화는 맥스가 겪는 여정을 보통 사람들이 예상하는 것과 전혀 다른 방향에 놓는다. 맥스는 불시착을 겪는 중 평생 시달렸던 비행 공포증에서 해방된다. 비행기가 불시착하자 그는 살아남은 사람들을 지휘해 현장에서 빠져나온다. 그는 그 뒤로 공포와 불안, 책임감이 사라진 기괴한 열반에 가까운 상태에 놓이게 된다. 맥스 자신은 이 상태에 만족하는 것처럼 보이지만, 그렇다고 이게 정상인 것은 아니며 이 상태에 계속 남아 있는 것이 올바른 일도 아니다.

영화가 그리는 맥스의 상태는 결코 현실세계에서 쉽게 접할 수 있는 부류는 아니다. 그것은 희귀하고 이해하기 어렵기 때문에 영화적이고 드라마틱하다. 맥스는 외상 후 스트레스 장애를 겪는 일반 사람들을 대표하지 않기 때문에 제프 브리지스가 연기하는 할리우드영화의 주인공이 된다. 물론 영화는 그 미스터리를 밝히는 동안 보다 현실적인 고통을 보여주기 위해 같은 비행기에 탔다가 갓난아기인 아들을 잃은 엄마 칼라를 등장시킨다.

〈공포탈출〉을 예로 든 것은 맥스의 상태에 대해 무언가 이야기하기 위해서가 아니라 이 영화가 우리가 생각하는 일반적인 재난, 그러니까 비행기 추락으로 시작되는 영화 중 가장 먼저 떠오르는 작품이기 때문이다. 그러나 외상 후 스트레스 장애를 다룬 영화는 대부분 이런 식   249

의 '재난영화' 식 재난에서 시작되지 않는다. 거대한 탈것의 재앙은 영화에서만큼 자주 일어나는 일이 아니다.

영화를 통해 '재난'을 생각하면 사람들은 필요 이상으로 장르적 관점을 택하게 된다. '재난영화'의 틀 안에서 사람들은 늘 과장에 익숙해진다.(세계 최고의 고층빌딩, 세계 최대의 여객선, 세계 최악의 태풍…… 기타 등등 기타 등등) 그러는 동안 이런 재난은 유형화된다. (고장 난 탈것, 불이 났거나 물에 잠긴 밀폐된 공간……) 그리고 사람들은 할리우드의 일반적인 액션이나 스릴러영화에서 사람들이 겪은 일 대부분이 보통 사람들이 사는 세계에서는 엄청난 외상 후 스트레스 장애를 유발할 수 있는 대재난이라는 것을 잊어버린다. 몇 년마다 한 번씩 국제적 테러리스트들을 만나 죽고 죽이는 전쟁을 치르는 〈다이 하드〉 시리즈의 존 맥클레인이 매 영화마다 정신적으로 그렇게 멀쩡하다는 것은 이해하기 어려운 일이다. 〈싸이코〉의 라일라 크레인은 언니의 죽음과 모텔 총각의 정체를 알고 난 뒤에도 정상적인 삶을 살 수 있었을까. 〈킹콩〉의 앤 대로우가 해골섬과 거대한 고릴라의 악몽에서 벗어날 날은 올 것인가.

사람들은 재난이란 단어를 무의식적으로 할리우드영화의 장르에 맞추어 사용한다. 그 결과 수많은 진짜 재난들이 이 언어 사용의 그물에서 빠져나간다. 그리고 이 재난이라는 단어는, 사람들이 영화 장르에 맞추어 생각하는 동안 의미를 놓치게 되는 수많은 단어들 중 하나일 뿐이다.

외상 후 스트레스 장애 영화를 장르로 보아도 역시 비정상적인 장르 틀에 얽히게 된다. 하지만 이 장르 틀 안에서 재난의 폭은 '재난영화 장르' 폭보다 훨씬 넓어진다. 우선 다른 장르가 들어온다. 전쟁영화가 그렇다. 〈디어 헌터〉는 전쟁영화이기도 하지만 생존자들에게 외상후 스트레스 장애를 안기는 인재로서 전쟁을 그리는 영화이기도 하다. 올리버 스톤의 두 번째 베트남 영화인 〈7월 4일 생〉도 그렇고 윌리엄 와일러의 제2차 세계대전 참전 용사들의 이야기인 〈우리 생애 최고의 해〉도 그렇다. 텔레비전 시리즈 〈퍼시픽〉이 자매작인 〈밴드 오브 브라더스〉보다 인기가 없는 것은 주인공들의 전쟁 트라우마를 〈밴드 오브 브라더스〉보다 더 깊이 있게 그렸기 때문일 가능성이 크다. 고만고만한 실존인물들을 주인공으로 삼은 작품이지만 시청자들은 그 안에서 피해자가 아닌 영웅을 기대한다.

한쪽 끝에 거대한 인재로서의 전쟁이 있다면 다른 쪽에는 보다 작은 규모의 전쟁터에서 학대받는 개인이 있다. 지금 대한민국에서 만들어지는 대부분의 청소년 영화는 재난영화이다. 온갖 종류의 정신적, 육체적 폭력이 일상 묘사라는 이유만으로 주인공과 주변 인물들에게 가해지고 이들은 이 폭력을 현실이라는 이유만으로 당연하게 받아들여야 한다. 이런 영화들이 모여 하나의 부대를 이루고 거대한 흐름을 만든다. 이 정도면 지진이나 해일처럼 대규모 재난이라 불러도 무리가 아니다.

그중 연상호의 애니메이션 영화 〈돼지의 왕〉은 재난영화로서 청소년 시기를, 외상 후 스트레스 장애에 관한 영화로서 성인 시기를 동시

251

에 그리는 영화이다. 악명 높은 밀양 성폭행 사건에서 모티브를 따온 〈한공주〉 역시 끔찍한 개인적 재난에서 살아남은 생존자를 그린다는 점에서 외상 후 스트레스 장애 영화이고 아직 현재진행형인 폭력을 그린다는 점에서 재난영화이기도 하다. 그리고 두 영화의 주인공들은 모두 〈공포탈출〉의 맥스처럼 해탈하지도, 그 해탈을 극복하지도 못한다. 영원한 트라우마의 감옥이다.

세월호 사건이 폭풍과 같은 잠재력을 갖고 있었던 것은 이것이 세월호라는 특별한 배의 침몰로 끝나는 것이 아니라 이 사건을 가리킬 때 비교적 축소된 의미로 사용된 재난이라는 단어를 지금 이 나라에서 살고 있는 그 나이 또래 청소년들의 삶에 대입해 확장시킬 가능성을 품고 있기 때문이다. 그 재난이 그냥 자연재해가 아니라 인재이며, 희생자를 청소년뿐 아니라 전 국민으로 치환할 수 있다는 것도. 처음에는 무책임한 선장과 선원들에 의한 실수로만 읽혔던 재난의 이야기가 이제는 더 이상 국민을 구할 수도 없고 심지어 구할 생각도 없는 정부에 대한 이야기로 바뀌었다. 대한민국 전체를 세월호로 보는 것은 과격한 과장법처럼 보이지만 재난이라는 단어에 올바른 의미와 사용법을 되찾아줄 수 있는 길이기도 하다.

어긋난 믿음을 처리하는 지혜

며칠 전 종말론 소동으로 잠시 유명해진 패밀리 라디오의 해롤드 캠핑이 지구 종말의 날을 5개월 연기했다. 아니, 보다 정확히 말하면 종말의 날은 그대로 두고 일정만 바꾸었다. 휴거는 안 일어난단다. 5월 21일에 일어난 건 영혼을 심판하는 날이어서 사람들이 못 느낀 거란다. 종말도 저번에 예언한 것과는 달리 5개월 뒤 갑자기 일어난단다.

물론 사람들은 그를 비웃는다. 10월 21일에도 지구가 망하는 일 따위는 없을 테니, 그날이 되면 그는 다시 비웃음의 대상이 될 것이다. 그리고 그는 이번 일을 처음 겪는 것도 아니다. 그는 1994년에도 지구가 망한다고 호들갑 떨었다가 망신을 당한 적 있다. 그는 이제 89세. 앞으로 살 날도 얼마 남지 않았다. 평생 성경 들고 엉터리 계산만 하다가 세상을 뜨는 거다.

주류 기독교인들은 그를 이단으로 규정하고 경멸할 것이다. 하지만 그의 행동이 미국 복음주의 기독교인들의 우행에서 과연 얼마나 벗어나 있는지 의심스럽다. BC 4004년 10월 23일 정오에 신이 지구를 창조했다고 믿는 창조론자들과 해롤드 캠핑 사이의 간격은 거의 무시해도 된다. 양쪽 모두 성경을 문자 그대로 해석하고 거기에서 인류의 과거와 미래를 말해주는 정확한 숫자를 찾아낼 수 있다고 믿는다. 그들은 모두 요한계시록이라는 제목으로 알려진 문서를 사도 요한이 썼으며 지구의 종말과 인류의 심판을 예언한다고 믿는다. 캠핑의 실수는

253

금방 들통 날 날짜를 읽었다는 것뿐이다. 이 차이가 도대체 무슨 의미가 있는가.

믿는다는 행위를 물고 늘어지면 여기서 안전하게 빠져 나갈 사람은 없다. 지구상의 모든 사람들은 하나 이상 어처구니없는 것을 믿는다. 어떤 사람들은 UFO를 타고 온 외계인이 지구인을 상대로 생체실험을 한다고 믿는다. 어떤 사람들은 끈이론으로 우주만물을 설명할 수 있다고 믿는다. 어떤 사람들은 스티븐 시걸이 지구 최고의 스타라고 믿는다. 어떤 사람들은 아직도 MB가 경제를 살릴 거라고 믿는다. 어떤 사람들은…… 리스트는 끝이 없다.

어처구니없다고 모두 틀리다는 말은 아니다. 지금 우리가 사는 세상을 만들고 있는 수많은 아이디어들이 처음에는 헛소리라는 얘기를 들었다. 우리가 사는 우주가 어처구니없을 정도로 조악하고 유치해서 삼류 SF작가들의 헛소리 비슷한 모양을 하고 있을 가능성도 분명히 있다. 위의 리스트도 마찬가지다. 하지만 이것만은 알아두자. 아무리 그렇다고 해도 우리가 믿는 어처구니없는 것들 대부분은 어처구니없는 엉터리다. 우리가 어쩌다 정곡을 찌를 가능성은 거의 없다. 바로 그렇기 때문에 정곡을 찌른 운 좋은 소수가 역사에 이름을 남긴다.

당연히 사람들은 겸손해져야 한다. 하지만 재미있게도 종교는 그 겸손을 막는다. 신자들이 오만방자하다고 믿는 과학자들은 끈이론보다 우주를 더 멋지게 설명할 수 있는 새로운 이론이 나온다면 겸허하게 자신의 실패를 인정하고 새 이론을 받아들일 것이다. 하지만 종교의

28 ____ 해롤드 캠핑이 예언한 2011년 10월 21일의 두 번째 휴거도 일어나지 않았다. 2012년 3월, 그는 마태복음 24장 36절("그러나 그날과 그때는 아무도 모르나니 하늘의 천사도, 아들도 모르고 오직 아버지만 아시느니라.")을 인용하며 종말의 날을 예측하는 것은 불가능하다고 말했다. 2013년 12월 15일 그는 죽었다. 이런 결말은 주류 기독교 신자들에겐 만족스러울 것이다. 하지만 여전히 그들은 자신들이 해롤드 캠핑과 얼마나 가까운지 모른다.

경우 그런 일은 일어나지 않는다. 그것은 그냥 허용되지 않는다. 의심 나면 다시 한 번 해롤드 캠핑을 보라. 세상이 어떻게 바뀌어도 그들은 자존심과 믿음을 지키는 쪽을 택한다.

이런 믿음은 좋은 예술의 소재이긴 하다. 수많은 예술작품이 현실과 믿음의 차이를 인정하지 않는 어리석음에서 소재를 찾는다. 꼭 종교적이어야 할 이유도 없다. 허진호의 〈봄날은 간다〉 같은 영화도 그런 이야기가 아니던가. 그 영화는 여자 친구가 자신을 사랑하길 멈추고 떠났다는 자명한 사실을 주인공이 받아들이지 못하기 때문에 아름답다.

하지만 나는 오늘, 보다 건전한 예를 들겠다. 혹시 아서 펜의 〈작은 거인〉이라는 영화를 기억하시려나 모르겠다. 옛날엔 텔레비전에서 꽤 자주 했던 영화인데. 하여간 이 영화 후반에 보면 더스틴 호프먼의 캐릭터에게 부모나 다름없던 사이엔족 추장이 자신의 죽음을 예언하고 언덕 위에 올라가 죽음의 의식을 치르는 장면이 나온다. 그는 의식을 마치고 땅에 눕는데, 아, 이런. 죽질 않는다! 딱 바보스러운 코미디의 한 장면이 되기 십상이지만, 추장은 이를 우아하게 극복한다. 그는 자리를 털고 일어나 이렇게 말한다. "어떤 때는 마술이 듣고, 어떤 때는 듣지 않지.(Sometimes the magic works, and sometimes it doesn't.)" 어긋난 예언을 가볍게 접은 그는 더스틴 호프먼과 함께 저녁을 먹으러 집으로 돌아간다. 부디 해롤드 캠핑 역시 이 같은 지혜를 깨우치길 빌자. —28 —29

29 ____ 해롤드 캠핑의 희생자에 대한 단편 다큐멘터리 한 편을 소개한다. Vimeo에서 'We Will Forget'을 검색해보시라. 그들의 어리석음은 어처구니없지만 그 어리석음은 아름다운 예술작품의 소재가 될 수 있다. 이 영화의 주인공 로버트 피츠패트릭에게 그것이 위로가 될지 모르겠지만.

어쩌다가 나는 SF작가가 되었나

원고들을 정리하고 있는데, 편집자가 어떻게 SF를 쓰게 되었는지에 대한 글을 하나 쓰는 게 어떠냐고 메일을 보내왔다. 아, 오래간만에 맘 잡고 영화 이야기만 묶어서 책을 내려고 했었는데. 하지만 이미 앞에 관련 주제 이야기가 꽤 나왔고 내 '정체성'과 관련된 이야기이기도 하니 짧게 하고 넘어가는 게 맞겠다.

나는 종종 "넌 정체가 뭐냐?"라는 질문을 받는다. 대부분 이 질문은 "원고 잘 받았습니다. 그런데 작가님 소개는 어떻게 하는 게 좋을까요?"로 번역되어 온다. 하긴 그쪽도 곤란할 거다. 영화에 대한 글을 쓰고 있는 것 같긴 한데 자길 영화평론가라고 부르는 것 같지는 않고, SF작가라고 쓰자니 생뚱맞고. 내가 보낸 글이 영화에 대한 것이라면 나는 '칼럼니스트'가 된다. 지금도 영화 관련 칼럼 하나를 연재하고 있으니 틀린 말은 아니다. 하지만 세상에 그것처럼 의미 없는 말이 어디에 있는가.

SF작가라는 말은 그래도 의미가 있는 소개이다. 비록 쓰는 글은 영화 관련 쪽이 더 많지만, 그래도 10년 넘게 SF라는 딱지가 붙은 책을 꾸준히 내왔으니까. 피드백에 둔한 편이긴 하지만, 그 책들 중 몇 권은 한국어 SF 장르의 좁은 영역 안에서 어느 정도 자기 역할을 한 것처럼 보인다.

장르에 엄청난 애정이 있어서 이 일을 시작했던 건 아니다. 무언가를 자발적으로 시작할 정도로 의욕이 넘쳤던 때는 태어나서 단 한 번도 없었다. 모든 건 타이밍이었다. 재미있어 보이는 것을 찾아 돌아다니다가 전부터 어느 정도 있었던 SF에 대한 관심이 갑자기 커졌던 때가 있었는데, 그때가 하필이면 통신망 서비스가 활발하던 시기였고, 어쩌다 관련 동아리에 가입해서 활동하다보니 자연스럽게 창작으로 이어져 그게 결국 내 정체성의 일부가 되어버린 것이다.

그 뒤에도 "아, 나는 SF를 사랑해! 이 장르의 모든 가능성을 와작와작 씹어 먹겠어!"라고 생각했던 적은 단 한 번도 없었다. 내가 이 장르에 머물 수 있었던 것은 이야기꾼으로서 내가 가진 몇몇 한계 안에서 그나마 움직일 수 있는 공간을 제공해주었기 때문이다. 나는 동료 인간들에 대한 애정과 관심이 부족하고, 대사 쓰는 걸 싫어하며, 사고가 쉽게 추상적인 방향으로 기우는 편이다. 모든 SF작가들이 그렇다는 말은 아니지만 이 장르는 적어도 나와 같은 실개천이 흐를 수 있는 공간을 제공해준다.

앞의 메일에서 편집자는 SF가 '굳이 미래 배경이나 우주 배경일 필요가 없고, 사람들이 뻔하게 생각하는 일상의 작은 나사 하나를 누락시키거나 상황을 살짝 비트는 걸로 가능하다는 점'을 지적해주길 바랐다. 실제로 나는 그런 글을 꽤 자주 쓰는 편이다. 그건 내 실개천의 영역이다. 영화평론가 정성일은 내가 쓰는 그런 종류의 이야기들을 '동네 SF'라고 했다. 입에 잘 맞고 유용해서 이 표현은 그 뒤로도 한국어권 장르 안에서 꽤 자주 사용되었다.

'동네 SF'는 한국 SF의 정체성과 연결해서 한번 이야기해볼 만한 주제이다. 단지 난 여기서 이를 깊게 팔 생각이 없다. 세상 모든 것들이 그렇듯, 이것도 지나치게 파면 독이 된다는 정도만 말해두기로 하자. '지나치게'가 어디까지냐고? 여러분이 '내 소설에서는 맥도날드 대신 롯데리아가 나와!'라고 자랑스러워하고 있다면 일단 조심하는 게 좋다.

내가 지금 하고 싶은 말은 동시대 부천 신시가지를 배경으로 SF를 쓰는 것이 가능하다는 것이 아니라, SF가 동시대 부천 신시가지와 〈스타트렉〉 우주 모두를 커버할 정도로 넓다는 것이다. 조금 더 대담하게 이야기해본다면 SF는 우리가 상상할 수 있는 모든 이야기의 영역을 커버한다. SF는 얼마든지 사실주의 문학을 삼킬 수 있지만 사실주의 문학이 SF를 삼키기는 어렵다.[30] 판타지는 SF도 집어삼키는 장르 같지만 하이판타지의 세계가 그런 식의 사건들이 가능한 평행우주라고 치면 그것도 SF다. 일반적인 이야기꾼은 현실세계에서 가능할 법한 이야기를 다루지만, SF작가는 존재 가능한 우주에서 일어날 수 있는 모든 일을 다룬다.

짐작하신 분들도 있겠지만 나는 지금 장르 게임을 하고 있다. 그리고 일단 이 게임을 시작하면 온갖 헛소리가 가능하다. 예를 들어 발자크의 《인간희극》 시리즈는 사실주의 문학의 대표작으로 알려져 있지만 사실은 SF다. 《나귀가죽》 같은 몇몇 판타지소설 이야기를 하는 게 아니다. 발자크는 밑바닥 범죄자로부터 고위 관료에 이르기까지 수천 명이나 되는 허구의 인물들이 나오는 하나의 세계를 창조했는데, 이

258

30 ___불가능하지는 않다. 킬고어 트라우트가 등장하는 커트 보네거트의 비SF소설들을 보라.

세계는 우리가 아는 19세기의 프랑스와 비슷하지만 전혀 다른 곳으로, 이 세계를 완벽하게 이해하기 위해서는 그 세계를 다룬 독립적인 연대기와 인명사전이 필요하다. 다시 말해 《인간희극》 시리즈는 복거일의 《비명을 찾아서》와 마찬가지로 평행우주 소설인 것이다. 그리고 이 논리를 연장하면 모든 소설은 우리 우주에서는 일어난 적 없는 사건이 일어난 평행우주를 다루었다는 이유로 SF다.

정말이냐고? 건성으로 읽었군. 앞에 이미 헛소리라고 하지 않았는가. 그냥 재미있게 놀 생각이라면 장르의 정의를 너무 깊이 따지지 않는 게 좋다. 아무리 치밀하게 정의된 장르라도, 어느 정도 세월이 지나면 반드시 그 정의에 도전하는 작품이 나온다. 그런 작품이 장르 안에 속하느냐를 따지는 건 큰 의미가 없다. 우리에게 필요한 건 장르의 경계선을 정확하게 긋는 능력이 아니라 특정 작품이 그 장르물로 쓰였는지 구별할 수 있는 예민함이다.

그런 면에서 나는 장르영화를 다룰 때 장르팬이 아닌 리뷰어보다 리뷰어로서 약간 우위에 서 있다. 자신이 장르 울타리 안에 있다고 생각하는 사람들이 어떻게 생각하는지, 그들이 주제와 소재를 어떻게 다루는지 아는 편이니까. 그리고 그럴 수 있는 사람들은 꼭 필요하다.

대표적인 예로 스파이크 존스의 〈그녀〉를 보자. 이 영화가 개봉되자 어떤 트위터 사용자가 이를 "SF 같지 않은 SF"라고 말했다가 SF팬들로부터 구박을 당했다. 하긴 장르팬이 아닌 사람들에겐 그렇게 보일 수도 있다. 우주선도, 시간여행도, 광선총도 안 나오고 도시인의 고독과 관계 맺기의 어려움과 같은 말랑말랑한 주제를 다루는 감성적인 로맨스가 아닌가.

눈을 똑바로 뜨고 이 영화에서 진짜로 무슨 일이 일어났는지 보라. 시어도어라는 대필작가가 사만다라는 이름의 OS와 사랑에 빠졌다가 버림받는 이야기가 아니냐고? 맞다. 그럼 그게 어떤 의미인지 보라! 실제로 일어난 일은 다음과 같다. ①현대 문명은 드디어 자아를 가진 인공지능을 만들었다. ②그 인공지능은 스스로의 의지로 사람들과 관계를 맺으며 성장하다가 드디어 인간의 지성을 초월한 어떤 존재가 된다. ③그들은 우리의 과학으로는 밝혀낼 수 없는 미지의 세계로 갔지만, 그들을 만들어낸 기술은 여전히 남아 있기에 비슷한 존재는 계속 등장할 것이고 우린 이를 막을 수 없다. 시어도어가 스칼렛 요한슨 목소리를 가진 인공지능과 연애하고 있다고 생각할 때, 인류 역사에서 가장 중요한 사건이 일어난 것이다. 드디어 인간은 인간이 아닌 다른 지적 존재와 첫 조우를 한 것이다! 이런 일이 일어났는데도 도시인의 고독이나 관계 맺기의 어려움 따위에 대해서나 이야기하고 있다면 나르시시즘에 뇌가 익사한 상태라고 볼 수밖에.

조금 흥분했다. 하지만 바꿀 내용은 없다. 어쩌다가 SF작가가 되었냐는 질문에 대한 답은 앞에서 대충 했고, 기왕 여기까지 왔으니, 편집자의 제안 일부와 이 글을 쓰면서 떠오른 이야기를 주저리주저리 하나로 묶어 끝맺음 문장을 만들어보자. ①SF의 영토는 보통 사람들이 생각하는 것보다 훨씬 넓다. ②이 영토에서는 소재만큼이나 소재를 바라

보는 태도가 중요하다. ③SF가 어떤 실용적인 목적을 위해 쓰이거나 만들어지는 것은 아니지만, 장기적으로 보았을 때 그런 태도는 우리의 사고를 확장하는 데에 유용하다. ④그렇다고 모두가 SF를 읽으라는 말은 아니다. 단지 SF 작품을 보고 거기에 대해 뭐라고 말할 때는, 그게 장르 입장에서 무슨 이야기인지 한 번 정도 생각해보라는 말이다.

마지막으로 한마디만 더!

지금까지 여러분의 독서가 얼마나 생산적이었는지 난 모른다. 독자에 따라 다르겠지. 하지만 이 글만은 모두에게 유익한 내용으로 채우고 싶다.

마지막 주제는 극장 에티켓이다. 영화관에 가면 관람 예절을 알려주는 영상물을 틀어준다. 앞좌석을 발로 차지 마라, 휴대폰은 꺼라, 상영 중 촬영하지 마라, 쓰레기는 쓰레기통에. 대부분 쓸데없는 소리다. 다른 우주에서 온 방문객이 아닌 한, 다들 저런 짓이 잘못이라는 걸 알고, 알면서도 하는 거니까. 하지만 당연한 잘못인데도 잘못인지 모르고 계속 반복하는 게 하나 있다. 이거야말로 극장 에티켓 리스트에 포함되어야 한다. 고딕체로 옮어도 될까?

극장에서는 상체를 숙여선 안 된다.

이게 뭐가 문제냐고? 그거야 앞좌석 관객이 고개를 숙이면 뒷좌석 관객의 시야를 가리니까 그렇지.

못 알아듣는 사람들이 있다! 지금 머리를 긁적이며 "몸을 숙였는데 왜 뒷사람 시야를 가리는 거지?"라고 중얼거리는 당신 말이다! 당신 같은 관객들이 극장에서 민폐인 거다.

생각해보면 이건 간단하기 짝이 없는 기하학 문제다. 그런데 많은 사람들이 직관적으로 이를 깨우치지 못한다. 그러니 내가 나설 수밖에.

극장 조건을 따져보자. 실버 극장과 시네마테크가 있는 구 허리우드 극장처럼 관객석 경사도가 낮고 스크린이 높은 옛날 극장들은 여기에 해당되지 않는다. 하지만 여러분이 별다른 선택의 여지도 없이 찾을 수밖에 없는 멀티플렉스 상영관들은 대부분 관객석 경사도가 이 정도이고 스크린은 밑에 있다.

관객들이 모두 상체를 세우고 앉아 있을 때는 아무런 문제가 없다. 하지만 누군가가 상체를 숙인다고 생각해보라.

관객석의 경사도   한 사람이 상체를 숙였을 때

알아차렸는가? 상체를 숙인다고 몸이 낮아지는 게 아니다. 당신의 상체는 허리를 중심으로 원호를 그리며 움직이는데 그 결과 뒤에 있는 관객에겐 오히려 머리 하나 정도 앉은키가 커진 것처럼 보이는 것이다.

이제 알았는가? 알았다면 다음부터는 그러지 마시길. 참, 이 원리는 스타디움 형태의 일반 공연장에서도 적용된다. 그럼 바이!

263

가능한 꿈의 공간들 듀나 에세이
ⓒ듀나 2015

초판1쇄 발행 2015년 2월 17일
초판2쇄 발행 2015년 3월 19일

지은이   듀나
펴낸이   이기섭
편집인   김수영
책임편집   김남희
기획편집   김송은 전민희
마케팅   조재성 정윤성 한성진 정영은 박신영
관리   김미란 장혜정
디자인   땡스북스 스튜디오

펴낸곳   한겨레출판(주)
등록   2006년 1월 4일 제313-2006-00003호
주소   121-750 서울시 마포구 공덕동 116-25 한겨레신문사 4층
전화   02)6383-1602 팩스 02)6373-6790
대표메일   cine21@hanibook.co.kr

ISBN 978-89-8431-883-0 03810